纸老虎

村庄是一蓬草

陈应松

北方联合出版传媒(集团)股份有限公司
万卷出版公司

目录

辑一 雪夜

辑二　天马

辑三　去托尔斯泰庄园

辑一 | 雪夜

雪　夜

　　如此憔悴如此疲倦如此寒冷的夜晚，你是一个灰尘和俗世里的谋生者，被生存无端追杀得狼烟滚滚，遍体鳞伤，五内俱焚，恍惚痴狂。可你突然变成了一个静静的听雪者。由谋生者成为听雪者，是雪塑造的，一瞬间，你改变了身份。将寒冷凝聚得这么小，这么柔软，这么娇嫩，弱不禁风的雪，下起来了。在无边无际的江汉平原上，雪如此密集均匀而来，就像瀑布一样倾泻，就像一个人无声地大哭，就像死了爹娘一样悲恸，就像漫天的冤屈，就像一千万个神话中出现的场景。肆无忌惮，千军万马，奔腾直下。哦，这雪，已经难有这样的邂逅了，我用一本书和床头和被子的组合来镇住这突来的打击。一个听雪者，我的内心儿快翻腾。我故意强装镇定，来掩饰我的慌张，仿佛等待恋人初来，深夜叩门。一个聆听者，面对着广袤雪原的深弯和迷乱。雪使大地失去了色彩——虽然是森冷赤贫、衣衫褴褛的冬日色彩，失去了河流和沟壑、村庄和池塘。雪还使大地失去了所有的道路，但风雪中的夜归人找到了它。

"风雪夜归人"这五个字，是茫茫古典诗歌中最为深邃的一句，你无论怎样都解不了其中那分美妙奇特的意境。真是千里万里，千世万世，它穷尽了无数的话语和思想，让世界上所有的表达都黯然失色，味同嚼蜡。

因为还有风雪中夜归的人，我将分外安静。我的命运，就像此刻的我，赶在大雪封堵路口前回到了温暖安全的地方。虽然窗外一片混沌，黑夜变本加厉，让冬天的事情变得越来越复杂。对有些人，雪不是好东西，像诅咒和鞭笞，像轮番的欺侮。

静静的雪夜。可以喘一口气了。一窗之隔，可雪落在离我很远的地方。我坐拥一床棉被，一个床头，一本书。雪下得这样大，有点猝不及防。雪如此之多，太过奢侈，太过奢侈！不能这样，让惊喜来得太猛，排山倒海，让人还没有完全地准备。天空太干净，就像大地深处的盐海，与我们的生活隔得太远。这世上有如此之多的卑劣小人和肮脏交易，有如此之多被践踏的污渍和俗不可耐的建筑。凡是人类生活的地方，必一片狼藉，包括人心。雪的到来胜过传说，就像是从遥远旷野里流窜而来的一群巨兽，抖落着满身蓬松的毛。太突然了，雪总是突然而至，又如此地与我们平日经受的生活不同，它的闯入，会让我们的心一个趔趄，一阵绞痛。

大平原上这种漫无边际的雪，终于把世界碾平了。但它不是廉价的安慰。虽然充斥着假象，应当相信它这夜半辛苦而来的真诚，是全身心的。看，天空非常明亮，深不可测的田野也很明亮，仿佛是拂晓，雪是有光的。所有野外生存的小动物都似乎开始出动了，都在跃跃欲试，欢呼这样时刻的到来，都在暗暗地攒劲儿愣喜。挺住，意味着一切。不能让世界沉沦，梦也几乎快冻僵。需要白银一样的雪安抚我们在冬天没有尽头的无助。

生活没有平等的时候，尤其在此刻。还有哪些人没有归来，还散落在雪夜的迷茫和欺凌中？一头落下的雪，是他们奔波的见证。

将大片大片的雪隔绝在门外的时候，有温暖在身，倾听世界在一瞬间变化的奇迹，这样的遭遇可说是千载难逢。有聆听雪在竹叶上发出声音的。我今夜让耳朵飞得很远，让它进入平原的深处，在沟壑和湖面上去捕捉雪的声音。是的，如果进一步，"隔牖风惊竹，开门雪满山。"——还有明天从梦中醒来撞到这样喜庆安静、雍容华贵的早晨，眼睛被晴雪所洗，鸟群欢唱。这是后一步的事。重要的是，现在……我手捧着一本书，在灯下，向雪夜的深处致意。

在雪向更远的原野上推进的时候，村庄把多少梦境壅进更肥厚更暖和的空间，雪像刮刀刮走了大地上的屈辱，空气格外清新。在越来越干瘦的田园、河流和湖泊上，雪是它们最好的脂肪。

都在经受，慢慢地把自己变得矮小和臃肿。同时，更为宏大的景象将在明天发生。但我依然喜爱下雪的乡村之夜，一张床，一本书，一只聆听的耳朵，一个往风雪深处疾跑的心。而心将消失，成为一片迷蒙的白色，成为在风雪中越走越远的睡眠。

雪花是最为神奇的圣洁之物，是上帝撒下的花朵，只为那些心中有空地的人开放。像是夜半出现的精灵，可你根本不知道有多少双忙碌的手撒下这样多的花瓣。雪花是天上的水做的。

多好的夜晚，在这么混乱肮脏的世界上，还有雪存在着，存放在天际。还有这样冷不丁就疯狂倾倒着整筐整筐水晶的大奇迹，还有这样乐观调皮的上帝在眷顾着我们，仿佛偷偷趁着夜晚给我们的门口放了一捆柴火。活下去是有趣的。紧接着将是更为静谧的梦，在越来越巨大的飘舞飞旋中，在越来越深沉的落雪里，时间与最古老的信仰和幸福连接上了。

我等待着那些最后归来的旅人，肩扛着风雪，带来野外的寒气。跺跺脚，成为雪的信使。

冬

从北方刮来的风在江汉平原上横扫的时候，会听见土地深处传来的反抗和怒吼。不会沉默的。它何必这般壮烈？杨柳细腰、和风习习的时候会有这么一天吗？有时候，又觉得它很悲怆，像在哭。抗议和哭诉，就算是嘀咕吧。是有点冷，芦穗没有被折磨得倒下，还在白昧昧地微笑，田里的稻茬烧黑了，满目疮痍，就像日子不能再过一样。但另一边，菜畦里一片嫩绿，从苍凉枯黄的色彩里挣扎出来。萝卜长得碧生生的，叶子张扬肥大。不过畦边上的被鸡鸭给啄吃了，只剩下光光的茎，像狗的肋骨。大蒜披头散发，像一些时尚青年的爆炸式发型。油麦菜很细，茼蒿很密，波菜很浪，包菜很紧。——它们自己把自己收拾得干干净净，没有哀怨，全在葱葱地生长。我不想成为选择冬天成熟的植物，仿佛要费很大力气似的，仿佛是个假象。就一起怒吼与死去吧，在夜里北风的蹂躏中无望地控诉和咆哮吧，让它们，让风和寒冷嘲笑去吧。就说寒冷，不要怜悯，经受，也忍耐，满腹深仇，无缘无故的，都是好的。

神农架的冬天似乎就是这样，一个用冰雪和森凉制造的世界，在越来越远的群山间白着，一夜愁白了头发，犹如一个传奇老人，躲在高寒山区里，冥想着天地的大事，像另一个世纪的哲学家。

不能出去，只有火炉。晚来天欲雪，能饮一杯无？这是无可奈何的生活。在这样的时候，你会想得非常简单，掐一把水灵灵的蔬菜，切几片用新鲜年猪腌渍的腊肉，看它冒出的热气与香气。当然还得要几个说话的人。冬天会让人的期待变得很琐碎很低级。在河边砸着凌片，有野鸭惊飞起，它们是冬泳队员，无家可归，自得其乐。

我不会想很远，就像一只在火炉前打盹的猫，只做着眼前的梦。火炉让人想到回忆和老年，那些温暖但无力起死回生的日子。我喜欢在冬天里缩手缩脚地到处走动，风很干硬，站在雪山前和站在田野上都一样。不会赞美冬天残酷的美学，呆立和惊讶，是一种本能。我在神农架的冬天里看到过猎狗在雪地里追逐一只野兔的壮丽景色，雪团从树上突然砸下来，崖上的冰瀑像是垂下的万支剑刃。如果你不像狗对雪原上的猎物保持兴趣，冬天依然是灰暗颓丧的。也不想成为一只冬天与死神赛跑的小动物，在雪地上留下艰难觅食的拙劣足印。离城市越来越近的平原上，没有封冻的河流会有波浪近乎音乐的流淌声，好像冬天远没有到来。水鸟依然像平时一样大喊大叫，但扇起的浪烟是要让大地发寒的。

乡村里的人与物却过着他们真正的冬天。我喜欢看他们的表情，被远远望去像是冬眠的村庄，其实有着自己活惯了的生机。雾很大，地上一层霜。过一会儿，抬头一望，太阳出来了，哗哗地往上升扬，遭过霜打的油菜地像群鳞耀跃，吐着冬日的光芒。这真是奇迹。枯草闪闪发光。还有人在田中劳作。冬日的田翻耕后，露出了酥润的墒情，泥巴冻成了粉状，好像春天从土里拱出来了。一只喜鹊在油菜地里啄食虫子。冬天的太阳如果升起来，真是叮叮当当地响。地上浅浅的麦苗在摇晃，土里有了暖气，呼呼地往外冒。看呀，村里的狗在阳光下欢呼雀跃，鸡们则躲在草垛背风处晒太阳，畏畏缩缩地蹲着，守住自己刨出的窝。鸡中的公鸡奈不住寂寞，突然骚动且雄起，在太阳下乱跑，咯咯大叫，显得没心没肺的。狗冷冷地看着鸡的表演。有这样的小气候，世界多热闹。

没有谁想濯濯的花日，这一天总是会到来。时间很慢，人心不急。有时候目光短浅一些会看到很多平时觉得没有用处的欢乐。冬天的痛苦浮在皮肤的表面，心中还有热肠。一切都控制不住。草色阑珊，诗书翻过。就跟随冬天而去，保不定把你送到灯盏花旁的又一季灵感里。

三　月

　　三月，一个娇嫩的词，像豆腐一样嫩，生怕被冬天抢走。三月走着，走着，变成了一个宽阔的、令人景仰的字眼。三月不是一个季节，是一种冲动。三月只有与农历结合才是温暖的，笃定的温暖，流汗。在农谚的三月天，已是犁耙水响，紫燕归来，寒冷已呈强弩之末。虽然有"不吃五月粽，不把寒衣送"之说，三月不会管它，那是一些缺齿老人的过时忠告。许多农谚的字缝间早就温暖如春了："七九六十三，行人把衣宽……九九八十一，黄狗歇荫地。"还有古诗："吹面不寒杨柳风。"待在家里，还是厚厚的冬装，烤着火，缩着脖子，似乎就这么将冬天继续过下去。一出门，挣出一身细汗。噢，春天真的来了？太阳有些晃眼。我看见人们在微博里、在QQ上呼吁：该死的春天咋还不来？花，开呀，开呀！春天，再不来，我会让你哭得很有节奏！这种起哄似的、拔河似的、墙倒众人推的、恨铁不成钢的呼唤，春天就随三月来了。

　　可季节很慢。春天是那种蔫性子，不像冬天生猛，一阵风吼吼地就来了。她从那些不知名的草芽上试探着，等人不注意，焦急得快跳河时，她来了。小小的风和小小的太阳，要你说，暖阳。多说几遍，死皮赖脸地表白。我真的暖吗亲爱的？她来了，轻手轻脚的。有点弱不禁风，有点懒散，有点不在乎，还有点狡黠，有点调皮，有点浪，有点淡香，不知从哪儿就来了。

鸟在窃喜，叫声宽厚沉稳。它们的巢，谢天谢地，终于不再在北风的漫长施暴中摇摇欲坠了，是暖巢，对，是暖巢，不再颠簸，可以做春梦了。春梦当然喜欢。如果模糊了农历和公历的界线，三月是一个憧憬词。一个不是乍暖还寒的怪物，一个没有阴谋和假象的日子，一个可以放心外出的天气，内心对这个世界有了信任感。三月是一种生活方式。三月突然让天空变得忙碌，纸鸢乱飞，燕子筑巢，蜜蜂搬蜜。苍蝇和虫蠓也出动了，夹在天空的选美队伍里。

没有城里人的亢奋与滥情，没有夸张地投身它，不去凑热闹扎堆，这里看一下，那里看一下，摆个pose，伸出V形手，傻乎乎地笑，上到微信微博，与花媲美。三月在乡野委实太多，不值得大惊小怪，左一个三月，右一个三月；这个坡一个三月，那个沟一个三月；腐草间是三月，池塘里也是三月。不止几株樱花杏花，不是一个盆景大的公园。三月在乡下漫山遍野，无边无涯。每一块地都是三月的集市，每一道沟也是三月的百货大楼。不集中，不刻意，不显摆，素面朝天，但香艳逼人，琳琅满目。也不尽是这样。乡村的三月还有许多残忍的残余，留着寒冬清算大地的证据。比如一个草垛上，一棵树上，牵着吊着绊着葫芦或是丝瓜的枯藤与衰果，它们在风中冒充生命飘摇着，让春天无奈；一头脱光了毛的牛，有些蹒跚地在一丛青草前试着恢复味觉；月亮还是显得有些阴鸷，像是冬天最后的帮凶。对春风领悟迟缓的树木正在蓄势待发，但还没有完全醒来。屋前屋后的杏花急不可耐地向枝干攀援，成团成簇，把这种树堆砌得花里胡哨，打扮得像个疯子。一株野樱桃却像一个村姑在水边羞涩地微笑着，很安静很安静。在三月的原野上，春天有许多敢死队员，在已经占领的高地上欢呼。我看见有两只蜜蜂嗖地从杏树上飞走了，飞向荠菜花开的田垄。那里的荠菜茂密广大，风吹过时，一浪一浪卷走，又一浪一浪回来。我不喜欢在这个季节盛开的泽漆，它们几乎要占遍荒野，花不像花，叶不像叶。它们的俗名叫鬼打伞，在荒山野冢，长得像另一个世界的伞阵，太吓人，太不识时务，喧宾夺主。但是回到城里，我会怀念它们。我怀念乡村的一切，包括我不喜欢的植物和野狗。

三月让田野和视野圹埌无垠，越往三月的深处去，所有的庄稼和植物都像潮水一样暴涨起来。这是一个节骨眼，一个路口。阳光一天一天艳丽，天气一天一天通人情，像狗一样好使唤。天空一天一天高且蓝，终于，油菜花成为了大地的新宠。她太强势，太霸道，目空一切，兀自癫狂。哦，这黄色的浮金，花蕾四射，铺在广大的天空之下，仿佛大地就是一场香喷喷金灿灿的盛筵。空气纤尘绝无，烟岚如缕，粉粉的，晃晃的，耀眼炫目。因这大手笔，整个田野色彩饱满，豆蔻年华，青春逼人。鹧鸪一声一声，叫声含着水雾。路边的野芹菜蓊蓊郁郁，半夏、天门冬、麦门冬、绿蒿也同麦苗一起茂盛着，水中的蒲草绿芒初现，榆树从疙瘩里抽出枝条，在阳光下抖擞着透明的小叶片。雄壮的高压铁塔手牵着手，跃向大地的尽头。偶尔一阵沾衣欲湿的杏花雨，很小，但是大地湿了，人的衣裳真的湿了。一会儿，太阳出来，像水洗过一样。太阳在田野上滚动，在温润朦胧的蜃气揉搓中，像一团铁泥向上抬升，红嘟嘟的，冒着热气，弹射到油菜花的花海之上，光芒四处流淌。布谷鸟的叫声从天空划过，但你看不到鸟儿。布谷鸟的叫声是季节的闹铃。

在这样的夜晚，在你的窗口，植物生长的气息会偷袭过来。我经受过的这种遥远乡村的春夜，根本让我无法入眠。像是在听一场吵架，像是所有生灵的不满和吼叫——虫吟如奔腾呼啸的潮汛，一下子随月光涨了起来，比着它们的嗓子。这是一个正在苏醒的夜晚。无论多远，春天都在。这些虫子，它们的声音咋就这么洪亮？书上叫虫吟。但我的乡村三月夜是吵闹不堪的，哪有低吟浅唱，就是大吼大叫。是不是这样的夜晚它们有太多的激动要呼朋吆友？是不是憋了一冬的嗓子已被月光清洗畅亮？是不是有太多的话要向这暖和的世界倾诉呻喊？它们是不是一群上访者？一次虫界的不知所以的群体性事件？这些从地底下一古脑钻出来的小虫子，它们比人的喉咙还粗，真是不可思议的怪事。蛙声倒显得很落寞，很清静，很淡定，三声两声，不想凑这个热闹。主要是虫子。太吵太吵。这是咋回事啊？难道不能静静地享受这上苍赐予的时光，静静地恢复元气？它们扯着嗓子，就像是每个的口里含着一块钢片。叫吧，叫吧，聒噪吧，三月无法阻止你们的歌唱和久别重逢。

细数，从大野上吹来的熏风，带来了油菜花、荠菜花、蒲公英花和野樱桃、野杏、野苜蓿花，以及植物和水面的香味。头脑一片空白，不要去分辨谁是谁，谁多谁少。田埂阡陌上，更多的菟丝子、灰灰菜、野豌豆、猪毛蒿、鹅不食、乱眼子，一些田野上有乳名和诨名的植物，都有了，一个也没散失。远远望去，整个村庄浮在油菜花海里，仿佛泡在蜜里一样。

我不嫉妒那些享受三月的人。我返回书桌，开始满怀敬意地书写你。

所谓故乡

所谓故乡，就是总梦见那儿的鬼地方。

所谓故乡，就是有个理由可以矫情一下，说"很怀念"的那么个地方。

所谓故乡，就是想哭哭不出的地方。

很破，有些恼火。河流淤积了，池塘变成了旱地。好端端的庄稼地或者小路上耸起了几个坟堆，瘆得慌。估摸着这是谁，这又是谁，心情很不爽。老人们走着走着全走进了土里；不该走的也走了，闻之令人嘘唏。咋的啦？这世界不按规矩出牌……唉，一大堆伤感的事儿，就是故乡。

草黄了，阳光本来有些温暖，狗又咬我。狗是当代的狗，不认识我，古代人。少小离家老大回，回到家乡不见家。家都不见了，成了油菜地，旁边垃圾成山，还有些破败的房舍，别人的，想起往昔。

故乡人给我一本故乡人写的诗词（一个什么会刊），好像是替谁做宣传似的。何必这么殷勤做别人的代言人？那时候你们这些老前辈没整得半死？没吃的，剥树皮吃。你们的家人破衣烂衫，那时你们写诗也说"齐欢笑""欣逢盛世"。今天又"欣逢盛世"。中国的盛世咋都叫你们赶上了？又是好风光啊，又是杨柳青啊，又是好政策啊，又是阳光灿烂，百业兴旺啊，又是农村处处歌声扬啊，还河水悠悠啊，船棹轻轻啊。河道已经改了，房子没了，过去的欢乐也没了，墙基倾圮在水里，一切都改变了样儿，物是人非，你们咋这么高兴哩？咋这么浪漫主义哩？对坟冢，对痴呆老人，对肃杀的冬，对颓败的房舍，对明明浩荡过如今却狭窄的河流不闻不问，究竟是为啥哩？儿时的荷塘和游鱼和蛙声和碧绿的水草都消失了。一些破破烂烂、因陋就简的农家乐，吃的狗和土鸡却是崭新的。咕噜咕噜冒着红艳艳的气泡。这些活着的人对我们山川地貌的改变无动于衷，只知道找味重的菜吃，吃火锅，一个火锅，两个火锅，三个火锅，一桌都是火锅。加上烈性酒，加上烈性烟，加上烈性辣椒，加上烈性酱萝卜，加上一些随吃随扔的软巴啦叽的一次性塑料餐具，好像是吃了就上战场一去不回头似的，好像要把世界吃光把党和人民和国家和自己，把故乡把人生把阳世吃垮似的。每个人两个胃，或者更多。都这么胃口好，仿佛医院是多余的，火葬场不存在，可以吃一百年，一千年，一万年。还是这个毒狗肉火锅，怎么吃，我还在，还坐这里，还是满杯上。什么扯淡的文化啊科技啊胃溃疡啊酒精过敏啊，也不分男人女人也没有谈情说爱花前月下也没有职称也没有贪污受贿买官卖官群体性事件，也没有地震和水灾，也没有

联合国没有美国没有南海问题没有气候变暖，没有亲人没有
礼义廉耻，只有这个火锅围着坐，一醉成仙，成为世界主
宰，当下存在。

　　那么些人，我都记不得啦。说谁谁，就是把人家肚子
搞大破坏军婚那个，判了十年……那个是跟某人的姐姐被人
捉住了的……当年精子满天飞，今日变成黄土堆。

　　在我少年的时候，没有乡愁，也不知道异乡，只有满
身心的愉悦，只想吃和玩。后来有了乡愁，是去了很远的地
方，故乡抛弃了我。所谓故乡，就是水还在，而当年的少
年不在了。少年在，那个时代不在了。时代在，而地方不
在了。还有那些草，蒲草，蒿草，四叶草，蝉和蜻蜓，和湖
埂，这些与水有关的东西，不在了。

　　我是一个很坚硬的人，想得很开，不易生闲愁。看别
人的作品，总觉得窄窄的。当然，除非是愤怒。愤怒是需要
境界的。一个日渐苍老颓败下去的故乡，不值得我去为之呼
天抢地。有时想想，也就过了。

　　荒凉就很好么，未来如果没有荒凉开垦，全是硬化道
路与楼房，与桥，故乡还有什么意义呢？我认为野草摇曳，
断墙半陷，就是故乡最好的记忆，就是真实好看的故乡。

　　问题是，你非还要说我们故乡河水清清，兰舟桂棹，
那就夸张些了。有比作家更黑更损的，说，你们要我们爱国
爱家，爱个什么？摩托车这么多，到处撞死人，垃圾遍河没

人管，只管经济，只爱商人，商人来了哈哈笑，GDP上去了，官员升迁了。升官又不考核垃圾，又不考核河流，又不考核文化。五十年前是没有现在吃得好，可五十年前有雪，有清澈的湖水，有水草。我要你现在还我水草，你有吗？你永远没有了。我可以不要乱七八糟的洋玩意儿，我要水草，一钱不值的水草，你有吗？

其实，所谓故乡，就是希望你给我一个名分，不要太霸道，以沉默和遗忘为霸道。我记得你，你不记得我；我叨念你，你不叨念我；我走近你，你不走近我；我疼痛，你不疼痛。你就是一把时间，让啥都腐烂无存啊。

所谓故乡，就是心越走越近，而人越来越远的地方。

神农架之秋

我走进秋天的神农架山中，给友人的短信只有四个字：红叶沸腾。

这当然是在未雨晴朗的时日，空气中到处流溢着浆果灿烂刺人的甜味。当然还有不声不响变得结实、成熟的核果和坚果。说说浆果吧，浆果我见过的有红枝子、刺泡、蔷薇果、海棠果——金钟样地往下掉；红枝子一嘟噜一嘟噜。还有八月炸、老鸹枕头果、猫儿屎。还有野柿子，鲜红的茶果，猕猴桃。五味子也成熟了。那些乡下的妮子们提着篮子上街来卖，一块钱一斤，五块钱可称一塑料袋。我在神农架挂职时，写过一首诗，《卖五味子的小女孩》。有这么儿句："卖五味子的小女孩/出现在/这深山小镇的秋天/那红艳欲滴的色彩/让我陶醉/五味子，酸酸甜甜的五味子/那就是你八月的脸……/你也许是为了挣几个学费/也许要补贴家用/你一个人在山坡上蹚寻/采摘这热烈而又羞涩的果实/一个陌生的远客走近你/你用满满的一篮红色告诉他：/山里的秋天熟了……"五味子真的是一味好药，五味子真的很好吃，吃起来全是核，可你必须将核一起吞进去，这是消积化食治胃病的好食品。千奇百怪的野果在神农架太多了，一到秋天，就铺天盖地自己钻出来了。当然还有核桃、板栗、榛子、松子、锥栗。那种青翠无比的松果，剥开来，可吃到新鲜松子中雨露和云雾的芳香。我在长篇小说《猎人峰》中写过几句神农架秋天："向日葵黄喷喷的，苞谷金亮亮的，树木红艳艳的。山坡上果实呼啸，山谷里糖分汹涌……"

其实神农架的秋天是从第一阵秋雨开始的，是从河谷地带的苞谷林开始的。苞谷在八月下旬即黄了，不是那种收割季节的金黄，是一种垂头丧气的萎黄。雨打在叶子上，只会让它更颓靡。往远山望去，水杉也好像黄了，在灌木丛中，突然出现一两株红叶植物，红得怪异端的，红得怪磨眼的。烤烟人家的烤房里冒出了青烟。烟叶是青碧的，在这个季节，他们要加速让它金黄，变成金钱。山上的雨岚在向山中漫去，浸染出秋天的气色来。秋天对于收割其实是一种枯黄的心境，我们无能为力。而秋天的幽灵为了抚慰大山，总会让它红一阵子，鲜红，金黄样的红。鲜红的大山是疼痛而壮烈的，群山因疼痛而憋红了脸。秋和冬离得太近，秋想到冬就会瑟瑟发抖。它们争相憋着脸，红一阵子后，等待那风雪白皑皑地覆盖和欺侮。山是没有办法的，它可怜而悲壮地红一阵、白一阵，然后青一阵——由秋、冬到春，那就是春天悄悄来了……

但是神农架的秋天短暂而火热。一到了天晴——这样的时日总是很多，猴子的一声唉叫，天就扯开了阳光。在秋天，大龙潭的金丝猴也是美艳无比的，或者它们就是神农架秋天华美的象征，它们就是秋天的跳跃的精灵。它们金黄色的皮毛简直就是为了炫耀秋天而存在的。是为了渲染秋天，为了给秋天抹一笔梦幻般的重彩而出现的。在早晨有些清冷的阳光下，它们叽叽哇哇，通体透明，就像一团团霞光，一个个雍容华贵的金秋的音符，一个个金秋的注释。看那鸦子口和神农营的红叶，最让我惊心动魄，红得令人讶异无言，气氛令人神经错乱……那已经是高山之秋了，从低山向高山爬去的秋，烧红的秋，愈到高处和深处，就愈狂烈和响亮。那真是满山遍野地燃烧，树木层层密密，全拼命显示着红。如果用诺贝尔小说奖得奖作家帕慕克的一部小说来形容神农架的秋天，那就是：《我的名字叫红》。而在酒壶坪一带的公路两旁，那些日本落叶松的阵势也十分了得。"在冬天里，她们落满了雪，像舞蹈的少女，展开玉色的裙子……"我在《松鸦为什么鸣叫》中似乎是这么写落叶松的。但秋天她们更美，美得只像她们自己……金色的空气中布置着华丽的大典……秋像无边无际的舞台，大幕拉开，即将上演神圣的乐章……这没有一点夸张，我在那落叶松的秋色里穿行，人突然变得高贵起来，仿佛不是在遥远的山野，而是在一个传说中的国王的宫殿里，四野静穆的金黄，犹如一个伟大的回忆。往皇界垭爬去的某一个拐角处，回首一望，那些树呀，那些叫不出名字但造型奇崛美极的树，干脆就是一树树火焰，喷吐着秋天的狂情！它们是红枫？是鸡爪槭？是海棠？是乌桕？是所有该红的树。衬着它们的还有那红黄相间的黄栌，是结了小果的胡枝子，是开着蓝花的石泽，是路两旁一片一片的粉艳艳的打破碗碗花。一只小巧的蓝喉太阳鸟从花丛中飞出来，它把小小的巢筑在这里，方便地吸食秋天喷涌的花蜜。在关门河，在九冲河，在六道峡，在香溪源，在野马河，在金猴岭，那里的秋无一例外地浓烈火红，在深山峡谷间自我陶醉地燃烧，为秋完成最后的高潮，作为季节的总结，它们的表现壮怀激烈，慷慨高昂，尽职尽责。

我的朋友、摄影家银道禄先生有一幅作品叫《为看秋色入山深》，里面有一个背包客的背影，踏着满地的红叶，就像踏着秋的火烬，走在秋意喧闹却杳无人迹的荒径上。而他的四周，还有那头顶，则是蓬勃燃烧的秋的穹隆和环廊，像一个童话，这就是神农架的秋天；像一个故事，这就是神农架的秋天；像一种不可能的邂逅，像一段爱情的传奇，这就是神农架的秋天。

如果以个体显示神农之秋的壮烈，那就要数三里荒的那棵千年天师栗了。天师栗又名娑罗树，传说只有在月宫里才有此树，可神农架遍布了这种树。它的果实又叫猴板栗，是一味中药，比板栗大，酷肖板栗。我从神农架三里荒带回几颗这种果实，种在花盆里，现已是枝繁叶茂，在城里扎下了根。在猴板栗成熟的时候，这棵千年天师栗就成了一树巨大的笼罩在村庄之上的火焰，日夜燃烧，灼灼其华，照红了三里、五里、十里之地。此言不虚。如果你去三里荒，远远地就会看到那棵冲天火树，仿佛整个村庄都着了火一般。如此浪漫的野村啊，如此撩人的秋景啊，该要积蓄多少力量，这片土地的深处，有着什么样的热力和生命的源泉！它把地心的、石缝深处的色彩和能量都吸出来，然后托举到天空，这种力量该是何等地伟大，何等地旺盛，何等地强悍！令人无法想象的生命表现的欲望和宣示，生命的歌唱与倾泻。只有神农架这片深厚的土壤才会孕育出这样的巨匠，如椽的大笔惊天地泣鬼神。处在这样的秋里，喉咙想吼，心想爆燃，所有的阴郁都会焚化为灰烬，冰凉的灵魂也会无端炽热。就是一个梦幻，一次献身和决绝，就是一场遭遇，就是一场舍生忘死的幽会，就是一次崇高的呼吸和神圣的祭拜。这所有的一切，都与信仰和热爱有关。

而秋水，也是如此这般的缱绻和缠绵，它像雾色一样地从山中流来，带着更奇艳的、陌生的、未见世面的红叶向下游流去，另一些红叶加入了这支漂流的队伍，斑斓的溪水，香艳的溪水，落英缤纷，将这场季节的流逝装饰得妩媚动人，姿影妖娆。它掩去了秋的伤感，秋的悲壮。像一支送亲的队伍，消失在时间的深处，变为瑰丽的怀念。看云岚轻柔如紫，看嫩寒纤弱似玉，还有什么比这秋的叮叮淙淙更令人肝肠寸断，更令人此情绵绵呢？

一个挑着浓稠蜂蜜沿街叫卖的山民，一群嗡嗡的蜜蜂跟着他。

一个挽着装满五味子竹篮从山坡下来的妮儿，爽朗明净的秋云跟着她。

一只从崖边土屋中蹿出的村狗，一望无际的苞谷跟着它。

一片高亢的群山和森林，一阵金色的风跟着它。

一道山溪，一片又一片红叶跟着它。

我只想用这四个字：红叶沸腾，来告诉所有未到过神农架秋天的人们。我只想让这条短信像下滩远去的溪水，传遍世界。

油菜花

到处充斥着凶猛的油菜花香……这漫天黄花正肥劲……

最早在花海中穿行的不一定是那个播种人，他更不会惊叹这里发生的壮观花事。我在某个春意初暖的日子被亢奋和暗示推搡着，误入这条几乎挤攘得看不见的阡陌。我被蜜蜂轰出来。两旁竟有这样盛大的花潮，简直要把我卷走，吞噬。我坚信，我与它们不属于同一个时空，因为我（也许还有更多人），太过单调无聊，没有这样的丰仪瑰玮，对这个春天了无贡献，做人枯燥无趣，阴盛阳衰，不配与它们为伍。河流在曲折地奔流，一路掠过春天的鬓鬓。平原太阳如炬，油菜花的潮水已经湮没桃李的矫情。没有多余的庄稼与杂草，这是霸气王者之天下，不可与他人分享。我估摸着许多人，没有任何道理与它们相逢，几无讨好和谄媚的资格。让他们待在原地吧，让他们和油菜花老死不相往来。一个在虚构中捉弄语言的人，在文字里像吝啬鬼一样算计，这些田野上热气腾腾的生灵与你们何干？宏大的叙事，蜂鸣和花。

愈往前，阵势愈大，哪来的一场海天盛筵？谁让它们盛装华服，花雨纷飞？谁让它们琼浆玉液，芳菲缠绵？谁让它们龠舞笙鼓，举酬逸逸？

花的香味惊起如雀羽，扑棱棱地，带着扇动的潮湿，空中似乎飞翔着无数条金蛇，侵入你的呼吸，让你窒息。一个花粉过敏者被花粉治愈了。这是有可能的。在花海中不请自来的彳亍客，把臃肿的衣裳扔向天空，这是解开身体放荡的最朴实的理由。

我挣脱了为争看几株樱花的拥挤，仅仅是局促内心的人，同时可以置身于一个用亿万枝花朵装扮的花事大典，成为唯一的检阅者，山呼万岁。在汉江和长江的两岸，被浪抹平的广大的江滩，从碧绿的江水倒影里，看到油菜花的火把在两岸肆无忌惮地燃烧。这场野火的发起者怀有狂喜的童贞，他将焚烧掉冬天无缘无故带来的全部绝望与晦气。有可能，顺着逶迤的江水，一直把这近乎淫荡的黄抹到你的窗前。谁的家正好在这里？掸掉一襟花袖，谁正在花间酒气地抚琴默坐，或者抱膝长吟？为一种香，爱一个人。为某个月份，不惜背叛所有的年纪。为表达一朵花，不惜毁掉一生的名节。

这花粉的播撒是绑在阳光上的箭，射向毛茸茸的大地。难道布满天空的花，只为唤醒一首陈诗和一个理屈词穷精神恍惚的诗人？一个蛰伏在每人心底的秘密，一个被理智和隐忍碾得发扁的愿望，许多时候，我们没有机会表白和参与。点燃火把，纵身跃向春天的堑壕。我想问，那些疯子一样的盗蜜者，那些蜂子，是从哪儿偷袭过来的？仿佛，它们已经窥伺了几个世纪，重兵集结，把所有的蜜，抢回它们的箱箧中。

我不能被这些花灼伤眼睛。我的双眼只适应在森冷的书房和单调昏暗的光线里，像一只书蠹在暗无天日的文字深处，吮吸那些昨日纸浆的水分。无法啜饮这样的美酒。熏风漫卷，被你绑架。我害怕再有僭越之心，无法撑到花谢之日。

所有的村庄都在沦陷，雀巢向高枝逃窜，这个季节，一样的命运。风摇荡着它们的时候，所有花粉的烟雾冲向天空，人、鸟羽、村庄、道路，呛在整个黄色的香霾之中。

一些蜜蜂醉倒在花丛。我不知道它们的梦，但它们的爪子上，沾着裹好的花粉团。田埂上返青的苦苣、灯盏草，茂密的野韭菜、野芹菜、地米菜，都被那些饕餮的寻芳者拿下。一些野绿，一些野红，一些野白，比如一株桃，一株杏，并不比人和村庄更寂寞。

每一个撞入此地的人，不再相信别人所说的春天。那些关于春天的字眼早已孱弱无力，犹如哄骗。就算到了春分，书上已经莺飞草长，大雁群来，寒木初芽，花团锦簇，但许多人心中依然冬声袅袅，如果，你不遭到野外迢迢陌路的牵绊。我踏着枯草，到处是干爽的田垄。假装走亲串戚的一员。远处白墙依依的村庄，仿佛是我的家。仿佛，我在这里背过锄头。或者在这里，闹过革命。仿佛，我是故人，有着很深的乡愁。这片土地的密码，在我脚步的丈量和手指无所事事的拨拉中。

那些从未被我们歌颂和看重的地方，野草和油菜花生长了一千年。小南风将对这一切不理不睬，懒洋洋地往别处走去。也就是从这个村，到那个村。从这条河流，到那条河流。

我坐在油菜花原野的尽头，听着蜜蜂的嚷鸣。我是大地的一分子。我不爱凭空冥想，只喜盘坐田头。世界多大无所谓，追花夺蜜，随波逐流，与这农耕时代的金粉世家，浪迹天涯。

大九湖之恋

　　这是上天遗落的一块平地，并盛满了高山之水。在天气晴朗的时候，会有人遥指白云缥缈的那片大山说，在那上面，有耕耘和放牧的人，他们住在天上。但是有人会问：他们在那样高耸的平地上生活，人和牛会不会从山顶上掉下来？

　　大九湖在鄂西北神农架的一隅，那里流传着"薛刚反唐"的民间传说，并说这是薛刚反唐的秘密基地。薛刚确有其人，历史上也曾辅佐庐陵王李显，他是为报全家灭门之仇，而参与了讨伐武则天。

　　这个传说充满了苔藓的气息。在莽莽的高山老林里，这片曾经虎奔狼窜、野鹿遍地的大沼泽，是一条川鄂古盐道的道口。土匪常在此剪径并筑寨。说它是薛刚神秘的屯兵反唐和练兵之地，也属正常。这里也是传说中的野人出没之地。高寒山区的冷水鱼在这儿怡然自得，就像这儿的居民一样，谁也不知道它们是从哪儿来的。此地海拔在一千七百多米，刚好在神农架的雪线之上。如果有雪过早地到来，这片寒冷的区域就与世隔绝了，山外的人们不知道那里的人在漫长的冬天里是怎么熬过来的，是生还是死。林海和雪原把他们湮没了，无声无息。春天的时候，湖面解冻，他们又会出现，和他们的渔船与牲畜，在那片野花盛开、碧水超然、童真满地的地方打鱼、放牧。

这个神奇的地域被海拔两千八百多米的群山环抱，所有的地名也十分奇怪，一些小村落的名字为帅字号、一字号、二字号、三字号、四字号……九字号，加上帅字号，十个，依次排开，明摆着是打仗布阵用的，也像是营地。大九湖夜晚来临的时候，无端会有一种紧迫感。远处的草丛中牲畜和野兽疾奔，空气崩裂，湖水颤抖，喁语低曨，像是有四野伏兵，一场烟尘滚滚的大战在即。接着雾气浮动，炊烟从林中和山坳里逸出，带着临战的警惕，悄然飘拂。

就是这里，从四川大宁通往湖北或者更远的河南、陕西的川鄂古盐道，正是悄悄翻过川鄂边界的横梁山、五等垭子、四方台。四方台是一座奇特的像棺材的山。那些背夫，来到大九湖，可以放下几百斤重的盐包，在湖边洗一把脸，在山脚的大车店待上一夜，就像背夫的歌里唱的，在"油渣子一样的被子"里瑟瑟发抖。如果碰上风雪弥漫的冬季，在雪线之上的他们，向山下茫茫的雪野眺望，想念自己的家乡，在这高高的山上，会唱一曲辛酸的《背盐调》："……背盐的清早把路上，走什么三道沟、九道梁。菜子垭、田家山，背篓、打杵、脚码子响。长岩屋，烤干粮，大九湖里好荒凉。太平山上打一望，一望望到家门上……"

曾经被遗忘的、一眼望不到边的大泽，在夜晚翻出古老的泥沼气息，连它的植物都带着淤泥的气味，久久萦绕在山坳间和村庄里。它周边巍峨连绵的群山处在大巴山东麓，与莽莽苍苍险峻的秦岭相接，是这两个巨大山脉的交会碰撞地带。紧连现在的重庆两县：巫溪与巫山。在另一面，它的西北面，又与竹山和房县的大山相连，再过去便是秦风浩荡的陕西。它的"一脚踏三省"之说是有依据的。

说到我挂职神农架的那年7月，我们抱着两个西瓜翻过神农顶。我和画家但汉民，民间文学家、搜集整理汉民族史诗《黑暗传》的胡崇峻，开着一辆吉普，到了海拔两千六百米的猴子石保护站，已经冻得不行。在那儿烤火吃西瓜。然后一路北行，穿过坪阡，到达传说中的大九湖。我记得那是一个无限安静的高山上的下午，一望无涯的草场，但我不想说草原。那个夏天是再也找不出的安静，满地黄色的旋复花、红三叶草、开着红花的江南蒿、白花的灯笼花迎接我们。鼠李和棠梨在远处的草地上，在浅浅的沼泽中摇曳。还有开着小黄花的独摇草，一茎直上，在无风的时候独自摇晃着，自得其乐。成群的猪和牛在那儿怡然游弋，当地的绿鸟鸡在草丛中到处乱窜。我们在黄益成老村长家吃饭，晚上我们盖着八九斤重的被子。傍晚时分，我沿着牲畜踏出的小道去暮色中的草场散步，被人撵了回来。牛羊们渐渐模糊的影子急匆匆地往各自家中走去，牛铃叮当，几乎没有人。半夜我们听到了山上狼的嗥叫声，月亮里孤鸟的影子像箭一样刺破这儿旷古的天空。

住在天上的人们和天上的故事其实十分简单，就是群山环抱，风动草伏。天空中只有云影和偶尔出现的盘旋的苍鹰。一团团像挤出来的泡沫般的云彩，从山顶出现，就像一个偷牛贼潜行而来。在长满野草的一些田垄间，还有人种植着苞谷、洋芋和荞麦，但田里的杂草比庄稼还要茂盛。

我一直认为在高山顶上的生活是充满遐想的，那里肯定与我们不是一个世界。我看到民国时期的房县县长贾文治在《神农架考察记》中这样记载："大九湖为川鄂相交之高原盆地，东西狭而南北广，纵横五十余华里，约计面积37500市亩。乃巫、房、巴、竹行旅之孔道，为川鄂商业交通之要卫，地形超越，山水环抱，有控制川巴之优势。土地平旷，流水不通，浸酿成湖，不利农作……"我还读到一位当年剿匪老干部的回忆录，说他们当年来到这里，看到碧波荡漾、水草丰茂的湖边，住着许多渔民。湖边还生活着一种特有的野鹿，就是草鹿，双角直伸，重达几百斤。因为湖水消失，草鹿绝种。有一种土鱼，钻进泥沼中，有土腥味。还有一种野生稻，碾出的米圆溜溜的，煮出的饭香味扑鼻……我喜欢这旧时大九湖的意境，沿岸的渔民和渔船，这高山上的渔家，他们向天空撒网，向白云捕鱼，这种景致何尝不是仙境呢？

一个巨大的伤痛的事实是，20世纪70年代，在学大寨的蛊惑下，有人觊觎这片湖泊湿地，为将这片湖泊湿地改造成万亩良田，当地出动数千人开挖了盆地的落水孔，将湖水引入地下暗河溶洞。我第一次去的时候，水没有了，但"良田"不长庄稼。因为是冰川遗址，湖底全是石头漂砾，沼泥虽然深厚，在劳动力奇缺的情况下，荒草比庄稼长得更快。那些湖边的渔民和渔船不知去向何方，仿佛他们从来没有在这儿生活过。那时候，人们还没有意识到这片高山湖水的重要。不就是个天池吗？如果我们的古人将它命名为神农天池，而不是湖的话，也许会逃过一劫，但填湖造田的政治需要，使得它成为了被杀戮的目标，生态灾难就这样降落在这几万亩水域的高山顶上。

一直以来，让其蓄水的呼声不绝，我在我的《夏走大九湖》的文章结尾写道："最好是采取措施，完全恢复她湿地的原貌——重新成为名副其实的、碧波荡漾的大九湖，这可能就将是国内已知的最大高山湖泊了。不过这只是一种怀旧般的憧憬，但，也许真有一天，它会变为现实，让神农架的雄峻和神奇，青葱和广袤都倒映在她的怀抱中，这莫非不是地球的幸事！"

这一天终于来了，愚蠢的一页翻过去了。湖，又回到了群山的怀抱，大九湖成为了真正名副其实的高山湖泊和湿地。

我会被水俘获。这正是我一生伤痕累累过后需要静憩、摆脱、湿润和洗濯的地方。只是它藏得太深，太远。在极限的干渴和疲惫中，承受这山风与湖波吹过的幸福和晕眩，恍惚与感激。我现在想来，我是追寻这片雾中的风景而来的。水生雾，雾生景。那被雾霭紧裹的，与山相依的湖泊，有一种把群山推向很远的幻觉，所有落入湖中的山冈好像非常遥远，好像在云端，在心的私密处。

那些山各有雄姿，从水中看，似乎是从云上蹿出的鹿，正在草场上欢跃。而在湖的对岸，一些牛在深沉的雾气中哞叫，吃草，纯银样的波光围绕着它们。挂甲峰的影子是无比美丽的，这是我唯一能辨识的山峰，其他不知名的山峰有着不知名的美。雾气不仅在水面上，也在山间蒸腾，这让山冈浸润在了水之上，浮着一般，摇晃着，沉入我们的冥想。山与水生成的雾气往往是蓝色的，你会很爱这种蓝，是一种混合的蓝，混合了天空、山冈、树木、湖水、水草和水汽的蓝。它太浓酽，村庄、田垄会洇成这种蓝色，像是一下子跌入染缸，小路、沼泽、奔走的牛群，全都掉入这种比梦游更不可思议的蓝色。这里是神话中蓝衣人的出没之地。天空从远处的村子上撕开了一条缝，就像破晓。永远，这片地方，都在薄雾中破晓。它是永远的早晨。

大九湖的晨雾大约是最美的，轻柔得像紫玉，云影和山影一旦明亮就会蹒跚坠入湖中，仿佛宿酒未醒。或者，干脆它们就是一整夜在水里浸泡着。一两株树很好奇，它们走近湖边，窥探这些山影的命运。结果它们探出头看时，发现了自己曾有多么自恋。它们搔首弄姿，陶醉在自己的轻佻中，和自己的影子调情。这个早晨多美啊，与山水的暧昧也有可能是一种美。

当太阳从山顶出来时，那些雾，就像一层乳液，给草场和牛羊们抹上一层柔软的奶油。雾是大九湖的魂，是这块湖水的精魂，是它点化这湖泊之美的神奇手印，是它袖筒里扬起的魔术的烟雾。雾使山冈、湖沼和树林的层次，在那薄薄的雾缕中被分割，被突出。水把山拉成一片一片的，就像那些会使各种中国画皴法的画师。有一些岸渚，恰到好处地伸进浅沼，把一簇簇棠棣、椴木、红桦、虎皮楠推到那儿，而这时，树和紧挨着它们的村庄无一例外地发白，像是被寒冷所照亮。那种光芒，带着纯粹的沉静，藏在山脚下，和雾一起浮起，一起盘旋上升，撑开雾，像是一场冬雪的传说。水与山的蓝色在这里总是饱满的，一致的，像是一个基因，一种遗传。

那些倒影，还是那些倒影，我不能绕过它们，我不能不与它们共恍惚，同沉浮。除了雾，大九湖的倒影是很值得留恋的。如果你恍惚，它会让你从沉沦中拔起；如果你凝神，它们会展翅飞腾，像诡谲的精灵。但是我们不可能没有这样一个易逝的和揉碎的世界，让水来处理这比现实更迷人的空间，深入到水的深处，稀释我们心中的沉重的阴影。山的纹理，树的繁芜，层次和节奏恰到好处，色块明朗，光线阴阳的切割顺着山的走向。这一切，水把它们接纳以后，成为另一个山与树的世界，在水的世界中，它们深情纠缠，融为一体，轻与重，妖与朴，真与幻，共同参与创作了一幅旷世的云水图景，也让山和树有了低头一笑，临风惊鸿的妩媚。

最喜欢它的夜色，仿佛等待一个人终于尘埃落定。在天光的覆盖下，树和山的影子呈放射状，那些裂开的纹路千丝万缕，全顺着湖面游荡散发，像无数条游蛇钻进夜的睡巢，像天空中树状的闪电凝固在某个瞬间。

大九湖的星空因为水而气象浩荡，水天一体，遥相呼应。四围的群山似乎为星空腾出了一个位置，就在大九湖的头顶。这片天空的星星，正被群峰托举着，拱卫着，敬奉着。无数双宽厚的手掌，伸向天穹。那些星光，宛如从群山的峡谷间射出的神秘光束，在天空中漫舞。我曾在一个夜晚遥望过大九湖的星空，眼睛不由自主地潮湿。我们遭受过什么样的狙击、混乱和惊吓，挣脱出来，难得赶在一个万籁俱寂的时刻与它们相遇？我们的内心有多么惶恐和不安，而星星压下了我们的惊悸。与你离得如此之近的水晶天穹，天上星光如絮，水中银河倒悬。我坐在湖边，沉默如亲人的星空就像母亲在村庄擎起的灯，守望着我，引领着我，安慰着我。它们近在咫尺，有着巨大的瀑布般倾泻的温情。在这样壮阔飞腾的夜空，生命有一种青葱生长的力量，有穿行天地，阅尽风霜的惆怅与悲壮。在最黑暗孤独和寂静的地方，会有那么多闪烁的东西。哦，黑暗如此富有，如此奢华，这是你亲眼所见吗？夜空的鲜蓝色，是谁在擦拭它，搁在我们头顶亿万年了，依然没有一点陈旧感，这是何等高贵优秀的品质？

月亮突然间升起来了，碾盘似的，光滑，厚重，立体，大九湖遽然间变成了一块大浮冰，像是从大水深处冲上来的。而后，它荡漾起来，细细的波纹，有着古朴的激情和敦厚的举止。那些荡过来的波浪，从四面八方赶来，从山谷里游来，神秘的水，像是大山聚集起舞的精灵，是野兽、草木、石头和雾岚的魅影。星星在向上腾起，水花在迸射，就像一万个女妖在夜晚的山谷里蹈浪沐浴。这也是山与水悄然交媾的时刻，星与浪缱绻的地方，每天夜晚，它们的故事都在这片湖泽上演着。

不知怎么，我会忽然想到它的秋天。我在雾霾的城市写着大九湖时，我对它的秋天有一种高朗的信任和寄托。如果我不歌颂秋天，我的内心就会开始寒冷，笔会凝滞抽筋。我写过《神农架之秋》，我的热烈的文字足以抵挡一个又一个寒冬的欺凌。到了秋天，水是一如既往地清澈澄净，像一位道行极深的高人谨慎地碧蓝着。群山之间，红叶泛滥，红色的火泼泻到湖面上，久不能熄。

秋叶红了的时候，太阳从金色的树丛间泼泻过来，打在湖面上，浪花在秋风的鼓动下卷起了高高的、火光熊熊的金潮。这是相当激动人心的时辰。云彩层叠振奋，迈向高山之巅。一会儿，在沉淀之后，湖上的红叶不知是谁抛撒的，竟覆盖了所有的水，遮蔽了天空，让天空在缝隙中穿梭，支离破碎。然后，它们将干干净净地等待着风雪的降临，就像就义那么悲壮无声。灯心草黄了，莎草也黄了，还有一些植物不红不黄。辽阔的草甸上，喧闹的夏日已经结束，细长柔软的芦苇，像深山中修炼过的女妖，白着它们的头颅，撑着纤弱的躯干张望着，也绝望着。雪会来，沿着四山的峭壁，蹈着森冷的水，越过山壑到达这里，它们仿佛有预感。它们的身影那么疏寂寥落，把激情的一生耗尽了，向水而泣，摇曳着它们感人至深的白穗。

冬天在这片高山湖泊早早到来，雪开始播撒，湖边静悄悄的。好像听到了湖沼那荒凉和重创的呻吟。行人已经远去，他们曾经在这里留下的温暖心事，现在留给了风雪。我们的心也被吹裂。没有封冻之前，湖水格外汹涌愤怒，好像在流放的远方被吞噬和凌辱的呼叫。所有的树枝，脱光叶子的落叶乔木、依然青翠的常绿乔木和灌木，都还站着。波浪们兀自狂躁，无人理解的诉求和碾压声，一夜之间，就被残忍的冰冻住了，割去了它们的喉咙，喑哑得像来到世界的尽头。树枝镶嵌着晶莹的凌皮，太阳恍然出来，树影斑驳，森林里的雪覆盖了大地的创伤。冰被阳光磨亮，山的光芒像新鲜的橘皮一样耀眼。但是到了夜晚，古老的冰在这片大湖中呼啸嗥叫，犹如荒兽。雪一层一层地堆积，不让生命动弹。那就在山民家里吃腊蹄子火锅，喝几盅自家酿的苞谷蜂蜜酒吧。大九湖的腊猪蹄太有名了，这些腌渍过的，用松柏枝熏得焦黄的猪蹄，在火塘放有花椒的煨锅中冒着辣泡。门外明亮的雪原作为一只酒盅的衬景，是相配的。然后在风雪寂落和遥远的狗吠声中，在温暖如春的火塘边打盹。

春天里的花在这里太多，我不想过多地浪费笔墨描写它们。冰雪开始退却，蒲草从水中醒来，各种看似冻死的蕨类植物、苔藓——大九湖独有的泥炭藓、凤尾藓、赤茎藓、疣灯藓，开始复苏。金盏花、翠雀花、野罂粟、飞燕草、紫堇也开花了。抱蓝蓼、谷蓼、箭叶蓼和水蓼是这儿与菖蒲和莎草一起热爱湖沼的居民，它们从山外的春风里迁移来。红色的酢浆草、紫色的老鹳草，宽大的南方山荷叶，都在这大片的泥炭沼泽、睡菜沼泽、苔草沼泽、香蒲与紫茅沼泽中招摇过市，状如薰衣草的大片紫色的鼠尾，一串串冲天而起，把春天撑得如此蓬松多情，敢爱敢恨。木姜子黄色的花穗在灌丛上如锦缎般挑着，居高临下地笑着。动物和牲畜们会来到湖边喝水、嬉闹、搜索食物和交配。这是所有生命和爱情苏醒的季节。

在春雨中，一切都蒙上了忧伤的面纱。我尤其喜欢在没人的时候走上小径，谛听水中的声音，和被风无端叩响的波浪的喋喋。那些异域的声响让我们困惑，许多陌生的事物和景色让我们敏感茫然，挑动着你清算世界粗暴伤害我们的过程。某个傍晚，风向我吹来的时候，灌木丛那树叶摩擦出的幽暗响动，好像古老幽灵的影子。咚的一声，它们又跳入这个越来越温暖颤动的湖里，内心的光亮总会独自临水闪烁。

"湿漉漉的孤独"，这是法国诗人克洛代尔使用的一个词。因为大九湖柔和地抚摸，那些钻出水面的浅绿色的蒲芯和芦芽，和从山坡上滑下来的春风，那样清澈潮润，沁入灵肉。一个远行人和独行者，我一直追寻并热爱着这"湿漉漉的孤独"，我此时想起在早晨的薄雾中，湖边那个熠熠闪光的几户人家的村子，它的上空飘浮着漫长的烟霭。哦，山与湖的乐趣让人生情，这是上苍的慈悲。我渴望着有一天能够在这里傍水而居，在傍晚与那些消失的野鹿之魂相遇。躺在满天星空下，手中握着一颗捡拾的陈年橡果。

大九湖，作为一个多年与你山水相逐、风尘磨尽的恋人，我不得不说：我爱你。

村庄是一蓬草

常常，看着你，对视着你，注目着你，远远地，就是一蓬草，野草，杂草，荒草。你在没有路的地方，路最深最远的地方，在天的涯岸，水的尽头。

被人歌颂过，突然出现在很远的陌地，书写的人与你有血缘，也姓草，可他的声音很微弱，你听不见。也可能出现在无病呻吟的中小学生作文里。歌颂过它头上的一朵野花，可你无法歌颂它在冬天里干枯的面容；躺在上面睡一觉吧，一觉醒来，你已人老珠黄，不识前路，衰草渐渐掩埋了所有通往春天的道路。花成烂泥，落叶满径，相识的人也各自东西。许多人都死在离开村庄之后，他们的音讯，就像暮色中最后炊烟的尾声，化入时间混沌苍茫的梦境。

我愿意用"它"，更客观，而不是"她"。这样我将少受良心的谴责，说到它的痛处，不至于让我太过难受。

上帝耕耘着大地，却没有人莳弄村庄。这些自由散漫的野草，在茫茫的田野深处，在田野中，在山缝里，在大漠里，在我们看不见的地方，在你走不到的乡下，在胡乱生下我们的地方，在我们糊里糊涂就长大成人的地方。常在雷雨中赤脚行走，在有血吸虫的湖中玩水，晚上曾在草垛中与虫蛇同眠，无缘无故地被狗咬过。好像时间的箴言：你将兀自茂盛，也将兀自衰败。大自然的弃儿，风雨中的浪子。

是谁使大地上布满了村庄？就好像有人问，为什么世界上有如此之多的野草？没有答案。没有路，肯定没有好路，狭窄，弯曲，危险。舟车劳顿，千辛万苦，还要走向它。你爱它，或者疏离它，或者怨愤它，再或者，抛弃它，你不可能不走向自己的家乡。你永不回家，你的心，依然顶着漫天风雪，寻找你曾经的家门和稻草铺垫的床榻。你的心即使不能到达，你的梦，说不定，哪一天，垂垂老时，或者得意忘形，不想回忆它时，你的梦，你的噩梦，会把你带向故乡的村庄。因为，你虽在富贵繁华处，你的灵魂却依然衣不蔽体，永远在那个村庄寂寞无依地游荡。我很自卑，我来自草莽。可我不会掩饰和逃避。我结草为庐，我喜欢草窝。那又有什么？

容易这么说。

村庄总是仓促形成的，在仓促中生长和生育。也许，在田野上劳动求食的人，要有个睡觉的地方，于是有了村庄。也有一些四处乞讨的人，走累了，决定停下来，于是有了村庄。人是村庄的草籽。当你走进村庄，狗的狂吠分割了它们。原来小块小块的村庄，是狗的叫声守卫和划分的。一蓬草，有一根根的草。它的危险来自狗，有时是蛇或别的。鸡在无缘无故地乱跑，畜圈飞舞着蚊虻。一些俨如上上个世纪的、面如斧劈、灰头土脸的人在默默耕种，在村里走来走去。像是梦魇。你也可以以镜头或语言说，这是世外桃源。但是，狗的狂吼依然络绎不绝。你在想，真是一蓬野草啊，村庄不欢迎陌生人和远客。

夕阳下、烟雨中它是无比美丽，我拍照过，我写过无数的美词，还有浪漫主义的诗。到了晚上，野草开始疯长，一个村庄一个村庄像黑暗漫上来，星星，萤火虫，还加上有一声没一声的牛叫和狗吠。还是狗吠，村庄的歌，永远的恶调，诅咒和警告着世界，宣告它们威严的存在。我偎在床上，像潜伏在草丛里的兽。我突然会变成兽。当我在村庄里待着，走着，躺着，面对星空大野，突然感觉自己就会变成一只家禽或是一头牛、一件农具。那些在圈里嚼草反刍的牛，或是墙角那在灯火的盲处泛着汗水之光的犁，都是我们。也是他们。村庄的草籽，村庄的祖宗，村庄的人。再可能，从农家的饭桌上走出来，微醺时，眯眼一看，啊，那些紧守村庄的，在田野上劳作的，我的乡亲，一个个酷肖与他们亲近并饲养的家畜、摆弄的农具。他们分明就是一头牛、一只羊、一张犁或者是一把锄头。当然，他们也可能是蒿艾、蒲苇、葛藤、植物的块茎。

对天发誓，我从来没有见过村庄的春天，就犹如没有见过草们发青和抽芽的时候一样。村庄里的桃红柳绿，不是村庄这蓬草的春天。这些村庄，一律地老。砖，瓦，池塘，石磙，树，炊烟，河流，鼾声和月光，都苍老，像是存在了一千年。事实上，许多村庄可能活得更久，两千年，五千年。为什么村庄总是一个个老人，难道她没有过青春？不可以是一个小媳妇，一个小姑娘？或者，哪怕是一个莽里莽撞的二货愣仔。没有，村庄也许一开始就是老的。因为它叫村庄，所以它才衰老。它的老年斑和凹陷的面颊、青筋暴暴的手就是农谚、习俗和耕种的经验。它必须是一个老人。轻狂无知、豆蔻年华、搔首弄姿不配成为村庄。

面对一个衰老的长者，不说话，只是拉着它的手，用体温交流。因为它从心底里不再愿意说话。或者它根本就不会说话。沉默是村庄的品德。村庄没有嘴，它嘴巴漏风，牙齿脱落，喉咙嘶哑，它喝过传说中的时间的哑水，它是个哑巴。从土里伸出头来，堕入无边无际的沉默。只有风声模仿着它，穿过无数的小路和巷口，竹篱与窗棂。当雷暴出现的时候，它就趴在泥泞里，披头散发，簌簌发抖。在冬天，它更是衣衫褴褛，一任世界欺凌，袒露在天空之下，任风雨雷电疯狂得意地挞笞，一声不吭。它为什么会是这样？就因为苍老，羸弱，傍土而居，不会表达，沉湎于太久的往事？它的怀里，死了太多的人，睁开眼睛到处散布着高高矮矮新新旧旧的坟。它已经麻木了。再说，它经得起它们的抽打与踩躏。草虽老，却不会死去。

村庄全是些晒太阳的老人，和磨得越来越旧的农具与房屋。一个村庄又一个村庄从我眼前飘过的时候，我看见它们的哀伤，在深深的无言中大美着。说吧，村庄，说吧，野草，为什么你一言不发？你灯火低矮，屋顶暗淡。在朝暾中苏醒，在星空下沉睡。

每一次，往村庄走去的路上，都是百感交集，恨爱交织，拼命从心底里挖出对它依恋的理由。我逮到过一只漂亮的鸟，就逮到了想你的线头；我曾被人塞过一块糖，我就找到了甜蜜的理由；我被蜂螫后抹过哪家媳妇的奶水消肿，就滋生了朦胧的爱意……这种幸福就像我人生经历中遭遇厄运后太多的支援，像我奋斗中的感恩，所以，我找到了写下村庄的理由。歌颂野草就像歌颂我的命运。走近一点，亲爱的村庄，我如果哭过，我也不会妥协。我一个草芥般的旅人，一个村庄的衍生物，一颗草籽的后代，有着强大美好的生存力量和趣味，我生命的葳蕤不取决于他人和泥土，取决于我的基因。给我一个墙缝，我也有春天。尽管，亲爱的村庄，你老了，你的门楣，不再用柔软厚实的手摩挲以往主人进进出出的头顶，你的台阶长出了蓟草和青苔，你的墙土扑扑地往下掉落，獾和鼠成为主人。车辙恶狠狠地砸在道上，破缸、坛坛罐罐随便扔弃，装满了水，养着些蛤蟆和孑孓，一些不该留下的缝隙里会有蛇和蜥蜴。上苍选择永恒，却疏漏了你，你将慢慢随风飘去，化为尘土齑粉。但是，那些与我们生命中的欲望和禁忌紧紧贴在一起的东西，给我们的行为划界的东西，是不会老去和消逝的。但愿如此。

不要伤心，村庄。我听出来了，你的内心像冬天里莫名从原野上划过的哀鸣，仔细倾听，是风？是树？是水？都不是，是村庄，蜷缩在大地深处的村庄。

村里的墙又在风雪中訇然倒了一片，就像叶子又落了一层。一些上锁人家的窗户破了，就像草叶被虫子啃了。我会在村子里不停地徜徉，让你记住我的身影，哪一天，不要不理会我终将被你拽回的亡灵。当我的心因莫名地颤抖而摇晃的时候，村庄它更像是一蓬草，在目送我远走的天的尽头，摇曳着，沉入夕阳。

神农架云海

　　遭遇神农架的云海不仅是在画片上，还在行程中。有一次过天门垭，明明晴空万里，上了垭子，突然云雾迷蒙，甭说看不见山了，就是眼前的路也不见，只好停下车来，等那云雾散去，人就像一下子失去了知觉一样，意识模糊，认知功能丧失，且有一些恐惧与惶惑。可见山上骤起的云雾是能打击人的思维的，并不如人们常说得那么美妙，比如腾云驾雾之感，对于我，从来就没有出现过。

　　在神农架待久了，对它的云海，连看带听，遂有以下心得。

　　先讲神农架云海中最神奇的佛光，在天门垭和神农顶皆出现过。我听一个看到神农顶佛光的人这么讲：那是一个早晨，万物覆霜，激流般的白云像洪荒里的大海，在咆哮，在翻滚，在往下冲刷，在驰骋，无数灰白色的鬃毛飞扬，无数条孽龙在搏斗。他看见远远的山梁上，一棵树蓦然冲出了云海，在无缘无故地猛烈颤抖，摇晃。就在这时，云海里突然出现了一座瞭望塔的倒影，这便是佛光。塔影呈倒形。于是沿着这佛光看去，好像云海打开了一道门，从此走进去，便能一窥这云海深处的奥秘！不过这佛光并不是每人都能一见的，有无数无数的偶然。群山像巨人沉浸在聚散无定的云絮里，它似乎在沉睡，又像在翻身，他想可能马上会有一绺光芒穿透过来，果然光芒就来了，从云隙间垂挂下来，在蜃气里飘曳着，群山的巨人拉开了他的帷帐。佛光消逝了，而大地清气盈来，这样的感觉你真的是欲仙欲神呢。

　　在云海之上，我听山顶上的人说，不光有佛光，还有一种十分奇怪的云海巨泡。你必须在雨过天晴之后，云海在你的脚下呈现出一展平阳的景色。那时，没有一丝风，世界是绝对静止的，这实在是太寂静了，也没有鸟叫，云海一动不动，太阳照射在这一览无余的云海上，连空气都似乎凝固了。这时，云海上突然凸出了一个巨大的气泡，它从云海深处钻出来，往上一冲，慢悠悠地破裂了，在破裂的瞬间冲出一个烟圈样的巨大的圆环，那圆环又悠悠地往上浮动，最后消失了。而云海呢，又合拢了，又静止不动。过了一会儿，不经意在另一处，又看到了一个同样巨大的气泡，从云海里出来，又破灭了，又幻化成一个大烟圈。这样的奇景你必须在云海之上才能看得到，而且，多年才看见一次。那时候可能在云海下面正下着雨，上面的太阳照射得太猛时，下面的气压产生一种蒸气，往上冲，冲出云海，咚的一声破灭了。其实云下面下雨、云上面阳光普照的情景并不少见，可为什么不是经常发生这种大泡泡奇观呢？像这么静止不动的、绝对平面的云海，我在神农架时小范围里见过，在某一个山谷，或是某一面背风处，但没有见过这种神奇的气泡；这样的云海一般出现在冬天。冬天的云海是轻柔的，动得缓慢，像猫子走过时的样子。而夏天因受暖湿气流和季风的影响，云海是流动的，变幻急遽，充满着惊慌和朝气，诡谲和疯狂。

有一种云海，是永远谦恭在山尖之下的，它总是让山尖露出来，当地人叫它"云山"。它依山势高低形成，决不淹没山尖；这是夏日神农架常见的一种流云，有风，无风，有雨，无雨，这云都留下一个山尖，从远处看，也就几米高的样子。当你看云时，云海里到处是龟背似的山峰，乳房似的山峰，巨人横卧似的山峰，好像水到了一定的水位，就不会再上涨了，山尖是浮着的，轻如覆瓢。

夏日的流云又是对神农千峰臣服的一种云彩。照我看，夏日的山是有一种杀气的，我见到过一次万山覆没，而唯有一块稀奇古怪的危岩从云海里突出来，它并不高，它在山腰，为什么云彩无法吞没它呢？我看到在危岩脚下，小灌木们全都莫名其妙地倒向一边，露出惶悚。等云海散去的第二天，我去了那块石头那里，什么都没有，它跟周围的石头没有两样，也并不凸出，可为什么云彩那么怕它，不敢惹它，这其中的奥秘说得清楚吗？只能说，这块石头有杀气。可是云呢，云也是有生命的，它并不是虚幻的东西，它生生灭灭，来去无踪，但它一样会有脾气、杀气、秀气、神气、怪气。

有一种云海，是在将雨未雨时，天上的云就下来了，是云，不是雾，雾是灰蒙蒙的，这云却是白的，纯白纯白。
它们总是顺着山脊，一条一条地哗哗淌向山底，不断地滚
动，像瀑布，一下子没有了，一下子又流来了。你永远也
不会知道，它们是从哪儿来的，为什么会有这么多云。是不
是在隘口的那边，有一条云河溃口了呢？这云瀑跟云龙有相
似之处，云龙是潜龙，它又怪了，它是从远处的山谷向近处
潜游而来的，它摇头摆尾，踢踏着云雾烟尘，吞吐着万千气
象，可它只流动在山谷的根部，它在山谷里跟那峡谷的惊涛
沆瀣一气，鬼鬼祟祟，使你感到山谷的惧怕和险恶。在神农
架的许多峡谷里，都传说过有巨大的癞嘟（癞蛤蟆），有水
怪，它们眼似铜铃，目光如电，伸出毛茸茸的大爪子，从深
潭里跃出来要抓岩上行走的人，它们只要出现，便会妖雾腾
腾，黄烟阵阵，整个峡谷都是一片呛人的硫黄味，然后，一
定是暴雨如注。只要你拿石头砸它，不出三分钟，冰雹就砸
下来了，砸得你浑身伤痕，虽然那时候在百步之外还是太阳
如火。而这云龙与它们有没有关系呢？反正，你对那些潜踵
而来的云龙不得不生出敬畏，那些白色的精灵会带来一股从
山洞淌出的腥味，给人的感觉是黏乎乎的。

　　我还看见过一种云海，也就是当地人说的那种云山形
成后，让山尖露出峥嵘；另外，会生出一层薄如蝉翼的云纱
来，像一个玻璃罩子，罩住群山，它们呈弧形。有这样的罩
子也一定是雨过天晴之后，而且你必须神清气爽，双眼明
亮，你才会看见那一层罩子，如此严密地罩在山顶上，仿佛
会有一只手把它揭开（那又是谁的手把它盖上的呢？），美

人似的山尖就躺在那个透明罩子里，啊，让她睡吧，这个睡美人。后来，那个玻璃罩子无形地消隐了，在更远的山冈又形成了，就像跟你捉迷藏一样。

你别看这云彩无根无基的，软绵绵的，可它发起力来能变成树，变成漩涡，变成喉咙，千千万万的喉咙。我曾看到过云海里的漩涡，那比三峡的漩涡大多啦，哗哗哗哗地就漩下去了，很深很深，深不见底，那不就是喉咙吗？那是云海的喉咙，接着你就会听见群山奔潮。有一天我真的听见了云潮的吼叫，是云潮，不是风，也不是树，它们往往向一个方向拉直了身子疾驰，你看着看着自己的身子都会倒下，整个群山飞速地往后退，云绷紧了弦啦，云在疯狂地射向一个地方，就像亿万颗流星，横扫千军。云的惊恐是可怕的，它们一定受到了什么刺激。

而最安详、巍峨、瑰丽、壮观的云就是云林——瞧，它们站起来了，它们壁立千仞，它们也有强硬的脖颈和身子，跟神农谷的石林比，云林更高大，高不可攀，直指青空；它们大大小小，千姿百态。早晨起来，太阳像一张喝了蜂蜜灵芝酒的山民的脸，东边的远天一条条的浓云和薄云交错横陈，浓云成为了赤金色，而薄云却是橘黄色，霞光轻歌曼舞地飘曳而下，这时候，云林就突然形成了，形成在山影的上面，你还以为山长高了呢？哪来的这么高的山呀，该不又是佛光般的蜃景吧？不是，是云，就是云，云被太阳染成了一根根高大的红柱子，它像是石林，又像是一个从未见过的远古的城市废墟。看，在云林的最凸处，全成了泥金的颜色，而烘托它们的山巅的锐齿栎树尖，也像一把把燃烧的火炬，光洁的，蛋壳般的奶黄色在云林的衬景里，使得那低矮的山峦上的树全在混沌之中，既肃穆也惺忪，像期待中的墨绿色。这时石林更高，更冲腾，更红，你仰视它，你望着，看它们悄悄地、慢慢地变化，高的变矮，矮的变高，胖的变瘦，瘦的更瘦，然后，太阳成了白金，云林成了絮团，成了奔马或红色的败鳞残甲，满天飞散，而且，它们排列整齐，间隔相似，转眼之间，噢，观云者的心境又不同啦。

不过，最让人讨厌的是一种阴湿的云海，它们是从山褶里，从山洞里跑出来的，带着苔藓、蝙蝠屎的霉味，它们凝重、湿漉漉的，你碰到它，头发、衣裳就会湿透；它们从山这边流到山那边，又从山那边流向山这边，把山谷一条条灌满。这云海一出现，那就是十天半月的连阴雨了。不过在我看来，最大的云海奇观是头顶上阳光刺眼，脚下的云海里雷声轰鸣。且下着暴雨。你怎么知道山脚下正且雷且雨呢？那就得看云海了，如果周围的云海波涛汹涌，焦躁不安，起伏剧烈，就算是你没听见雷声，山脚下也是雷暴成灾之时。如果雷声大，你可以听到闷闷的雷声，像云海里有人推动巨石。不过，你是绝对看不到电光闪耀的。有一天大雨，一个从山上下来的人告诉我，山上焦晴焦晴。"山上晒脱皮，山下戴雨笠"，这就是神农架云海隔成的两个世界的真实写照。

神农架云海的神奇远不只我笔下的这点内容，如果让你去观察，写出十倍于我的这些文字那也毫不稀奇。"不知神农云，化作人间雨。"它真正浸润着我们这些饥渴的旅人，濡染了我们的双眼。当然，氤氲在那缥缈之间的神农架的诸多传说，那在云彩下面生活和劳作的人群，才是我们感动的源泉。拨开云海，我们才会看到一种真实的生活，一种生存的奇观。贴近大地，倾听大地的声音吧，这才是最要紧的。

感恩大地

美国的火星探测器开始向火星打孔探测，据称这是人类在火星上挖的第一锹土，以分析其成分并希望找到这个星球曾经有水的证据，然后再由此寻找生命的痕迹。

它告诉了我们，大地孕育一切。大地生长一切，大地是生命的源头，是如今一切一切的根，是欢乐，痛苦，是爱，是犯罪，是疯狂，是杀戮，是绵绵不绝的仇恨的温床，是艺术和文字的母亲，是我们做梦的原乡，是死亡的收藏之所。是我们活着时上蹿下跳的舞台。

是表演的舞台，是虚伪、真诚、假模假样地尽情展示。

大地多么美好，它生气勃勃。早晨，大地蒸腾着淡蓝色的雾气，太阳从云层里钻出来，庄稼在风中抖擞着，有模有样地抖擞着，畜禽在那里悠闲地散步和觅食，人声或高或低地喧嚷，流水在蹒跚向前。大地让视野多么辽阔，让心多么舒展。大地给我们喷香的饮食，如花似玉的美女，婴孩的笑靥和老人苍老的歌吟声。大地给我们爱情，给禽兽发情，给弱肉强食的世界奔腾的活力，车轮滚滚，人们的欲望永无止境——大地给了人类太多的遐想，使他们永不能满足。

在这个小小的地球，大大的大地，人们滋生了多少梦寐以求的愿望。艺术便是其中之一。艺术是作为神话，作为思考世界和掌握世界的方式而出现的，艺术比国家古老，而大地比艺术更古老。福克纳说："人类不但能苟且地生活下去，他们还能蓬勃发展。"这是什么原因呢？这一切得益于大地的供养和容忍。

大地供养着人类，而劳动者则索取甚少，他们日夜劳动着，耕耘着大地，却只能得到一碗洋芋和一支旱烟。而不劳动者却想得到一个国家，想得到越多越好的印制精美的钞票和修饰得无比迷人的女人，想得到真理，得到无数座位（愈高愈好），得到无数人的沉默来换取自己的喋喋不休。海德格尔说：劳动者只是保管着大地。而窃掠的人却层出不穷。

可是大地依然无比美妙，它通过那些"守园人"——劳动者的劳作，让艺术家描绘大地，作家书写大地。我们看看英国作家刘易斯·格拉西克·吉本是怎样书写大地的：他的章节名称为：平坦的土地，犁地，条播，播种时节，收获。这是"落日下的土地"的歌声；在"云雾山谷"，它们相继出现了：卷云、积云、层云、雨云；在布满岩石的山上，有绿帘石、榍石、磷灰石、锆石……与这位作家同乡的评论家艾弗·布朗称赞道：他（吉本）是人类满怀愤怒和同情的代言人。在他的作品中，你可以听见"大地本身在发言"。

如果——如果能这样，将你的整个身躯化作大地，就像我们民族的神话中说的那个盘古，眼为日月，四肢五体为四极五岳，血液为江河，筋脉为地理，肌肉为田土，发髭为星辰，皮毛为草木，齿骨为金石，汗流为雨泽，而雷霆、秋虫的喁吟为其喉咙，那你的作品将是从大地上诞生的又一个神灵，复活的祖先的精魂。

是啊，万物都在大地上留下了他生活的痕迹，大地收藏了他们的脚印，江河的脚印是巨大的刻槽，森林的脚印是煤炭，一只远古的海星的脚印是一块化石，人的脚印是短暂的墓碑和永恒的艺术及语言。"天空中到处是象征；遍地都是备忘录和签名；每一个物体浑身都是暗示，在向理解力高超的人说话。"（爱默生）

大地会暗示我们，让我们尽情地汲取，汲取她的养料和智慧，大地是不会给那些思想者和代言人以吝啬的，因为她饱含汁液，就是为了拥抱她饥渴的孩子——那些"理解力高超的人"。我们的祖先化作了大地，而在西方的神话中，那个一触到大地就有了力量的巨人安泰，同样给我们暗示着生命的奥秘。大英雄海格立斯知道把安泰摔倒毫无作用，只有割断他与大地母亲的联系，他就失败了，于是将他高高地举了起来，使他脱离与大地母亲的联系，然后，海格立斯便轻而易举地扼死了他。你想打败一个人就将他高高地抬举吧，割断他与大地和人民的血肉联系吧。

人是通过大地在说话，他借助于鲜活的民间的语言和生活，真实的场景，梦想和期待，信仰，人生的信条，善良和美，他借助于劳动和丰收，与大地共欢乐。可是高超的作家要让大地发言。他必须忠于真理，唾弃虚伪和权势，变得分外朴素——他的写作愿望和讲话方式；他必须倾听大地在蹂躏中的呻吟，转侧中的呓语，愤怒中的吼叫和幸福时的呢喃。大地本身就是如此。

感恩大地，这是我们唯一向大地母亲俯首称臣和回馈的途径。一切从很远的地方风尘仆仆、蓬头垢面走向大地怀抱的人，都将得到从大地上生长的力量。民间的声音和民意的立场，以无比厚重的气息熏陶了我们，让我们的作品具有替大地申诉和替天行道的品质。这全是大地的恩赐。大地仍将以她的无言，柔美，宽厚，坚实和深沉，召唤并支撑我们。走向大地的人是有福的，他啜饮了生命的灵泉，不再迷惘，心跳平缓，灵魂清洁，磨亮了镰刀，开始收割……

野山有茶魂

又到"春风品茗时"（杜甫）。人多怀春，世态寒凉，冬去春响，润雨一夜，东风千树。而在城里触春却非易事，满目依然灰色，四季红尘暴土，何处觅远芳古道，何处见寒木初芽？春消息只在山野间，轰轰烈烈，兀自燃烧。神农架友人从山中捎来新茶一盒，于是急不可待拆开，取少许放入杯中，开水冲泡。于是焙炒的春色醒来，杯中春涛骤起，支支绿芽凝翠，清风溢香。春晓雀舌鸣，碧峰青烟染，顿时心事高旷，魂飞山野。一杯茶，就这样把一座山，一道泉，一畈春，一个艳艳三月推到我们面前。到处是川谷飞岚，云奔雾驰，流水淙淙，新叶爆绽，茶确是春之信使，山之精灵。

茶诗多多我不喜，却记得神农架一土诗人胡崇峻——汉民族神话创世史诗《黑暗传》的搜集整理者——的采茶诗：

山姑采茶负篓行，
老农焙茗带雾蒸。

泅绿香溪一杯水，

分来长江万里春。

好诗！因为香溪有香魂（昭君），神农有茶祖。茶祖者，炎帝神农也。陆羽《茶经》说得很清楚："茶之为饮，发乎神农氏。"传说是这么说的：炎帝神农为给人治病尝百草，一天，神农在采药中尝到了一种有毒的草，顿时感到口干舌麻，头晕目眩，赶紧找一棵大树背靠着坐下，闭目休息。这时，一阵风吹来，树上落下几片绿油油的带着清香的叶子，神农随手捡了两片放在嘴里咀嚼，没想到一股清香油然而生，顿感舌底生津，精神振奋，所有的不适一扫而空。他好生奇怪，于是，再拾起几片叶子细细观察，发现这种树叶的叶形、叶脉、叶缘均与一般的树木不同。神农便采集了一些带回去细细研究。后来，就把它命名为"茶"。神农架正是神农氏搭架采药尝百草的地方。胡崇峻在神农架搜集的民间故事却是这么讲的：有一只专门为神农尝药的药兽，一天吃了巴豆果屙痢死了，神农就把它放在一棵青叶树下。过了一夜，这药兽却活了，原来是那青叶上滴下的露水到药兽嘴里，解了毒。神农把那青叶放在嘴里细嚼了一遍，觉得又解渴又提神，就知这是好东西，便教百姓栽种，用此嫩叶熬水喝解毒，这就是茶叶。传说归传说，现如今果然在神农架发现了古茶树，在青天袍，在三堆河，发现的古茶树达三亩之多。神农架因山高雨足，云雾缥缈，尽出好茶。

说茶发乎神农，闻于鲁庄公。神农架之茶，照我看与鲁庄公似无瓜葛。那是另一支了。炎帝神农在此发端，自鲁庄公之前，我荆楚之乡，虽被北方或江南视为蛮夷之地，喝茶种茶的历史比什么"庄公"都早，应是茶之正宗，发祥之地，自成体系，自有品性，这是没有疑问的。要我说，"通仙灵"也好，"附灵性"也好，我神农架十万大山之茶，有她山野之气，莽林之魂。江南茶的细雨微风，残月纤影，委靡之态，绝不是我之风格。"从来佳茗似佳人"，这只是醉后苏轼的戏言自慰，神农架大山之茶，绝不忸怩娇媚作态，养的是浩然之气，通的是天地之灵。山品既高，茶品不得不高。此中茶有野劲，高山流水，松风浩荡。品这里的茶品的是味，提的是神。当今人六神无主，被商品经济折磨得气血渐衰，心如火宅，谵语连连。世道如此狂乱，茶如何还是佳人，让你放松警惕，沉溺温柔之乡，声色犬马？要壮阔你胸襟，重振你魂魄，让你汲纳天地精华，山川雨露，林涛水吼，剔除浊恶昏慵之气，升华你山高水长之情。若论有梳理之器，澄清之法，神农架的高山茶就是佳选！

喝出茶的野韵，当然要野山之茶。可让杯中群龙竞舞，松雪万点，高香喷薄，正是山野深林的神韵，大千世界的绝饮。李白说，茗生此中石，玉泉流不歇。石中茶有玉泉声，说的是有什么样的环境，生什么样的茶。我在神农架神游写作多年矣，深爱此地茶，喝后腋下生风，胸有大壑，笔飞语烫，双目清澄无翳。神农架茶是挟了千钧的绿潮，汲了万山的香魂。其沉雄静壮，遒劲旷远无它茶可比也。

野山出好茶，神农有茶魂！

夜宿神农顶

作为华中最高峰的神农顶，其险峻当然只是在近处的神农谷才能显现出来，而真正的神农顶四周似乎不过是一片高山丘陵，但是，既为最高峰，也还是可以感受得到它的荒寂和神秘的。阳光在高山草甸间熨出些微的温热，一株株巴山冷杉从毫无遮拦的草甸间挺立起来，以奇怪的、惊心动魄的造型向我们展示出高山之上生命的坚韧和雄奇。特别是夹杂在那些生命中的死去的冷杉，又称为英雄树和站岗树，生命的确是死了，可精魂犹在，以黢黑的躯干诠释着生命不肯倒下的渴望，飞翔的渴望，并从它的胸腔里，与骤起的山风一起发出心底的呐喊——生命在山上竟是如此地悲壮和久远，这是任何人都不能熟视无睹的。当然还有一些植物，比如杜鹃啦，箭竹啦，匍地柏啦，以及与草甸混杂在一起的大叶蓟、羊角七、柴胡等等，可以听见杜鹃灌丛中、冷杉林中响起的松鸦的鸣叫，这种叫声在寂寞荒凉的阳光与山风中是如此地温暖，显示出另一种让人期待的生机——假如你此时在山中行走的话，鸟的叫声的确是一种慰藉。如果此时从上往下看那些平缓的或险峻的山坡，山坡之下的丛林和更远处渐渐模糊的风景，再往头顶看蓝得出奇的天空，你就会感觉到你真的是在一个最高峰上，远离了人烟和世界，生命完全可以在更孤独的境界中陶醉，和高山草甸，和巴山冷杉一样，心中洋溢出一种佛教和基督教所说的喜乐感来。

以上我说的不过是白天，假如夜晚呢？有无数人登临过神农顶，可是又有几人能夜宿此顶呢？神农顶不像有些名山，修了寺庙，出家人或者游客可以宿在山顶寺庙里。既有寺庙，也就不平静了，钟磬木鱼声声，灯光烛火闪闪，还有朝暮课诵，颇为热闹。而神农顶就真是一个自然的山顶了，若说有建筑，就是一个陈旧的瞭望塔了，塔内住二三人，除了鸟兽与云彩，二三人为全部的活物。要说夜宿神农顶的想法，来源于十堰摄影家银道禄，他是我的武大校友，多年来自费在神农架拍摄，他与我一样，也是个酷爱神农架的外地人。他说到瞭望塔夜宿的强烈印象，就是夜半山风在窗缝中发出的恐怖声音，完全如鬼哭狼嚎。身置山野，加上树涛的荒吼，这风卡在四周窗子间的巨大响声会折磨得你彻夜不寐。那么，我就去吧，对于这样的刺激我也是挺有兴趣的。

时值八月底，穿着夹衣上山的我，感谢瞭望塔的主人王少清给我添了件棉大衣。王少清是瞭望塔的第三任守望者，主要任务是观察火情，保护植被，防止乱砍滥伐，乱捕滥猎，乱挖滥采。王少清待人热情诚恳，穿一套不知哪个部门的制服。他老婆回秭归安排女儿读书的事去了，在塔里还有一个新近来的赵姓女孩，是负责神农谷卫生的。巧就巧在,那一天与号称"中国第五野人迷"的黎国华不期而遇,也是老天爷的安排,我正想采访他呢。黎常年奔波于大山之中,摄影,抓野人,我以为他应该是一副很雄壮很精明的样子,但他给人的感觉有些笨拙迟缓,也许是长期一个人在山野,人变得孤僻和缺乏激情了。但后来当我看他在山路上取景拍摄时,却行动快捷,看来人都有假象。他谈起山中经历,也证明他是一个极有山中生存经验,且能应付野兽与恶人的人。他的装备极多,一个大背包,三角架,两个相机,脚穿着松软廉价的塑料鞋,腰里吊一把短刀,包里有帐篷、睡袋、照明灯、水果、压缩饼干、各种维生素丸子,应有尽有。而且他这身装束全是由外国人给武装起来的。他跟我说,腰里的那把刀是羚羊角的柄,老外送的,包里还有一把美国猎刀,是美国前世界动物学会秘书长约翰·理查德·格林威尔送的。三角架重量很轻,便于野外携带,东京大学灵长类教授河田一雄送的。旅行包,是日本影星山浦洋一送的;他来神农架拍了个关于野人的片子。睡袋、帐篷、相机,是日本富士电视台并木名典导演送的,并木送给他的是一台宾德相机,挺好使。另一个送他冬天防寒服和一双加拿大高统皮靴的也是日本人,富士电视台著名制片人清木英雄。夜宿神农顶,因有黎国华而不寂寞了,他的惊人的记忆力和侃侃而谈,使我想到他一个人在野外生活时,时常咀嚼着这些美好的记忆,已把它记得滚瓜烂熟了。他的生活和生活方式是单纯的,思维也很单纯,对野人、野考、与野考有关的人事,都刻在他的脑海里,这便是他人生的全部意义,所有财产。

晚餐是腊蹄子火锅，天色已经朦胧，周遭的山冈上已无人迹，远处的山路干干净净，山因此恢复了多年以前未开放时的荒寂之态。可以设想那火炉上咕嘟冒着香气的腊蹄子、土豆，还有更香的苞谷酒，还有王少清关于神农顶上的奇闻怪事，还有黎国华在山野十多年碰到的珍禽异兽以及种种遭遇，不醉也醉了。

两张旧沙发一合，便成了我们的床，能在这儿睡到很干净的被子和床单，是没有想到的。黎国华则是在沙发上钻进了自己的睡袋。等一切安静下来之后，我谛听着塔内外的声响，没有，没有什么声响，没有那种风过时的鬼哭狼嚎。这一夜，一点风都没有，没有变天，也没有月亮，向窗外望去，可以看见一些星星，但亘古的寂静是我最强烈的印象，仿佛那种寂静是从天上和地心深处流传来的，是从神农顶诞生之初起就已存在了的。没有虫鸣，没有兽吼，什么都没有。许是秋天了，不是动物发情的季节，在这山上，好些动物都被过早来到的寒气给吓得噤声了。

在高低不平的沙发上，还睡得挺香，半夜醒来，下了决心出去小解，于是拿上电筒和跳刀，打开塔门，整个神农顶的夜色就冲我而来，人真的就置身于这高寒的野外了。黑魆魆的群山，寒气森然，有一丝恐惧，但更多的是新奇的体验，像我等在城市生活的庸人，无数的相同的蚂蚁般的人，简直在生命中没有任何令人炫耀的经历，顶多是吃饭睡觉出一点小名，生无息死无息罢了。可是，现在，在这千万个的某一夜里，我却远离我的家人和单位，清醒地站在这高高的山顶上，如此令人不可思议，看来人完全可以创造他生命的一些奇迹，人必须不停地行走和冒险，摆脱庸常的生活，挣出满足的假象，放弃无聊的陶醉，才可能获得真实生命的激励，重新遽然间认识到自己。

现在，我看到了天空的奇景：繁星！那些寂静的繁星，似乎呈絮状一样地悬挂在我的头顶，在星星与星星之间的那些更微小的星星，那些星团，全都能看见。怎么说呢，在天空，没有一点空白处，没有，我没见过这样的星空，在星星的拥挤中，我看见了它们为争抢位置而腾起的一股烟尘——那也是星的烟尘，是星星。有些星星特别明亮，有一颗达百瓦灯泡的亮度。它们原来存在这高山之顶的天上，而且天空是那么近，那么亲切，那么温暖，那么与我们密不可分。

其实古人也有过这样的体验，我记得李白夜宿峰顶寺时，便有"举手扪星辰"的诗句；久违的星空肯定是让我们忘记多年了，在天地之间生活的那种感觉一定在你的追名逐利的人生中是不会出现的，而无聊感是因为我们周围的人与环境极其无聊和卑琐，孤独感是因为我们周遭的人与环境极不亲切与友善，在与天地默默地交流中，人可以获得巨大的定力，甚至放弃那些弱小的感动的情节，以更加巨大而无言的胸怀活着，包容一切，赞美一切。但是，是谁廓开了你，洗净了你，厘清了你杂乱无章的几十年的念头？当然是天空与大地的那种氛围，也许是一次夜半的逃离吧，一次夜半的奇遇吧。看来，人可以在另一个地方获得他渴慕已久的东西，有时候不过是举手之劳。

神农顶之夜的一次小解、一次观察就可以获得这么多感受？其实这是某一夜前前后后的沉淀给我的一点启示性文字，貌似深刻，其实是大实话。

五点多时，天就亮了，这山顶比山下亮得早，而且鸟的叫声十分集中，形成了高潮。大量的松鸦、山雀和未知名的鸟，在这周围的山林里争相聒噪着，渲染着晨光，重新欢呼一天的到来，送走星空，迎来云雾与朝暾。

早晨，当我离开瞭望塔和山顶的时候，四周的景色依然如此地平和和清寂，可是，这样的体验却是我可以永远回味和记取的，远离大众和热闹，不仅是我做人的准则，也是我写作的准则。平凡的一夜，却是不平凡的经历，可能将有更多关于高山和夜晚的遐想，出现在我的文字中。

土家摔碗酒

从地图上看，恩施在湖北以西的更西，像一根钻头，钻到了湖南和重庆的腹部，或者像一只灵巧的触角，脚踩在荆楚，而头已探出身外老远老远；它的三面都不是湖北。也就是说，它并没有完全浸泡在荆楚风中，倒像个另类，有一种脱笼之鹄的感觉。它虽然与湖南和重庆交织一片，但它也不是湖南，更不是重庆。这地方要它不奇也不行。

奇地产异俗，譬如此地的摔碗酒。

恩施土家族的摔碗酒，我见识多年也摔过几回碗，却无法参透其中奥妙，颇有敬畏，几番思量，不敢下笔。想想吧，你被邀请去一个筵席上做客，本是彬彬有礼之事，宾主相见甚欢，大家推杯换盏，长幼尊卑有序，敬酒吃酒，无不礼数到堂，怎奈一阵猛烈的砸碗声，尖锐的瓷片四处乱飞，人皆惊惶，心脏无力承受，血压嘣嘣暴涨。这顿饭吃的！

吃饭在鄂西有些地方如神农架叫呼饭，而巴东叫逮饭。都是很火急很暴烈的样子，连呼带逮，再砸几个碗也就顺理成章，不足为奇。

但再一细想，也觉不对，咋能把自己喝酒的碗给摔碎了，再找主人要新碗的呢？任何人，不管是南方北方、中国外国，假如你在人家里做客，必须对餐具轻拿轻放，符合起码的礼节教养。那年月，谁都知道，破损了的碗是不会轻易扔的，还得请铜匠师傅铜补。就算是大户人家也要厉行节俭，没有铺张到可以拿一叠碗来让你砸个满堂彩。

但恩施就是这规矩，喝顿酒，贴了酒肉饭菜还要欢迎你把咱家碗摔个七零八落，然后走人。好没道理！

摔碗酒说是起源于周朝。按本地的讲法，与土家族的英雄先人巴蔓子有关，当年巴蔓子将军因国内有难，去楚国搬救兵，楚国要求巴国给三座城。楚兵解救巴国后，楚使请巴国割让城池，巴蔓子不忍割自己国家的城，遂割下自己的头换取城池。重了信誉，保了国家。"将吾头往谢之，城不可得也！"而在割头之前，喝酒后摔碎碗，再拔剑自刎。这种大义之人，天下少见，想想也够悲壮的。后人为纪念他，摔些酒碗也是学他的豪气，学他的做派，学他的舍身取义，学他的决绝笃诚。

这只是一种传说，要将自己的摔碗与历史英雄联系起来，壮胆是主要原因。也应了一句老话：喝酒喝的是气氛。但凡喝酒之人，都爱赌酒闹酒。逞了一时英雄，再多的酒倒入肚中，都不见踪影，只是苦了胃囊。最直观的豪情当然是将喝干的空碗摔了，以求结局响亮。叭！这一声，声、色、形都到了高潮，戛然而止，酒与人的魅力也到了巅峰。如果主人欣赏的是你摔得越多我越高兴，这个风俗也就无可厚非地站住了。

我猜想应该只有在酒馆里摔。都是一堆男人，都是一群酒仙。没多少拘束，有多大的力使多大的力，有多少碗摔多少碗。既然来了，都不当这个孬种，不输这口豪气，摔了碗，掏钱就是。好在碗不是碗，就是一小土碟，两三毛钱，摔多少也不值几个子儿，只要大家高兴，主客尽兴，值！

这摔碗也有讲究，初来乍到的，使了吃奶的力往地上砸，带着阶级仇，民族恨一样的，可碗砸地，还是整碗。按当地的规矩这要罚酒三杯，再砸三个碗。如果再砸不破，那可就麻烦大了。但我见到的潇洒摔碗者，是喝净后，亮底后，三个指头拈着碗，轻轻从头顶往后扔过去，一个漂亮弧线，碗自由落体，自然解体，四分五裂。那个美劲儿，那个姿势，煞是有派。

说到这叫碗的土碟子，也不是瓷的，应是陶，口沿上了点釉，是防划伤了嘴巴。酒通常也不是白酒，是土家人的米酒，度数不高。每次也不会斟满，就一两口，喝了，摔了，再斟。就是白酒，也点到为止，不像如今通常的酒宴上，大玻璃杯上倒满，溢出才为敬，还要一口闷。土家人将一杯酒分解成无数"碗"，真的就是为一个气氛，为多摔几个碗，为让酒馆里多有此起彼伏、噼噼啪啪的爆破声，酒没喝多少，碗摔了一地，图个热闹。

摔碗酒在恩施也叫"biāng当酒"，极有趣的名字。biāng当，是个象声词，东西落地碎裂的声音。biāng读一声，相当响亮。三五好友碰上了，说，走，喝biāng当酒去！喝这酒一定是在农家乐，主要是在乡村。矮桌子，柳木椅，冒辣泡的腊蹄子火锅，少不了合渣、蕨粑、熏干子、腊肉，还得有几碟泡黄豆、泡辣椒、腌韭菜、萝卜皮、豆豉、凉拌侧耳根。摔碗酒是草根的，下里巴人的，和泥裹土的，不是豪门盛筵里的东西。我几次喝此酒都是在村庄里，一桌有几个火锅，煮得热火朝天，自然会摔得天翻地覆，鸡飞狗跳。主人说，摔吧摔吧，碎碎平安！

以头换城也好，碎碎平安也好，都是借口托词，就是笃定了要摔这个碗，冲着"biāng当"来的。因而摔碗要有这种摔碗的环境，要有这种摔碗的冲动和气氛，桌上定不能有宵小之人。必是合性投意、割头换颈的朋友才能凑一堆拼命摔一通碗，也没有旁人呵斥你无礼粗野。我看如今只有像恩施这种外界少扰的地方才能摔这个碗了。山野莽汉，生性率真不羁，待客如火。想起他们的山歌："皇帝老儿管得宽，管得老子想发癫。"山高皇帝远，我兄弟们想摔就摔了，癫就癫一回，你又能把爷怎样？在许久以前的年月，土司要女人们的初夜，官家要老百姓的粮税，土匪要乡亲们的钱财，生活再怎么苦，酒碗还是要摔的。这就是强力的生存哲学，男人们不摔几个碗够不上巴人后裔白虎血脉，有时女人也摔。摔得稀里哗啦，轰轰烈烈，这阵势，就是一个破坏，激烈的、报复的、凶狠的、果决的、壮美的破坏。以破坏完成感情，完成性格，完成民风，完成人生。摔的那个劲头，就是宁为玉碎，不为瓦全的精神。不破不立，大破大立，重建一个自我，砸掉一个窝囊废，成全一个纯爷们儿。

楚之蛮，巴之雄，野风烈土，敢作敢为。生活其实是在传统无形的道德桎梏之下，人的行为被无数的观念锁链锁住了，一刻的冲破与爆发，有生命的新境。

往往大山大景之地，会有大俗大性。没有区眉小眼的规矩，不来精雕细凿的谨慎。豪气干云，掷地有声，想砸就砸个稀巴烂，这才是做人的真性情。

但也听说，此俗随着旅游的推波助澜，有愈演愈烈之势，某家酒馆一天要摔一万个碗。满地狼藉，不堪入目，惊心动魄。这些碗没有万年不能回归泥土。如果后人发掘，会耻笑我们是个纵酒肆色，尽情享乐，毫无节制的时代。如将其回收，碎成陶粉，或者干脆与水泥一起，铺成大路，也算是废物利用。但我建议，若要保存此俗，最好是做成泥碗，即可降解。但摔声不脆，不荤不素，不如不摔，食客扫兴，生意不兴，如何是好？

让人又恨又爱的摔碗酒！

恩施大峡谷记

恩施大峡谷，为大器晚成之地。因山闭塞，久不闻名，累石巨柱，独啸旷野，深壑纵谷，藏于山中。因埋名隐姓，更比他山阅历深久，沉静世外。任他熙攘浮嚣，人景杂沓，而此大峡谷新境一开，万众瞩目成绝响。

以亿万斯年的驻颜相守，待深闺人识。一跃而起，举世皆惊。深闭神秘，迷障重重，未尝不是最后辉煌的见证。尽管峰无其名，谷无其姓，山固有奇，名不畏俗，一炷香也好，玉笔峰也罢，岩湾天路也好、母子情深也罢，无甚要紧。山本奇诡，志在大雅。崔嵬难述，无可旁类。天容我自巍然，岂有他哉！

从马者村吃过午饭出发，微雨渐收，空气润如花房，茶园青青，草色如黛。突见峡谷绝壁横亘，为雨龙山绝壁。其气势磅礴，斩切而下，如狂雷砰訇，砸于足前。往上仰视，此绝壁喷薄而出，直可上天。再环顾四周，全为神剜鬼削之势，如巨人城栅，满座皆栗。如此庞然大物，其势汹汹，意绝尘寰。

再往前，是朝东岩绝壁，在雪照河之对岸，如斧劈去一半，另一半失落云空，一半留与人间。雪照河水，如雪照景，白如素练，悠然东去，注入清江。其大峡谷之势，已全在眼前。真是罕世绝景！古代写山高手明代袁宏道说：如井者曰峡。科罗拉多、雅鲁藏布、长江三峡，皆曰大峡谷。科罗拉多荒凉可怖，雅鲁藏布诡异迂回，长江三峡狭长逶迤，独有恩施大峡谷为天下大井，涵泉万方，开阔森朗，胸有大壑，喉如天啸。百多公里，其域广袤。大河碥、前山绝壁、大中小龙门、板桥、龙桥、云龙河、后山、雨龙山、朝东岩、铜盆水，在屯堡、沐抚、马者、木贡、板桥诸地恣肆狂欢，傲若无人。

云龙河地缝在去七星寨路上，忽见前有大罅，如大地裂骨，天斫一刀，何等瘆人！地下奇景，飞瀑狂注，晴雷喷碧雪，地心贯长虹，如巨蚌之含玉，石榴之咧嘴，五彩缤纷，不可名状。

一线天又名七星门。两山对垒，令人晕眩。进去则四山巉壁绝渊，千围万仞，处处孤根拔地，枝枝独笋插天。仰望则帽落，长啸则音回。往山上攀去，到处鬼泣神叹之崖，如入狼号虎阚之地，岌岌莫知其端。

兴致大增时，顺山势诱入绝壁长廊。才知已到半山。如有恐高症、心脏病者，辄不能往，可寻另一平缓岔道行。但大胆者十有八九。万丈绝壁，千尺断崖，有我一路。脚下万里苍翠，山坡梯田隐隐，人间城郭，尽收眼底。但山太高，人悬半空，远荒云路遥迢，腋下风急，两股战战，四肢

瑟瑟。周遭烟蹄雾爪，不知天上人间，神思苍茫。但也有在
此谈笑风生者，奔跃摆pose者，长歌狂吼者，做征服状，无
畏相。本是无路客，却从云中行。如今人们看山确比古人有
福。可在如此险峻绝壁上凿出一条路来，让人们近距离深入
山之腹地，看清它的面目。但也许不对，山只可远观，不可
近玩。特别是那些气魄非凡之山，本不是凡间物，何必以区
区之俗我扰赫赫之神圣，讨狎昵之嫌。有人在此寸步难行，
如黏岩之鼯鼠，窘态尽出，那就是山之高远不可犯，威严不
可欺。你群群蕞尔小人，穿山腰而过，既如英雄，亦可忽略
不计。人之渺小，如蚁如蝼，空中绝崖成大路，乃是托凿工
之福；万里空烟作远瞩，根本是天梯偷景。有种者，云槎乘
去，邀我胆魄，可唤魂兮归来。

　　走过此段，悬心稍放。在岩湾山中幽谷小憩，松风袅
袅，吹汗无缕。再往上行，又见一绝壁，直立如切糕。上有
一松，是我族类，取名鞠躬松。此松欲跌欲飞，奋翮有姿。
亦如一人鞠躬，礼向深谷万岩。可以理解礼失求诸野：大谷
有礼，全在高险处。礼失于世，藏之危崖，其义昭昭，真可
警示天下。

　　攀入大楼门，惮愕于路断天门，可一缝进入。真是欲
往南墙撞，却有鸟道行。两山相对，如掰开之豆荚，如双帆
高悬，二峰骈立，如此对称，宛似人为。有此神工，造化达
极。呜呼！绝境又通烟塞，山中又有新途。

　　再前，但见一峰突起，云雾飘来，峰似桅杆。正惊呼
时，其夹缝中还有一峰，更是怪异，云崖飞渡，摇摇欲坠，

其细如一深秋荷梗，支其无力，惊世骇俗。这便是稀世奇峰一炷香。我谓一炷香道：

山之坚贞不拔，非凡人所想象。最细处仅四米，高百五十米，却屹立万年不倒。其骨骼铮铮，风雨难撼，冰雪难欺。一峰孤出，立于云表，心有雄志，不弃不毁。苦难寂寥，奈我若何？其躯之弱，危如累卵。其脊之韧，令人惊魂！世有万山，独我昂昂。锋锷之拙朴，却锐利有刃；身廓之逼仄，却擎天有根！

一炷香后，还有玉笔峰、玉女峰、玉屏峰、拇指峰、孤峰等峰之奇观，或如笔，或如女，或如母子，或如拇指。步步景色，无有赘复。常细雨滴落，化为云雾，飞云聚散组合，山岳时隐时现，如魔似幻。渐至孤峰时，天色大开，视野辽阔。往山下行，再回首，群峰狰狞，山壁如墙，门牖全闭，高不可攀，拒人以千里之外。感觉此行游历似不可信，从何路而出？群山如茧，全无阙处。金峰玉屏，穿崖欹石，已不是沿路所见景色，消隐无踪。阳光普照，好似南柯一梦尔。

我说恩施大峡谷，以山之雄绝衬峡之深切，以峰之怪诡衬路之险骇。以千钧狂野之气，托宇宙幽冥之志；以生僻无扰之境，撩纯情姣媚之容。

往高峰远路，看大气象，得大境界，赚大胸怀。神惊一回，百世不悔。人与山似，不喜平庸；人与谷肖，爱作深吼。有麓泉之乐，可常相忆，万念耿耿，系于一山，情眷在兹，魂倚不倒。常想从酒池肉林，入清风大野，万壑一开，涤我心尘。人生苦短，纵乐更短。近山水而滋润，亲天地以灵魂。

人有时真可邃然以他景之境，让心与天地契，襟与大荒合。倏忽之间，可以壑为喉，以谷为歌，以山之骨为脊，以云之态为臆。神笔一柱，浩浩写我大风。从恩施回，特记于此，以谢大山。

水的传说

远山青青，春烟迢迢，赤水蒙蒙。

有一股神秘气息蒸腾在这逶迤一线的地方，有什么正在暗示我，有酒的醇厚。有香味。不是那种浓香，不是轻浮的香，不招摇，很深，好像蓄谋已久的，很厚。有的东西就是厚的，很厚，宽阔，神秘，深藏不露，但又无处不在。是的，不会张扬，自然而然，很低空的、渗透的、感染的，或者有可能在土里涌动的。像蚯蚓，像三月沉重的苏醒，像根在延伸……我喜欢这样的气息，纠缠着人们，在天地间四处扩散，仿佛嬉戏和梦游。我想起可能有一个千年的隐士，有一个得道的高人正在这儿。是的，我突然想起，是一种称之为水魂的东西。是神灵。

水淋淋的。它爬上岸来。

我喜欢这样的水。虽然我不胜酒力。

生活充满艰辛悲痛，而酒化解了这一切。像春烟弥漫在天地之间，弥合了一个巨大的空洞，将现实与梦境、神话与生活混沌连接起来了。这也许就是古人说的天地有厚德吧？

是的，让我心送涟漪，还有一种兴奋，一种对冰与火的投入与期待。虽然，你可能对这浓烈的气味有畏惧，但有刺激，有诱惑。循着什么进入？水在明白无误地流淌着。是一条河？是的，就是它，在茫茫天地间，可能我们只能通过这条河来找到它的源头。它代表了水，又不是水。是水的精粹，水的灵魂。有水的外形，但不是水，是借水的形体来完成它的野心，是水的辉煌的巅峰，水的火焰。我们并不懂它，因为它藏匿着，又坦然着，冰凉，清澈，恬淡，柔软，不在乎，野性。它在夜晚流淌的声音就像是诵读着一篇天上的（也许是大地深处的）经文。它是文化。不能否认河流的属性。而且是艰深的、玄妙的文化，不是凡尘能够读懂的。后来它用瓶子装着，在漫长的时间里，历史酿就了酒的个性。它就是文化和历史的证据，甚至是民族历史中激荡的华彩乐章。有一种智慧是用水来承载和贮存的，不让它流淌，静静放着，密封着，冥想着，进入历史的大荒。酿造过后可能是漫长的等待，以液体的方式，走进历史，燃烧后来的生活，寻找听得懂它语言的人和时代，塑造人类。

我到过旧金山的帕纳山谷，那里同样是酒的故乡，山谷里氤氲着另外一个民族的智慧与情感。在那里我读出了田园牧歌，读出了从大自然采撷的精美片断。酒是牧歌，是收成，是我们农耕时代的丰收的喜悦。你看采摘葡萄的人们，你看蓝天白云，看成群的奶牛，看那些隐藏在葡萄园中的酒庄，看山谷里流溢的雾气和天空中飞翔的鹰。酝哪，酿哪。田野上、山冈上、风里、秋天里溢淌着醇美流蜜的空气，那么浓稠、高雅。你看赤水两岸，那个时候，同样高粱摇曳、河水流响，人们收获着沉甸甸的穗子，将它们投入到掺了酒曲的石窖中，也是酝啊，酿啊。后来，一个容器将那化为水的神物全部收走了，密封了。但是，这个容器里，如果你仔细倾听，却依然能听到河流奔涌和庄稼爆裂的声音，能闻到丰收时的醇香和农人的沉醉。听到庄稼成熟后在风里沙沙的喧嚷和絮语，夜半露寒时的呢喃，经久不息。它是永恒的声音，永恒的浓烈和醉意，永恒的荡漾，它贮存在我们心里。它使我们保持对水的源头和对祖先文明的追溯与回忆，对诗的热爱，对过往历史的兴趣，对朴素生活的梦想。

因此，酒不是工业，不是商品，它就是文化在漫漫烟波中的传承，是文化的倒影。

在这里，用赤水酿成的酒，终有了这么一种气质：采天地灵气，怀厚德致远。天地灵性，至厚至德。是水与人，人与天的同气相求。想想吧，同样是高粱与酒曲的碰撞，是一场天作之合的邂逅，这里的高粱特异，而五月的女人踩曲，是如此的柔情蜜意，仿佛是对酒的爱恋缠绵的序歌，是摇篮里的天籁。一双赤脚，踩兮舞兮，酒曲慢慢地从山野女人精心的伺弄中诞生了……还有一次一次的发酵、加沙、蒸馏、取酒、贮藏、等待、勾兑……多么神奇美妙的过程。不要用科学仪器分析，她所含的香有多少种，所含的微生物有多少种，真的，我宁愿什么也不知道。但只求像天地的鼻扇，吸进她灵香袅袅的意境，它的优雅细腻的云态，它的亦幻亦真的叩访。而一种叫水魂的生命，她的神秘性是不可以分析的，并且要拒绝分析。在这儿漂浮的神秘物质，是永远也抓不到它的，犹如尼斯湖水怪和神农架的野人，一闪即逝。是它参与了整个酿造的过程，一只神奇的手，在搅动着这场壮丽的水的演出，在书写水的传说。

酒也不是食物，不是的，它是介乎于物质和精神之间的一种东西，我姑且称它第三物质，它可以滋养灵，也可以滋养肉。它来自深山，取自深谷。雾霭茫茫的赤水，一勺一勺，一湾一湾，一程一程，一滩一滩。你究竟叙说着什么，你为什么有如此的魅惑？不是说这里，说在遥远的神农架，有这么一位老人，一个铁匠，几十年从不吃饭，只喝酒，也不吃菜，就一盘石子儿，用油盐炒了呡着下酒，下顿洗净了再炒。酒能支撑他几十年不吃饭的身体，里面有什么神奇的物质呢？

现在，我走在茅台古镇的烟雨中，走在赤水河畔。一切都在酒的萌动中，仿佛酒是一粒快要冲出大地的种子，一次风生水起的潮汐。我感受到了。对，酒是种子。酒是用水耕种出来的。我终于明白了。

在书房

在书房。这是一件美妙的事情。无需红袖添香，只爱夜雨秋灯。这是一种嗜好，一种心境。一本书，一个夜晚。春夜冬夜都行，我的书房四季如春。各种各样的书都想翻一翻，各种质地，是一种旧癖。书房可能是我们的另一个枕头，另一种休憩的卧榻。我自己，我是将书房当作我的乡土的。我的灵魂长期在求食生涯中游荡，不得安宁。电话、短信、邮件……也不知道为什么在这个十分陌生的地方（城市吧）被许多人盯上了。而且还得身不由己地回答，生怕怠慢了人家。太累。即便像我这样完全不喜交际，非常被动生活的人，也是有这么多"骚扰"。唉，躲进书房，就躲进了故乡。再俗一点说，就躲进了母亲的子宫。徜徉，栽种，都行。假设有乡有土，假设在那儿种瓜得瓜，或种瓜得豆，或者干脆是荒年。再假设在那些书里稿纸里，闻到了从小熟悉的气味，那是太好了。没有的，自己想象呗，创造呗。书房成了我的农场，偷他人的菜，种自己的菜。有自己的种子，有他人的种子。人退守、退守……最后书房成了唯一的堡垒，在那里苟延残喘，负隅顽抗。或者休生养息、自得其乐。人的一生是一个不断退守的过程，也是丢盔卸甲的过程。剩下的东西不多了，你钟爱的，总是保守在最后。几本破旧的书，在淘汰和搬迁的不停折腾中，什么都丢弃了，最后竟让这些不停地打捆，不停地拆开，为怎样捆得结实不至散落而耗尽心机，耗尽力气的书，为找很多理由不至扔掉、说服自己是有价值的书，积积攒攒组成了如今一个庞大辉煌的书房，让它成为我们心灵的据点。书有自己写的，也有别人写的。拥有这么多，你坐着，欣赏着，巡视着，就像一个财主数钱。哦，很好，这很好，这太好了。我是这个房子的主人。要拥有一间这样的房子，我梦寐以求的，就是要拥有这么一间以书籍隔绝世界的城堡。这些四处搜集来的"砖头"，砌猪圈的，砌皇宫的，砌虚荣的、遮羞的、掩罪的、化妆的、卖笑的、献媚的、说谎的"砖头"——书，词语，跟随我颠沛流离，千里迁徙，不离不弃，称得上伟大爱情的典范。是的，这些书。这些疲倦的、陈旧的、进入历史的书，这些文字，这些思想，这些过时迂腐的说辞，这些古人的智慧和经验，经过我摆放，很漂亮了，装饰了最为靓丽的柜子，打上灯，再配之以世界各地搜集来的饰物、纪念品、宗教的器物，非常有形了，像一个人，一个帅哥，一个有档次和身份的人。我们这些人，这些所谓的读书人，要像保存江湖秘籍和传世家谱一样，精心地保护它们，穿过千山万水，越过荆棘荒原。这些书，是我们的命根子。

本不是书香门第，却爱耕读传家。我的父亲很愚笨，是个文盲；我的母亲很聪明，也是个文盲。但他们再难再苦也要保证我读书。他们说：养儿不读书，只当养头猪。我因此读着读着，读成如今这副迂蠢模样。对这个社会的一切不再有兴趣，甚至嘲笑官员和商人，认为他们不读书没书房是怎么活的？有什么意义？也嘲笑那些把书房当作出征前夜的厉害角色，也弄了一些文字，却四处招摇。书房是他们隐秘的制造假冒伪劣产品的不义之地。对他们，没有退守一说，人生永远是进攻，进攻，人生就是攻城略地，攫取名利的疯狂竞赛，书是旗帜、幌子也是盾牌。书房是虎帐倚枪，硝烟弥漫。踏着他人的鲜血，满足自己的野心。

我的书房里当然是好书。至少有三十本以及三百本是我特别喜欢的书。也可能只有三本是我至爱的书。有时候，常常，非常安静，非常快速地安静下来。因为那些书，那些高人写的文字，就像他们亲自陪伴着你，看着你。要跟他们一样调整呼吸。要学他们的做派。这是无声的榜样。这些有好文字也有好为人的高手，就是在教你怎么生活和写作，写什么样的？有什么招式？有什么追求？你认为是最好的文字，你就要写最好的文字，不降低标准，不投降，不屈服。学着他们。师傅就在书柜里，我是放在桌子上的。每天让自己受折磨。让他嘲笑你的文字，鄙视你的笔力。"你不配！"他们说。伟大的文字，我是要乞求的，请你们再等一下我，我行。请让我学着你们的笔，进入你们的云端。有的书沉，有的轻，有的竖着寒光闪闪的刃口，不小心会划伤我们，包括心。但被我摩挲多年的书，残了页，封面也软弱无力，皱皱巴巴的像个老人。我会时常翻开它变黄变脆的书页。它里面的思想和智慧越来越深邃，越来越亮堂，越来越亲切，也越来越苍老。他知道我："你也想写一本这样的书？"是的，我是这么想的。我渴望。我发誓。我攒着劲。因为，我几十年与你们为伍，我拜你们为师，我琢磨着你们，与你们同呼吸共命运。那一柜子我写的书都不过是垃圾，我只想写一本靠近你们的书。模样儿有点像，说话的口气，方式，架势，狠狠地倾泻，幽默，大度，结构，小文章，大体积。不狂，不躁，随意，心口一致，本色，高不可攀的微笑和优雅……

在书房。我知道我要敬业，要吃苦耐劳，要忘掉一切。没有那么容易的事情。一本穿越历史、时间和国界的书，到达一个你喜欢的人的手中，会要一百年，或者五百年，一千年。还要让别人珍藏，更是太难太难了。不要理会那些不喜欢你的人。全心全意地为你喜欢的人写作。或者，这个人还没出生也不要紧。在很远很远的地方，一个人珍藏着你的书，你要爱她。是的，你只爱她。

桃花村

  到了荆州城，随便找个人问桃花村在哪里，都会给你回答：西门外。荆州这座南方古老的城垣，人们对方位的认识就是四座城门。西门外、东门外、北门外、南门外的，颇有古意。城里人往城外踏青赏春，这几年，无一不是往西门外。那郊野有个桃花村，可也远了，十里地，该有多少村庄？可人们只认桃花村，只奔桃花村。

  这时节，阳也艳了，风也暖了，天也蓝了，菜花李花也开了，桃花怎能不开？桃花村一千多亩桃花，那个红，不正是"满树如娇烂漫红，万枝丹彩灼春融"（唐·吴融），或是"雾里烟封一万株，烘楼照壁红模糊"（曹雪芹）？据村里人讲，坐飞机遇上好天气，看荆州城西门外，有一大片红色，一大片白色，红色是桃花，白色是梨花，那云彩下面的彩霞花海，就是桃花村，据说桃花村就是这么出名的。刚开始，栽种果树的人，哪来个赏花心情，也不知城里人好这一口，种自己的果树，盼结个好年成，多卖几个桃子梨子，桃花那个一红，飞机上的人发现了，城内就一传十、十传百，那个花呀，从古到今，还没这个阵势的。荆州水乡，女人水色好，说话语调妖媚，带点弹舌音，连乡下女子，也有见过世面的派头，就是一个莺声燕语，水姿花容，个个如水的精灵，花的精魂。赏花踏青的，到了桃花村，那还不是"人面桃花相映红"么。看了花，也看了人，人面与桃花，就是一个美字，桃花把人托得更加俏丽，人把桃花烘得更加娇艳。究竟是花娇艳还是人娇艳，是人俏丽还是花俏丽？赏春的人已经分不清了，而春天也就来了，三月也就入怀了。"紫陌红尘拂面来，无人不道看花回。"（刘禹锡）红尘原来指的是这个呀，这样的红尘，我看坠入其间，没有什么不好。桃之夭夭，灼灼其华，花入梦，人入梦，享受这样的春景，今夕何夕，那又有什么要紧呢？

桃花村最早其实是一片荒地，芦苇丛生，狐奔兔蹿，它原名叫黄台生产队，开垦后种黄麻。来此种黄麻的村民说，他们点了三年蜡烛。带果树来栽的是章应佐，在当时张珂玙书记的邀请下，他从邻村带来了一万株桃树苗，两万株梨树苗，这些大部分栽在了此地，于是就有了以后的桃花村。梨树苗是两个品种：湘南和黄花。梨树是异花授粉，而桃树是自花授粉。这湘南和黄花，俩名一个男性化，一个女性化。就像是一对小夫妻。桃树则有沙石早春、布目早春——这两个是日本品种，国内品种有早春玉、春蕾、雨花露，名字都是润润的。但一般人称桃花村的梨为沙梨，桃为蜜桃。梨皮黄褐色，清甜，耐运输；桃个大，上市早，两个一斤，在南方相当有市场。

　　刚开始，看花的人来看花，村民也没理这个茬儿，还有钓鱼的，肚子饿了，就找村民要饭吃，说给钱，也有拿钓来的鱼让其加工的。鱼有了，腊肉也有，蔬菜就在自家地里掐。这样到了1999年，荆州区政协有人提案，将这片桃花园建为荆州观赏休闲区。也不知是谁最早叫上桃花村的，一来二去，就真叫成了桃花村。村里就说，冲这个名儿，冲这种人气，咱们也要办几家餐馆，号召村民办，就有7家应了。餐馆是棚子餐馆，三两张桌子，酒席就相当于开在田头，喝的是桃花浸香的酒，吃的是雨露没干的菜，那个醉呀，春风在筷子头上缭绕，脚下是正待苏醒的田野，这哪叫吃饭，这就是在吃春，吃自然，吃天与地。吃到的，抹抹嘴满意而归，神清气爽了，大量还是没吃到的，一天只不过七十余桌而已，远不能满足几万人的需求。泥巴路，低电压，连冰箱都启不动。再后来，线来了，路来了，道路硬化，房子大变脸，由村里和区里投资，全部换上蓝瓦，砌上马头墙，红窗，灰裙，过去的棚子全拆掉了，防盗网全换成了方钢古铜色，时尚又古雅的路灯，江南情调，江南风韵，放在桃花村，绝对风情万种。后来农家建的房子，好得像苏州园林，四合院、各式盆景、鱼池、花台，一应俱全，进入村庄，桃红柳绿李白，小桥流水人家，蓝瓦白墙，春风丽日，到哪儿还能找到这般景致，这般去处？整个荆楚大地，绝对是第一家第一村了。

　　不过整个村庄是被呼呼欲燃的桃花淹没了，或者说村庄是漂浮在桃花巨浪之中的，那种气势又不是江南的小家碧玉，而是荆楚的编钟乐舞。菜花的黄，梨花的白，桃花的红，犹如彩墨狂泼，万女斗艳，这荆州的土地在春天可有它显示的方式了，也有它炫耀和呼喊的方式了。其表达，那是不顾一切的，恣肆飒辣的，浪漫痴狂的，明明就是几千年猎猎楚风的田野版现代演绎！

桃花村的美食如今也是名声在外了，最著名的是土鸡火锅，每天一车车的土鸡全上了餐桌，还有荆州特有的坛子菜。坛子菜就是酱菜腌菜之类，如豆腐乳、辣萝卜、酱拌萝卜皮、南风盐菜。这儿的辣萝卜、拌萝卜皮儿，可真是脆嘣嘣的，还有土灶烧的锅巴饭，吃起来更是香脆过瘾。

"陶令不知何处去，桃花源里可耕田？"这被称为荆州后花园的桃花村，就是那传说中的桃花源，真是可耕田的。不仅仅是乡村美景，千亩桃花，更是这里民风淳朴，乡情浓郁。这里没有欺诈，价格低廉实惠，吃饭犹如在农家做客，吃了一碗主人要你添二碗，吃了二碗主人要你添三碗。来到这里，吃自己钓的鱼付点加工费，园子里的瓜果免费吃，自己摘，自己掐，如果想带点回家，给钱多少不拘，主人不会计较。吃完了，满口余香，再拎着没有污染的水果、蔬菜，那个新鲜呀！再是打包的坛子菜，那种感觉，不就像是乡下去走了亲戚回来吗？

而且这村里乡亲一家人似的，各家东西从未有丢失过，鸡鸭散放，无人问津。到了杀年猪的日子，谁家杀了就到谁家"吃大户"，几十家几十头年猪杀完，要吃几十天，每天个个醉醺醺的，你家吃的是三个火锅，我就上四个火锅，比着招待乡亲。一家有事四邻帮，村人没有粗言粗语，也没有恶性竞争，更没有在路上拉客的，他们认为拉客是羞耻的事，会被全村人瞧不起。可真是有点世外桃源的味道。

桃花村的淳朴，不知能否保持下去。但是桃花村的美丽将会持续下去，且越来越美。他们的规划是让这里成为荆州乡村旅游第一村，让这个村里有乡村农家乐、莲花屿、垂钓池、桃花园、乡村美食长廊、民风民俗和现代农业科技园等景区，待建设的有桃李结义园、杏坛、生态鱼乐园、七里扬帆、水车、知耕园、皇叔菜园、乡村博物院、蜂情园、乡村牧场、桃花岛、荆绣坊、橘颂园、竹海等。来此游玩的人，可以参与田野耕作，田野放牧，采桑养蚕，传统手工制作。

桃花村前景无限，住在桃花村的村民是幸福的。乡村是一个令人温暖和快意的名词，是一只抚摸灵魂的手，是一种召唤和皈依，是我们的梦境和童年，是我们丢失的故居和家园。何况，还有那一望无涯、如火如荼的三月桃花，还有这春风与艳阳，人们需要这样的洗礼和沐浴，陶醉和回家。

桃花村，城里人一年一度的乡愁，一年一度的春梦。

春雨潇潇垄上行

没想到我挂职家乡荆州的首个行程就是春雨中的垄上行。《垄上行》是一个电视栏目，"春天垄上行"是荆州电视台举办多年的一个超大型的文艺演出和赶集会。2009年春天的这个活动在百里洪湖边的官港村，也是仙（桃）洪（湖）新农村建设试验区的中心。2月底，春雨潇潇，春雷滚滚。田野的麦苗青碧娇嫩，油菜花已经开始了喷吐它的金黄，在淡淡的雨雾中，田野的色彩层次分明，春意萌动，墒情勃发。春雷声响，寒木初芽，蛙声渐醒，渔舟欲放，村庄如在水墨皴染的画里。此刻真是垄上行走，赏春闹春的好时日。而且这仙洪试验区里已有了新的面貌。有的村庄开始了精心设计的农舍建造，其新颖美观程度，堪比城中富人别墅，河道整治，沟渠硬化，全铺上水泥板，河边有观景台，步行匝道，挑水洗衣台阶，农家户户门前有小花圃，垃圾桶成排。一些旧屋上写着"拆"字。据说这将是全国新农村试点的样板，将会成为全中国最美的农村，全由国家投入。仙洪试验区八十万父老乡亲，你们有福了！

在浩荡厚土大荆州，风俗丰富多彩，人稠地密，却也因河湖港汊的分割，限制了人群的聚集，从未有真正的大集。"集"也是北方的说法，家乡人叫"赶街"。各赶各的街，各走各的路，就是在湖北，荆州也没有鄂东的花朝节、龙抬头节之类的春天大集的节俗。但是，这一次地道的"垄上行"却使我强烈地感受到了江汉平原上那种人头攒动、伞花如霞的场景。"垄上行"的舞台真正是搭在田垄之上的，背景是大片的麦地和油菜花。而会场所占的60亩地，正是一片油菜地，油菜已经砍掉。为此电视台付了6万元的补偿款。一卢姓老哥告诉我，他的4亩3分地，给补助了4100块钱，每亩差不多一千元。这是按去年菜籽的收入算的，今年菜籽价下跌，去年有两块七八，今年只有不到两块了，他的油菜种好，每亩也就500斤，国家补偿的肯定有赚的。因此他积极地在自家田里挖沟排水；因为雨水太大，淤泥太深，来看戏赶集的乡亲们少有穿深统套鞋的，让乡亲们在自己的田里看这大的戏，看到电视里才能见到的大人物，是他的福气。卢老哥用当地土语说：湖（福）气湖气，灰（非）常满意。等活动结束他就要开犁种早稻了。我也跟他用当地土话说，你的地经千人踩万人踏，就聚了人气，今年的稻谷肯定是大烘（丰）收。他说是是，大烘收大烘收。

即使在春雨里，泥水中，但开着汽车、拖拉机的来了，骑着摩托载一家老小的来了，骑自行车的，步行的，扶老携幼，都来了，公路两旁的车阵不见头尾。还有各种来展示的插秧机、收割机、旋耕机也开来了，抽大奖的就是一台价值7万元的收割机。农业局的农业专家来了，兽医来了，卖化肥种子农药的来了，司法局来咨询宣传乡村法律的来了，电信局推销手机的来了，家电下乡（有补贴）的来了，就业管理局发放就业服务卡的、特别针对返乡农民工的招工单位来了，宣传农副产品质量安全法规的来了，就连知道湖区农民爱得风湿病卖风湿膏的也来了，防艾（滋病）的也来了。还有卖土特产如藕粉莲子鸡蛋糕的、小吃的。卖农资的，特别是良种肥料，令人眼花缭乱；养猪养鸡养野鸭龟鳖的资料随便拿，强力推荐春夏农作物品种的通告强行发，因为事关农民一年的收入，不得用假种、劣种，必须做到高产、优质、高效、生态、安全。招工的在宣传自己的工厂，卖药的可着嗓子。但还是农机具聚集的人多，另一些地方就是抽奖得化肥的。一个化肥厂的在散发传单抽奖，回答问题正确的一袋化肥。题目是传单上、展板上有的，弱智都会答，于是化肥滚滚到了乡亲们手中。一位周姓老兄背上了一袋尿素，一百斤，致使双脚下陷，他老婆因为高兴嘀嘀咕咕假埋怨他走错了道儿，我拉了他一把，才把套鞋从淤泥中拔出来。我问他是不是得的奖，他说是的，我说买一袋要多少钱？他说80多元，那还不喜得脚软的。另一处卖肥处，全是赠送，不答题，凑上4人赠一桶去分。一位老乡要我凑个数，说搞一桶婚（分），我说我有事就不婚哒，你再搞两个人婚去。我在另一处领了两小包赠肥，一包是棉花肥，一包是稻谷肥。嘀嘀，今年我的水稻和棉花也要大烘（丰）收啦！我揣着这些肥料，似乎闻到了稻花的香味，触到了棉朵的暖意，一个秋天似乎正在向我们招手哩。这个秋天已经洋溢在我的心里了。

在另一边，美丽的春天在舞台上绽放。省里来的大领导冒雨坐在台下，我在荆州的顶头上司易部长亲自督阵。舞台很大，上面是洪湖荷乡的衬景加道具，几辆奖品摩托车扎着大红花放在显眼处，旁边就是7万元大奖的收割机。舞台下真是人山人海，人们站在田中，没有套鞋的站在远远的公路上，挤在人家的窗户里，爬上车子，还有几家自搭了高台观看。当"洪湖水，浪打浪"的乐曲在这样的雨中垄上响起，我突然一阵感动，有一种想流泪的感觉。不知为什么，这久违的乡音乡情，这熟悉的音乐歌声，这片深厚荆州大地上真正涌动的乡土情怀，这触手可及的春的芬芳和雨露，一种千万年这块土地的人民所生活的渴盼与希望，美丽与善良，梦想与现实，刹那间冲注进我的心田。春心一寸归乡难，激起的却是这春潮万丈，长空裂石。洪林村的威风锣鼓和舞狮，真个是威风八面，震天价响，让我心中如何不狂澜感奋，如痴如醉。当地剧团唱的原汁原味的"哟喂哟"——花鼓戏《站花墙》，有着浓郁楚风荆韵的舞蹈，还有纯乡音的小品，时尚的街舞和模特秀，就是这些新的洋的，也极具荆州情调。还请来了大兵、何晶晶这些"活宝"，而"垄上行"的超级偶像王凯（主持人）等的演出，使得这台节目展示了荆州人天性中的幽默、风趣、智慧、爽快、真诚。这就是鲜鲜灵灵的、活蹦乱跳的荆州人的生活，当代生活，现实生活，乡土生活。同时它又是与历史割不断的、穿越几千年的、有着传统韵味的生活。乡情在这种生活的春风中滋滋地生长，乡音在这蒙蒙的喜雨中润润地展开。而那些土生土长、土里扒出的笑声与舞台上狂热呼应，敢说这不是另一种春天醒来的声音，不是另一种爆裂的墒情？

　　听说，为了看这次演出，赶这个大集，当地老百姓早在几天前就把在异地的亲戚朋友们请到了家里，好吃好喝招待。这活动有时达30万人之多，因怕出事，主办方只好取消。一般可达10万人。荆州这块地界，因土地肥沃，鱼米丰腴，素有天下粮仓的美誉，农业在楚国初创时就非常发达，农业是传统产业，也是荆州人生命的根，立命的本，活命的泉，同样她孕育出了荆州乃至荆楚大地的文化与精神。我以为荆州的现代传媒如此重视农业，而且将一个娱乐活动上升为全社会关注三农、服务三农的超大型赶集会，是有其必然原因的。虽然在回来的汽车上，市广电局的吴局长有些诉苦地说，搞这项活动太难了，许许多多的工作人员，住在农民家中，五个人只有两床被子，感冒生病不少，花钱达百万之多，似乎只有付出，没有回报。我安慰且怂恿他说，这个活动可一定要办下去，什么叫回报，十里八乡的父老乡亲，拖儿带女，扶老携幼，万人空巷来这里就是回报；当那个周姓老兄喜滋滋地背一袋化肥回去，当人们开着摩托和收割机回去，这就是回报；当成百上千的人追撵那个超级偶像——那个被誉为农民知心人、农业百科全书的主持人王凯时，这就是回报；当这样壮观的场面在雨中和泥泞中仍然笑声不减，兴高采烈，这就是回报。我写此文时，对这个超级的赶集和演出，只有八个字相赠：乡土气息，农民情怀。

　　雨还没有住的意思，乡人正在依依不舍地散去。我注意到在会场旁一农户家菜地里，有几十箱蜂子，那些嗡嗡的蜜蜂，正衔着春天油菜花的蜜汁儿归来，它们也为这垄上的春景增色增甜。田野上的春蜜，在曲终人散时，正悄悄地酿着，泛滥着。这些成千上万的人来这里赶集看戏，不也是在寻找他们的心中的、春耕的、同时也是文化的和精神的蜜源吗？我甚至想，虽然荆州没有龙抬头和花朝节等等与农事有关的节日，"春天垄上行"与"秋天垄上行"，只要坚持下去，就会成为荆州新民俗也说不定呢。

　　荆州人的执着，一切皆有可能。

曾卓故里行

　　每个人都有一个故乡。故乡这块土地会给他一个精神的DNA，让他的一切带有故乡的烙印。

　　黄陂蔡榨镇的曾家大湾，是诗人曾卓的故里。这个地方是茶乡文化古镇。而黄陂出过许多名人，特别是文化名人。绿原、彭邦桢、伍禾，且都是大诗人。黄陂这块土地是神奇的。去年我去蔡榨时就在那写过四个字：朝圣之旅。对于诗人来说，这里就是湖北另一个诗歌的圣地。来到这儿自然会怀着朝圣的心情。何况是受到大家爱戴的诗人曾卓。

　　曾卓在中国诗坛的地位是非常高的。特别是在打倒"四人帮"后，在诗坛复出的曾卓，以《悬崖边的树》《老水手的歌》引起过巨大的轰动。成为了湖北诗坛一面最具有精神意义的旗帜。他的人品与诗品有口皆碑。他生前曾是青年作家们的偶像和朋友。

　　五月的一天，我们有幸应邀去到了曾家大湾。这个山清水秀的小湾子，黄陂东乡与红安县、新洲县相邻的犄角地带。村庄的东边有一座小山叫三台山。山不高却灵秀万端，五月的雨把这一带染得绿莹莹的，油亮亮的。我们进入这个小小的湾子，看到路口不远就是一座至少百年以上的古老建筑。墙体一半是整齐光滑的石块砌成，上半是红砖。从红砖来看。应该是清末民初所建。砖很讲究，有各种雕花，但也有一点欧式风格。照墙两边竟然是三个圆弧，看来设计者心态开放，受过当时外来建筑的影响。但门框、门楣都是典型的中式，巨大的条石，有大宅院的感觉。事实如此。整个房子有三进，可说是宅院深深。当初雕刻的"宗圣祠"三字没有了，依稀可见的是四个红漆字：桃园学校。在六七十年代，这里确做过学校。走进去，已是破烂不堪。里面杂树丛生，都没了屋顶，成为了牛们的栖息之地。木梁坍塌，各种雕花的饰物横七竖八。曾经的盛景、热闹和骄傲被不动声色的时间打败了。

我们还去看了据说是曾卓祖父的房子，也已经翻新，只剩下有几条阶石、一些砖是古老的记忆。我们穿行在湾子的小巷里，有穿越到久远过去的感觉。在这个村子里还看到了一处更大的破败的宅院，墙在，门在，大雕花条石在，院子在，就是人不在了。整洁、矜持、庄严不在了。有个很老的大房子里也是鸡鸭成群，牛羊安卧。但，可以看出，这个曾家大湾的曾家，的确是黄陂的望族。而这个湾子，百分之九十以上是姓曾。

这个湾子里的曾姓同一个祖宗，文武人才辈出，文者才冠两湖，武者安邦定国。听介绍，这湾子里清朝出过探花。不少族人或高官，或巨贾，或将军，或学业有成，在世界各地任职甚至联合国任职的，不在少数。

但影响最大的是文化名人曾庆冠即曾卓先生。武汉的地下党员，新中国成立后任武汉市文联主席和湖北省作协副主席，《长江日报》副总编辑。

曾卓多次回到过他的故乡，因为他的父母都是黄陂人。他最疼爱的母亲死于逃难途中，他自己一生受尽磨难，苦难刻在他的脸上，脸上的沟壑多于乡下的老农。

不幸的曾卓结束了他们的那个苦难的时代，也拼命以自己不可遏止的才华闪耀过生命的光辉。他应该有自己的一个纪念馆。在逝去的湖北一代大家中，只有徐迟先生在他的家乡有一个小小的纪念馆。2008年5月的一天，我到江苏震泽去参加一个笔会。震泽正好与浙江的南浔镇比邻。南浔就是徐迟先生的家乡。我于是去了南浔，在一个叫文园的公园里，找到了徐迟先生的纪念馆。这是一个小院，院子里有徐迟的铜像，展室里有徐迟生平，并复制了他在武汉水果湖高知楼的简陋的书房。还有老先生的一台286电脑。徐迟先生真是有幸呀！在前两年，在楚河汉街的迅猛拆迁中，徐迟先生以及碧野先生的书房化为了乌有，文人们微弱的呼吁赶不上挖掘机疯狂的轰响。灰飞烟灭，让人叹惋。故乡却以其细心和爱保存了他的一切。只有故乡是最无私的，故乡愿意接纳她的儿子归来。这双手深情护卫，而不是粗暴毁坏。

黄陂方面正是基于故乡的情怀，认为有责任为曾卓建一个纪念馆。我们去拜谒的目的，也正是以行动来呼吁当地政府的重视。这应是名人家乡的一种义不容辞的责任，也将是继徐迟纪念馆后，第二个名人家乡建起的纪念馆。

我们在那里与黄陂方面的领导们商量了一些设想：可以将曾家祠堂修缮，作为曾卓纪念馆。而当地也有此想法。这座古色古香的建筑，正好可以容纳对一个诗人的纪念与怀想。一个老水手在漂泊一生后魂归故里，这也是他甚感欣慰的吧。这里面还可以设一些黄陂诗人如绿原、彭邦桢、伍禾的展室。在开阔的门口竖一尊曾卓的铜像，并将他的著名诗篇一一刻在石头上，成为一道独特景观。大量的曾卓文物都将会汇集这里展出。我当即表示，愿意献出曾卓先生为我诗集作序言的手稿给纪念馆。黄陂的严部长对这个方案极力赞同，并表示要抓紧进行。前期修复工作也许在不远的将来展开。这个纪念馆建成后，将是湖北作家诗人们朝圣、采风的目的地，这块曾诞生过曾卓的土地，相信也会带给后来者们文学的灵感和精神的滋养。而蔡榨古镇是茶叶之乡，同样是诗人之乡。诗与茶，是文化的孪生兄弟，这也许是土地的赠与，冥冥中的安排。

著名诗人绿原在《追思"没有被打倒"的曾卓》中说："曾卓是一位诗品赫赫有名，人品铁骨铮铮的诗人；他生前真诚地显现自己的真诚，他爱很多人；如今，他虽然远行了，但他仍被很多人爱。"

是的，曾卓将被很多的人爱，也将被他的家乡热爱，直到永远……

本土·乡土

在托尔斯泰和陀思妥耶夫斯基的时代，或许没有像如今这么多的文学名词和概念，把作家折磨得鼻青脸肿、无所适从。那时的作家只是想尽情表达他的理想，表达他的世界。但是现在，随着全球化时代的到来，强调视野和哲学深度。在"世界性"的蛊惑之下，人们转向本土经验寻找属于自己的世界性元素。作品的自我意识愈发膨胀，每个人企图在自己的脚下征服全球的读者。中国作家在近三十年来，受到的影响主要来自美国的福克纳和哥伦比亚的马尔克斯，这两位作家，以狭小的写作空间成全了他们成为世界性作家。在一小块虚构的土地上书写一个时代，或者一个地域，或者一部历史。在中国，莫言的道路助长了作家在世界格局下的本土意识，刺激着更多的作家效尤，这股潮流方兴未艾。

本土，是针对世界而言的；乡土，是针对城市而言的。对中国的作家来说，这两方面都至关重要。这是一种觉醒意识。这表明，当代作家知道在使用本土语言和故事的时候，能找到不同肤色、种族和年龄的知音，写作的野心变大了。本土小说是写给本土之外的人看，乡土小说是写给城里人看。

对我来说，本土是乡土的外延，而乡土才是本土的核心。

我这些年虽在城市，却尽量躲避城市，我的乡土意识是在城市的生活煎熬、它的冷漠、亢奋、混乱、无情，在浓浓的终年不散的雾霾中被唤醒的。

我写的是中国中部湖北省的一个山地，叫神农架。对此我有持久不衰的热情。我喜欢她的高度、遥远、鬼魅氛围、偏僻、寂静、美丽、阔大、捉摸不透，还有时时撞击着我的想象力的传说与神话。我书写的对象离我内心的渴望越来越近。乡土是我的梦境。但因为时代赋予了乡土另外的含义与隐喻，她的象征意义已经完全超越了"乡土"的本意。除了是我们的梦境，也是我们书写的现实，而且是非常真实的现实。不是怀念，不是乌托邦，是当下我们社会烟尘滚滚、热气腾腾、善恶恶斗的前沿阵地。因为乡土是底层的生活，是社会弱势的一方，对于作家来说，它代表的是一种价值取向，一种精神向度的关注，接近于我们文学的本质，我们国家向何处去这样一些重大的命题。底层是我们国家历经改革三十多年之后的一碰即痛的创伤，有着许多难忘的挣扎、守望和坚韧，美丽动人。

我比较喜欢山冈和森林，也喜欢峡谷中的河流。喜欢群山之间的阳光与雾气，更加喜欢即将沉入黑夜的夕阳。喜欢农民、庄稼和畜禽，还喜欢野草，喜欢在树影和村庄之上的月光，喜欢那些不声不响的让人头脑清醒呼吸畅通的风。

喜欢他们用很偏远的方式演绎的生活。在我看来，他们虽然不是这个世界的主角，但确是文学的主角。他们虽然穿着古旧，但是作风正派。可以和作家做局，充当作家的"托"，在繁华世界隐匿、消歇和疲惫的尽头，成为文学中重要的、正式在夜半上场的人群，就像传说中的众神狂欢。

一个作家表达他对世界的看法需要有一个假托的场景，这个场景对他来说，是可以调遣许多熟悉的人和物的。在这里，他可以获得鲜活的、让人信服的帮腔。所有的环境就是他的世界，为了写得更像真的，他有时候必须让故乡说谎。故事也许不发生在自己的乡土之上，写作者内心的语言却是真诚无欺的，他的坦诚是应该得到尊重的。为此，故乡是他最好的"托"。

乡土的一切包括恐怖的字眼也是美好的，特别成为文学之后。比如：坟地、鬼魂、荆棘、泥泞、黑夜、小路、荒芜等等。我喜欢将作品泡在泥土和野草之中，让文字表达在沼泽中跋涉，踩着气味浓烈的腐殖质艰难行进。并且在写作中带着一点点自己制造的恐惧，与那些遽然出现的山川和人物相遇。写作是充满惊喜的事情。因为我并不是太熟知他们，所以我会创造机会与他们交谈和生活。让他们出现在那些几乎绝望的环境里，成为绝处逢生的奇迹。

中国作家对土地的偏爱似乎更甚于其他民族，可能是土地在这个人口众多的国家，显得特别金贵。加上城市对农民的国策性歧视，城市扩张对土地的掠夺，逼得农民退守到最后一小块乡土，在那里喘息、生存与终老。对乡情的迷恋，对农耕的陶醉，是许多中国作家的嗜好。20世纪80年代，批评家们就警告说中国的先进符号在城市，乡村将注定衰败和落后下去，乡土写作是一种过时、落后、陈旧的写作，作家要书写城市，紧跟时代潮流。事实证明这种观点是对中国的无知，是对作家复杂情感的轻视。为什么乡土不屈地在中国作家的作品中闪光？有多种原因。但这也与写作的职业非常有关。写作者是手工业者。帕慕克说写作是一门中世纪的手艺。这种手工操作的特性是人的最原始的劳动，跟田间劳作无异，这就注定了作家的恋旧本性。乡土是恋旧的归宿地。作家写作的对象从来没有先进与落后、时尚与土气之分，恰恰相反，作家应该逃避先进与时尚，成为传统的坚守者。

我知道，俄罗斯作家们——无论是19世纪还是20世纪的作家，不经意中就写出了俄罗斯大地深厚沉重的苦难，这完全缘于作家的良知和悲悯，是他们对自己国家和大地的热爱所致。我到过托尔斯泰的故乡图拉和他的雅斯纳亚·波里亚纳庄园，他对土地和人民的热爱让我感动。他说过，我的愿望是脱光了衣裳在田野上耕种。

我自己，我希望我会在大地的气息中老去，因为我的生活脱离大地太久。这种气息对出生在乡村的写作者，就是精神和力量的支撑，并且可以安放他的灵魂。把乡土搬运进作品，就像把我们一生的智慧搬运进作品。

辑二 天马

天　马

草原因为辽阔而静止，雪山因为高远而静默。

如果没有马匹和骑手，没有马的长嘶和奔腾，草原一如远古，或者已经死去，草原上将没有英雄和传说。

但是有一万匹马，一万匹从天山奔腾直下的马，摧毁一切的声音，如远雷滚过天际，带着天穹下的烟尘和雾霭，突然撬开我们的眼睛。这片草原，在疼痛和喜悦、战栗和快感中醒来，开始呼吸。马在草原上驰骋。

一次次，这就是送给草原的馈赠。

是我心中的某一匹马？超越了我的想象。这不曾是我视觉应该尽享的盛宴。这个物种，我并不熟悉，它们的气味，它们高大的比例匀称的身架，它们的长脸，它们眼睛里的东西，它们的脊鬃和甩尾，它们奔跑时山崩地裂的爆发感。它躲在我们一生的词语背后，在遥远的天山深处，活着，空间巨大。它活在书里，活在虚幻的高不可攀的意境里。说来就来。像一阵风，一阵狂风，卷起天空下的血潮，呼啸而来，陡然间将我和草原淹没。

　　并不是所有人，能走到这里，被这惊心动魄的铁蹄刺醒。像哑巴，张大着嘴，意外地，成为见证者。我是如何走到这样壮阔无边、所向披靡的世界，混迹于它们中间？有多厚的耳膜，能够承受它们的嘶鸣？马群怒卷，就像我们心上某种东西的突然炸裂。我的心，野马奔腾。

　　如果马的脚下有火焰，草原就是燧石。

　　为什么不早告诉我，这些马，一直浩荡在天山脚下？它们的家乡是没有尽头的大地。在这片幽静的草原上，在马的鼻息的深谷里，当夜晚来临的时候，连梦境都带着箭镞的呼啸。马的疆域与天空重叠。有一千条路，属于这些精骛八极、心游万仞的天马。是的，它们就是天马，汗血宝马的子孙，有着高贵的英雄血统。你究竟有多么优美？上帝究竟如何精工雕出了你？

　　天空，灰色的钢，充满了冷漠，充满了对草原长久审美的疲惫。但是，天马搏动的心脏，就像鹰，在飞翔。没有倦息，一如历史上最伟大的心跳，变成文字和诗。冰河铁马的壮美，"马毛带雪汗气蒸"的悲怆……

　　这些天马依然在这里。在这远方温暖的山谷，气候湿润，到处盛开着艳丽的千叶蓍、神香草、椒蒿、野紫苏、金莲花、藜芦、老鹳草、风铃草、橙舌飞蓬……草丛里奔忙着啮断草尖和处理粪便的甲虫。还有一些鸟，一些高傲的翅膀，与天马们一起，在这里，繁衍生息。

　　伊犁产良马，良马出昭苏。"天马来兮从西极"，这是《汉书·乌孙传》所记载。所谓汗血马、乌孙马、西极马，就是今日天山下的伊犁马——天马。青骊八尺高，侠客倚雄豪。它外表俊秀，双目炯炯，枣骝色的马毛细腻光滑，四肢具有非凡的韧性与弹性，腿形漂亮至极。它的鼻骨那么坚硬挺拔，以绝对的自信抵御奔跑中打向它的狂风。它线条流畅，步态优雅，勇敢且敏感，眼里含着草原的柔情。

三千年最古老的马，从你诞生之初就是传奇。当你奔跑，我把所有的敬意都系在马鬃的风上颠簸起伏。你四肢的迈动简直像在草原的琴键上飞弹，你一定是沉醉的，草原因此而妩媚。

那些疯狂的影子，雪崩一样。天山下狂暴的云，草原的脉动。谁能够阻挡那些马没来由地奔跑？除非它因无力或者衰老死去。最后怀着颓丧，倒在星空下。

视野太辽阔，我无法伸展这样的胸怀。我的赞美之辞空空荡荡。能看到几十个村庄，几十座山冈，几千匹马。能看到马群的洪水，像溃口的江河朝草原深处泻来，卷过一道道山冈，从草原上的最东到最西，从日出的地方到日落的地方。我无法对那些成群结队、无边无际在云彩下面奔跑撒欢的马说话。生命的激流，被人类丢弃的美德和高度。它奔腾，它信步。那长卷展开的天山山脉，与山脉相倚的膨胀不动的卷云，那些在高远天空展示自己孤独美感的鹰翅，那些让人的视线飞向最远地平线的烟尘与戈壁，都是它们的家。

草原的辽阔是所有文字的空白。在汗腾格里雪峰下的木札尔特河、特克斯河、苏木拜河、纳林果勒河滋养的喀拉盖云端草原、加曼台草原、巴勒克苏草原、坎日喀特尔草原上，在云端奔跑的马，有着云的品质，有着天的神性。力量、肌肉、骨感、雄心、速度、绝决，如此集生命的完美于一身。是草原锻造的美艳，坚硬的蹄声，大地的鼓点，表达着时间的节奏。

风是用马的形象雕塑出来的，如果风出现，马就会出现。在这里尤其如此。

马是所有的风景。如果它在雪地上行走，它是风景。如果它在晨雾里咴咴长叫，它是风景。如果它在干旱的浮尘中奔驰，像一首高亢、雄浑、壮阔、忧伤的牧歌，它是风景。

如果草原上的日落只为一匹马的寂静伫立，这是巨大的瞬间。我们每个人都会在这种时刻找到献身的理由。

这古老的静默和飞奔，古老的沸腾的血与激情，是草原的基因。但愿我有一块丰饶的大地，被你践踏得尘土飞扬。但愿我有一片高旷的天空，能够盛满你回旋的嘶鸣。

一个人也许会憔悴，一匹马却不会；一个人可能会猥琐，一匹马却不能。勇猛与忍耐，凝聚自己的力量，英俊与狂野，结合成一个伟大的名字。马是疾风的化身。草原如号角，天空扩大着召唤。这是闪电聚起的暗夜。好马塑造出雄健的骑手。只有奔跑和迅疾的行动，对生命才至关重要。何况它们是一种天马，它们注定了要在天空和大地之间遨游。

"一代又一代，颈脖磨着马厩窗栏，磨平了木头，像海磨平了岩石。"美国诗人唐纳德·霍尔对马充满了怜悯。是的，马的风光在草原上，而不是在缰绳、衔铁、嚼子和蚊蝇嗡嗡的马厩里。有时候它会冻得瑟瑟发抖，它的身体，被草原散漫的时间啮尽。它将失去骑手，回忆天地间自己陌生的蹄音。那些空旷的回声，一匹马曾经的血。

　　一个哈萨克人，在月光下骑着他的马在踱步。他也许是草原上的阿肯，用冬不拉传唱着一首关于天山汗血宝马的歌。他心上的马，只有一匹。伊犁天山远，天马天上来，长嘶惊万里，万里长云开。

　　在这片广袤的草原上，我们每个人的血管里都有一匹天马被唤醒，嘶叫着，准备奔向夜色茫茫的草原。

天涯听海

1

海。蓝色的水。赤裸裸的荒原。鱼和波浪的牧场。这大地尽头的蛮荒，蛮荒尽头的大地。动荡的大地。眼泪和苦难的收集器。一条孤零零的线，帆的窠巢。人类幻想远方的标记。大海，地球上的绿松石。安详地沉睡，收藏着生物的骨骼和花纹。收藏着它们的襁褓和摇篮。等待着它们归来。

2

曾经，我是放逐的羁客，心狱的囚徒。我是幻听症患者，耳边混乱着市声的喧扰。歌唱。叫卖。警笛。笑谑。喝斥。经诵。金属的切割声。人欢。马叫。莺声。燕语。

海，仗剑天下的浪子。悄悄地潜行，你带着深穴闯荡的气息。警觉。清醒。你来自远方危险的地域。你来自天外。来自传说中的蓝。

我将文字写在波浪的恐惧之上。我将在珊瑚、海铁树和马尾藻的丛林中迷路。这大地尽头的悲伤，比秋更郁烈。天之涯。礁石像狞笑的海狮。陌生的天空和水鸟。陌生的巨浪。以粉身碎骨的造型，表达时间。永无尽头的倾诉。咸味的语言。一层一层赶过来的死亡飞羽，唤醒你身体里沉默的风暴。在盐的宁静深处，是人类最初的村庄。

3

此刻我依然倾听着你，大海。在黑暗中，动荡不息。沉睡吧海。在人类卑微的鼾声中，在灯火渐熄的远方，你可以屏息入梦，像一匹回厩的马，开始冥想。海太久远，使用地球最古老的语言，说着。星星升起来了。这些古老的精灵，在天上和地下应和着。涛声，巨人的足音。伟大的吟诵师，天穹下的夜行者。

4

别吵了，海。风也太坏，把你头发吹成儿时。听海。听哑人说话。听它吼，听它发怒。听它伟大的骂街。听它爱你。这个野蛮的水妖。

早晨的海。疲惫。娇懒。让阳光来刺激它。几条狗在海滩觅食。人不会缺席。一夜的涛声。你不会消失。你不会一声不吭。说些什么呢？寄居蟹在奔忙，从一个壳到另一个壳。没有安全感。到处是家。房奴。珊瑚和贝壳都回到了岸上。海汗流浃背，满身咸味。海，荒野的流民。夜不归家的人。醉鬼。地球上的守夜人。

太阳升起来了。海突然亮了。最妩媚的时刻。一只小船出现在远方。海，在晨祷中课诵。宏伟的钟声。浩瀚的经卷。太阳翻动它。听吧，这金色的梵音。大海如此仁慈，像残忍一样。海鸥凄厉，飞舞的圣徒。天空下的苦行僧。海在控诉礁石，把愤怒掷向它。花蕊边上的永远的恶魔。

5

伤感吧，呼愁吧。桑提亚哥式的伤感。纵然，你一辈子与海搏斗，靠海养活，海也不会亲近你。海，永远的生客，一样的面孔。冷漠。粗野。亢奋。混乱。雄壮。冰凉。狮子假寐时的宁静。当桑提亚哥不时梦见狮子的时候，他在恐惧，隐隐的。一个老渔人悲凉无奈的恐惧。把海刻在眼睛里，你会悲伤。海，我爱你。

那个老人对那条大鱼说：我只有杀死你才能爱你。那个老人说，是谁打败了我？什么也不是，是我走得太远啦。

他葬在海边的墓园，继续忍受大海慈祥的诅咒和安慰。一条破朽的渔船也在岸边。隔着沙滩，海在嘲笑它们。你只有过曾经，而它有永远。海把一切变成往事。凭吊吧，逝者。死去的爱和征服。在古老的盐粒中腐烂。海岸，大地最荒凉的墓园。逝者的摇篮。海，催眠的谣曲。永恒的祷歌。风中奔跑的亡魂。

6

流水之上，眼泪成河。

他们爱你，却没有谁真正啜饮你。这呛人的水，属于鱼和死去的人。

风暴和鲨鱼的肆虐地。最炽烈的死亡，拥抱闪电的鞭子。劈开天空的鳞缝，直到激起它的愤怒。不可侵犯的尊严，带着晶莹剔透的凛冽，掀翻世界。黑色的吼声。撕开笼子的困兽。让它们胆寒吧，冲向山冈和街道的你，扭断石头、椰子、棕榈和船。摧枯拉朽，手持毒辣的长蛇和戈矛，扑向黢觫的大地。痛恨它吧，海依然蔚蓝。无法理解它的暴虐，就像俯首称臣的云彩，对它敬而远之。

恨它。用无数攫取的手勒索它，把它撕成碎片。纵然有一万道枷锁和高墙，也无法阻止大海狂热的歌唱。

7

你海底的火山，煮沸着地球的脉动。

在它潮湿雄壮的嘴里，大海的吻充满盐粒的激烈芬芳。波浪的唾沫如愤青。我，海语的聆听者。请你浇灌我的血管，篡夺我的籍贯，改变我的口味，喜欢咸腥压榨下的美，动荡不息的汹涌生活。真挚的表达。默然的沉思。怆然的抒情。爱你，像衣衫褴褛的椰树，癫狂的爱，摇荡着月色和夜。应和着你的节拍和呼吸。用语言和文字制造潮汐。在真理的盐场，翻晒大地的隐私。

8

大海，星座的皇冠，宏大的教堂，响彻着潮汐澎湃的圣钟。

没有不能愈合的伤口，盐像时间的针，缝补着帆和远方。大海不会破碎，不会干涸。

让被风吹响的潮音，枕在耳畔。在海中繁殖着希望，倾听，也是一种凝视。承接它的潮汛。让贝壳里仅存的一滴水，成为大地的圣泉。

9

大海长着古老的牙齿，啮噬着海岸和礁石。这些千疮百孔的坚硬食物，撩拨着它的胃口。

海底的参天大树，长着甘露的枝叶。通过苦难的航行和盐粒的缝隙，慢慢渗透到根的深处。

那些伫望的岛屿，孤独中潜伏的影子，是大海的亲近之物。爬上岸的梭尾螺、芒果螺和蜥蜴，与它交欢。岛屿，盐制的坟墓。穿过坟场。穿过坟场。那些腐蚀的墓碑望着我。一个驾驭大海的故事，被飓风一次次掳去。那些水鸟，站在悬崖上，像传说中的神物，像天堂的群像。

我可以想象在你海铁树掩映的海底村庄行走吗，亲爱的海？一条鱼在村口徘徊。到处是我们久违的远亲。那些贝壳的房子里，住着擎灯的母亲。海底的光辉如大地的道路，四通八达。可以用珊瑚装饰我们的婚房吗，亲爱的海？可以荷锄采菊吗？可以在肥沃的田垄间耕种波浪，并摘下风暴的嫩芽吗？

10

所有的鱼都是梦游的歌手，佩带着鳍的腰刀，悠闲而阴鸷地鼓着它们的鳃，眼睛瞪着暗处，像面壁千年的隐士。

用鲸类的油脂涂抹那条海藻疯长的小路。和它们一起狂欢。海象。海狮。海狗。海豚。美人鱼。观看阳光降落的奇迹。苏鼠斑正在乱蹿。方胴在踱步。怪头怪脑的老虎鱼鼓着浑身粗壮的刺。九尾鲨、尖嘴双髻鲨、斜齿鲨耀武扬威。海鳝、鳗鱼和鲾鱵像闪电，消失在巨大的水母和章鱼的追赶中。花蟹。海胆。扇贝。贴石鱼。羔蟹。刀鱼。狗母鱼。马鲛。把自己紧缩成一团的面包蟹。介子螺、橄榄螺、鹦鹉螺、刺贝、牡蛎、砗磲、虎皮斑纹贝，在几乎静止的生死轮回中石化。海星闪烁，像梦幻的生命。箭形鱼。蛇形鱼。带形鱼。团形鱼。雷形鱼。长着鳍的动物和飞鸟。用鳃呼吸的植物。在盐水中浸泡着，却生意盎然。

哦，这片囤积着盐和风暴的地区。被上帝遗弃的翡翠。蓝色的花园里生长着危险的蜂巢。盐是唯一的营养。桅尖像溺水者的手。像兰花指。贝壳依附在船舷上，发誓最后将它凿穿。

11

在如此的惊涛骇浪中，你要默守一个时辰。看星空如炬，探听着隐隐的死亡奇迹。在夜半磷光铺就的道路上，一只渔船归来。锚已生锈。渔夫消失。霞光染织的沙滩上，泪水正在形成，缆桩上飘荡着一颗破碎的心。

我爱你深沉的夜。磷火闪烁如宫殿。辽阔的想象。涛声像困兽犹斗。梦被装饰成钟声响彻的教堂。愁意漫过，海侵蚀你的呼吸。

这片神秘的森林。浸泡着无数鱼类和贝类的保鲜液体，不明的液体。澄明的液体。盛满神话和悲剧。盛满了船夫的棺木。流放的海。在浓浓的思乡中睡去的海。被盐呛醒。写出雄壮的诗篇。吐出满腔的哀怨。在旋风中探听自己的音讯。在落日下盘桓，天涯尽头的倒影。

连哭泣也被喝止。一个人会悄悄写下，注定震惊的名句。心中悲愤，必有名篇。

沿着天山

天　池

天山天池。西王母的瑶池。鹰在天上。树像雕刻的。水是天堂的玉。深蓝。深深的蓝。深刻的蓝。深爱的蓝。干净过一万年的风和奔腾的雪水。博格达雪峰，一个戴着头巾的羞涩的哈萨克女人。

我很渴。假装很滋润。浑身贮满了高雅的水，吃饱喝足的样子。眼珠子荡漾着春情。其实我忍受着荒漠的炙烤。糜烂的水，我唯一的源泉。

你存在吗？冷冷的，在远方的高处，像一个幻觉。以专一的、不竭的守贞，保持着那个隐隐的美姿。

天上的水池，盛着冰的蓝。兀自蓝着。在天堂的一角。在人间一角。在远处。在传说也无法企及的地方。好像是你，一碗水。

一个冰斗。一个冰碛湖。还有角峰。刀脊。巨大的石头的擦痕。巨大漂砾簇拥的水仙子。也许是火山口，吞吐过比欲望还灼热的火尘。一万里的烟雾。死去了所有向你献祭的膝盖。从心里喷出怒潮。

她有一汪眼睛。一汪沉静了一亿年的眼睛。你躲不过她。

来自蛮荒时期的母亲，守身如玉。不可侵犯的美。砭骨的寒冷，拒绝一切。让兀鹰离你远远的。滚开！那些肮脏的念头！那些被世界伪装的疾病和权力。那些窃掠者，毁灭者，强盗。你不可靠近。只为守护哈萨克人的帐篷和马匹。只为映照雪峰的沉默。

不要乞求在她的水波里沐浴，不要解开你肮脏的衣裳。不要脱下鞋子。不要照你丑陋的脸。不要表白。不要像做出在QQ、微博和所有网上的表情。不要虚伪地赞颂。无耻的诗。歌声。报纸和新闻。让这些文明远离。这些所谓的真理，垃圾。只能坐下，向远方看着，不许出声。屏住呼吸，把心掏空。听风喽喋，鹰静止，行着注目礼。雪山俯首，轻轻地拥吻她。

想象你，浑身带着古老的热病，让她洗濯。冷却你的心跳。刹住疯狂的欲念。往下压。

一个游牧民族，找到了他们的祭祀地。太阳下神一样神秘的祭司。披着星光的浴纱。兀鹰在行动。那些沉重的山峰像锯齿排列，拉起手，守护着她的尊严和威仪。曾经被神话擦拭的嘴唇，藏在石缝中，羞涩地、大有深意地微笑着。

天山闪烁的磷光，绿松石一样的眼睛。

我背靠着她，坐着。坐在池边。就在那儿坐一会儿。我需要这样。我没有什么好想的。没有思想，所有的内心活动都不值一谈。让心因愧怍而干净。

许多人都是冲着你的纯洁而来。纯洁是一个多么稀缺的字眼。纯洁到可以膜拜。因为，纯洁是金子。因为，水越来越少。污脏的水不是水，是粪。

如此深冷地静。一蓬篝火和一声伊犁马的嘶鸣，会把天山的名字传得很远很远。在一个积雪的夜晚，你盛满的星光，会传入一个哈萨克人的歌声中。

奉上我啜饮的灵魂之杯，放上一块圣洁的冰吧。

向日葵

天山。雪峰。奔腾的向日葵。有信仰的向日葵。傻笑成一团的向日葵。我伪装成它们欢呼，一抹长云从手中牵过。

我混在它们中间。我，一个沿着天山行走的旅人。我在高耸的雪峰之下。我在戈壁上。哦，请把你的花环佩戴给我！这太阳的仪仗队，一个戈壁小学的一百万个孩子，站在砾石上，听着流响的雪水，迎着有些寒冷的晨风，从大漠上赶来欢迎我。

花在响。脸盘在响，在簌簌地向太阳转动它们的头颅。大地在响，迈着齐刷刷的步子，一样的姿势。一样的笑。村姑。顽童。嘎嘎的声音。掩饰不住的一排排白色的牙齿。衣衫褴褛。抹着鼻涕。插着野花。准备一场超大型的团体操表演。

太阳的孩子。天空的花瓣。神的天使。火焰。燃烧的田野。我听见噼里啪啦的声音。

你这群太阳的拜火教徒。有着阳光的肤色。有着太贪婪的占有欲。吸太阳的精血。一群荒淫无度的金水浴女。

太喜欢你们。可以抚摸。黄绸子的裙摆。有喜感的脸蛋。茫茫戈壁，这些太阳的种子究竟有多少？告诉我吧！在积雪和阳光的双重照耀下，你们的心为啥是金黄的？

葵花的激流醒来了，喧嚷着。潮汐奔流。仿佛是唤我来疯，仿佛是经历了大漠的长途跋涉，终于会师，为了赶在太阳出世之前，在一个神秘的圣地晨祷。

我，一个没有信仰的人，居无定所，惯于四处流窜。是我的灵魂。但我不会无视这灼人的光芒，这一刻万众面朝东方的课诵。点燃一片祭祀的灯盏，世界倏地亮了。

白雪。黄沙。黑夜。逐日的后羿们，高举大纛，手持盾牌。

我将淹没于这片花海，在被金色灼瞎的时分入睡。我将坠入这片花海，在梦中戴上加冕的皇冠，成为太阳的宠臣。我将带着你们，向前狂奔。

不！纵然太多，还是太少。这种遭遇太过短暂。美丽但深深伤感的邂逅。我将马上失去你们。你们只是我一张旅途照的背景，一个越来越远去的、晕眩的回忆。我想让所有走过的地方，让天山脚下的无垠大地，让准葛尔盆地、塔克拉玛干沙漠、古尔班通古特沙漠，乃至非洲的撒哈拉大沙漠，全种上向日葵。嗨，这世界，将热闹。

江布拉克的麦浪

江布拉克，麦浪翻滚。天上的麦子，天上的良田。一切都那么静谧。神在注视着它们。

这是圣泉下的麦子。这是圣泉流经的麦野。江布拉克。江布拉克。哈萨克人的赞美：圣泉！圣泉！圣水的源泉——江布拉克！

万顷麦浪。我站在疏勒故城的城墙上，看到了那向侵略的匈奴发起猛攻的千军万马。金山西见烟尘飞，汉家大将西出师。半夜军行戈相拨，风头如刀面如割。马毛带雪汗气蒸，五花连钱旋作冰。古战场的险隘。麦子的烽烟遍地燃。

太过奢侈的眼缘。难以置信的秋景。收割机在悬崖峭壁上，吞吐着那些麦粒和秸秆，就像一个个高台跳水的人。

漫山遍野的麦子。漫山遍野的金黄。大地铺开了它的毡子。手拿镰刀，提着瓦罐，奔向田垄的人们，收获我们的新麦。没有，没有人。云端里的麦子，云在收割。天上的收割机。你看着天上的人们收割他们的麦子，不知道天上的人们怎么种下他们的麦子。

我的新麦。我的芬芳的饮食。我的圣泉浇灌的麦子。从每一根麦芒上喷出彩虹。喷出圣洁的天堂之水。你饱满的汁液，摇人心旌的香气，从天山漫卷而来。像一阵阵呐喊，像是胜利者的欢呼。像是伟大的宣誓。肃穆庄严的麦子，神圣的粮食和秋天。

收割吧！你将变为：

新疆的拉条子（拌面）。皮蛋面。馕。油炸糕。火烧。面肺子。凉皮。油塔子。刀拨面。馓子。哈萨克人的包尔萨克（小油饼）和啤酒。你从天堂来，你将成为大地上人们的饮食。你刚刚出甑，冒着柴烟的热气。我们一直守候在灶口，手把饥饿的碗，握着啤酒，一定要为这天山上的来客痛饮。

此刻，在这里，在刀条岭。花海子。阳洼滩。马鞍山。黑涝坝。响坡。到处是收割的喜讯。到处是阳光、麦子和横无际涯的金风。

如果是夜晚。如果我能在这儿留宿。我会听到它们的喧嚷吗？这柔美又狂野的麦海，它们有能让我听懂的语言吗？哈萨克语？维吾尔语？汉语？天堂的神语？我无法躲闪，这温热的麦田里的梦。如果我不害怕，我会一个人在满天星空下，在天山月的照耀下，与它们同眠。我梦见我在农历五月的麦田里弯腰割麦，麦芒刺得我双膀划痕累累。麦哨吹起。麦垛上是慵懒的云和小憩的农妇。

夏雨，农事，汗水和村庄。没有，这里没有。这不是凡尘。

仿佛仙女撒下的种子。她们怀抱琵琶，只需轻拨琴弦，种子就如漫天花雨纷纷而下。于是麦苗青青。麦秆抽穗。麦浪滚滚。

不可能有来自天山凌厉的雪暴，不可能有来自戈壁干旱的袭击。在圣泉的怀抱，在高高的山上，亲近稼穑的雪山圣母会守护它们。耕云播雨的人们，谁也不能掠夺你们的收成。你在令人晕眩的高度，如此虔诚地躬耕。你的身影，被白雪和麦子照亮。

江布拉克，江布拉克，漫山遍野是圣泉和麦子摇响的声音。

五彩城

五彩城。大地的裙裾。

我在古尔班通古特沙漠的边缘。干涸的额尔齐斯河谷。阳光像从史前升起。从大漠中将昂起无数巨蜥和恐龙的头颅。巨蟒涌动，吐出它们火焰般的红色的芯子。城堡醒来，清风吹拂，市声渐起。

一轮明月铆钉一样钉在蓝殷殷的天上。这是某种记忆中的影像。一个远古传奇的城堡，一个幻化成沙漠女子的精灵。她也被钉在了这荒凉呼啸、比死亡还遥远的地方。

风，恣肆地吹，像刮刀一样。像魔鬼的利爪。沙在哭。月亮像停尸房摇晃的电灯。兀鹫是唯一的鸟。夜枭的鸣叫是风阴险的模仿。

一个穿上了魔鞋的女人，不停地旋转。旋转。旋转。她在一次次毁灭中站起来，像天上的仙女起舞。她的裙摆旋起了十二级大风。飞禽，走兽，风沙，魔鬼，死去的河妖，无数动植物的骨头，花魂，全是她的伴舞。她是城堡的主人。是大漠女王。是城堡的最后辉煌。是回光返照。是从不谢幕的演出。大地最瑰丽的布景。她是一个永远风骚的、活力四溅的舞娘。

沙侬坦克尔西——魔鬼们的城池。他们诅咒你。从死亡之海耸起来的残垣、断壁、麦垛、花坞。时间的墓碑。大地坚硬的城。被恐惧和恫吓塑造的城。孤零零地在沙漠深处号叫。

我听不见。听不见像地狱里惨痛的叫声。像分娩的女人的叫声。风，肆无忌惮地穿过你的街巷。它们手持鞭子，像凶狠奔蹿的荒狼。一切都坚壁清野，阒无人迹。一切都消失了，像是热风卷走的海市。

小心没入这一片罂粟般招摇的城堡，被她美丽壮观的寂寞和孤独勾引。遁着她的诱惑，登上古湖泊的桅船，驶向虚无的深渊。

石头的玫瑰。石头的黄昏。一条条山岭晾晒的石头的丝绸。玛瑙装饰的城墙。琉璃的窗台。死亡的迷宫。铁的空气。大地的舍利子。戈壁的花环。冻得发紫的脸。

让她，佩上璀璨的胸饰，涂上阳光的粉，像一个等待亿万年的新娘。献出你坚硬的花蕊。以彩虹的语言，在她缄默一亿年的嘴里，吹去如兰的气息。把所有收集的油气，盐层，煤和硅化的花瓣，献给她。所有财富和宝藏。

让海、盐场和花朵，与石头火烫地联结在一起。趁太阳升起之前，趁雨水没有为你洗盥化妆之前，趁朦胧的晨星未醒之前，趁时间没有倾圮之前，趁风沙的清洁工从岩层的地窖子出来之前，让我穿越你的通衢和城门，像私奔一样，在你空荡荡的大街上，没来由地一阵狂奔。

胡杨林

戈壁惨痛的杀戮。仿佛从法西斯毒气室抬出的尸体。你们曾号叫。扭曲的肢体能拧出一川的疼痛。不想死去！它说。让我活着！时间狞笑了，走开。你永远地风干，夹杂在那些崭新的生命中，看它们摇曳，看它们忍饥挨饿，用干渴的喉咙喊：水。水。水。看它们，诞生在这样的地方，盐碱和沙子的狂欢地。也看它们，最后倒毙在干渴的路上，倒在你的怀里。

时间残忍的标本。胡杨林。托克拉克——维吾尔人喊：最美丽的树！托克拉克！托克拉克！胡杨！

死亡之海的生命。苦难的树。被河流遗弃的种子。残酷的美。

我曾经爱过这狂野的风。我是一株胡杨，我会诅咒它。即使我温柔，不想毒舌，我依然，会死在它们手里。

光秃秃的戈壁。最后的盐碱地。白花花的死亡残羹。盐的声音。干旱折磨的大地。热风窒息了通向往生的路。

这里流传着一个末路英雄的故事。许多人盲目歌颂，将它夸大，轻薄地抒情，扯上许多历史人物。仿佛，它们是一群形象高大的雕像。

苦难的生命，用炙烤的喘息喊叫着。抽搐的英雄。在墓地里徜徉的活魂。浩劫。怪兽。永恒的厄运。让我们心碎欲裂。它流尽血汗，成为大地的遗骸。成为站着埋葬的人。这就是托克拉克，胡杨。

星辰漫漫。走过千山万水。盐在歌唱。你挣扎扭曲的身躯，让我惨不忍睹。接着，我将哭泣。擦着满头大汗，向你致敬，默哀。

还有一些站着，用微弱的生命，手捧花圈，仿佛，在哀悼自己。

哦，这些被风沙，被盐碱和硝石，折磨得死去活来的生灵。被戈壁驱赶到生活尽头的难民。活着就是等待痛苦地死去。生命像幽灵一样，捍卫着最后一口气的尊严。

给我雨水。它说。给我鸟儿的啾啁和蝉鸣。给我苍苔和鸦巢。繁星。干旱的月亮和被烈日蹂躏的戈壁。一个死者也会创造奇迹。让死亡，写下不朽的记录。以自己的躯干，竖起墓碑。它死了，无法入土为安。冷漠刻薄的世界，不让它倒下。仇深似海。每一根枝丫都紧握拳头，至死也不松开。

用爪子在深深的地底刨着，寻找水，把盐分呕掉。和着风沙一同吞下。不要让叶子痛哭。要一声不吭。挺住。干渴的牙齿。黑色的手。粗粝的胸膛。踩着石头的路，死亡的无垠大海，和风雪走到一起。天空高远。披荆斩棘的宿命。尖削的脸与死神对峙。

这不过是展览死亡的地方。用那些动物的骸骨，用石头，用硅化，铁化，钙化的植物做养料，踏进死亡的陷阱。

黑羽降落，月光是唯一的雨水。流血的盐在喘息。不会嗫嚅和啜泣。不再呻吟。

为什么大地上布满了粉身碎骨的亡灵？为什么死亡之上，还有死亡？

它想着江南的情人、雨季和清风。

它买下时间和盐分，看它们怎样同它一起挣扎，一同死亡，一同风干。

戈　壁

天。地。大漠。天空，接近天空原色的蓝。接近天空诞生时的蓝。亿万年，一座山也会吹成一粒沙子，何况一个诗人的一万首诗。

这里是时间的尾声。"曾经"，一个伤心欲绝的词。

曾经，这里是大海，水跟天空的颜色一样。天空曾经是你的容颜。虎鲨和座头鲸，傲慢地在这里梭巡，卷起高高的水柱。大王乌贼四处爬行。飞鱼在傍晚射出它们矫健的身影。电光鱼像巡更的船，守护着静谧的夜。

曾经，海水退去，这里是巨大的森林。巨松。怪柏。苏铁。银杏。桦树。遮天蔽日。鸟和湖水缠绵不休。沼泽里潜伏着蟒蛇和鳄鱼。绿色的蒸气弥漫旷野。无数只灵巧的舌头在啾啭。无数片叶子，拍打着潮湿的露水和星光。兰花和蘑菇瞬间开放。甲虫和蚂蚁亢奋奔跑。到处是果实呼啸。有大鸟在红色的月亮中滑行。

曾经，这里高大辽阔的森林，配上了高大凶猛的陆地巨兽：翼龙。剑龙。棱齿龙。马鬃龙。戈壁龙。棘甲龙。中国鸟脚龙。霸王龙。鲨齿龙。猛犸象。野牛。野马。披毛犀。他们互相残杀，一个又一个血色黄昏。大地震怒。岩浆冲上高高的天庭，一瞬间淹没了所有的生灵。让它们在地底变成氧化硅。方解石。白云石。磷灰石。黄铁矿。煤和石油。让它们成为灰岩。砂岩。泥页岩。砾岩。将它们固定在石头上，成为永恒的囚笼。

几亿年。一阵风吹过去的时间。一捧沙，全是兽与木的碎屑。它们的血一样温热着。心脏在跳动。死亡之海。石头代替所有的骨头说话。风的落叶，一层又一层。

现在，最炽热的死亡来了。水已经风化。煤和石油把愤怒压在深处。树木因等待成玉。石头坚持不住，纷纷解体。坍塌的灰烬，还在焚烧自己。种子炭化。沙丘上卧着鬼魂的鼾声。

这是暴君统治的世界。连太阳也无法管束它。赤裸裸的荒凉。光秃秃的风景。瘦骨嶙峋的胸脯。恶狠狠的牙齿。飞扬跋扈的声音。星辰高远。月亮沉默。闪闪发光的矿脉，在夜半怒吼。

再也没有像你这样令人绝望的遥远了。路像一把黑剑，刺穿天空和远方。被抛尸弃骨的戈壁，一片狼藉。谁还敢带着如此深重的孽债，带着旷世的恐惧，从时间的沙子里爬起来？生长，像石头一样坚强。红柳。梭梭。沙枣。芦苇。胡杨。它们怎样成为生命？怎样，在这远古的刑场中，寻找生命的基因，活下去的理由？

漫漫黄沙。永不熄灭的火焰。烘烤的地狱。火刑的施行所。沙尘暴。大地的贫民窟。

我的头发里、鞋子里、嘴里，灌满了你的沙子。我用牙齿磨着。谛听它撕心裂肺的申诉。

哦，我看见了，大量的湖泊和岛屿。这是戈壁上亿万年的海魂——海市蜃楼。它们依然游荡在古老荒凉的家乡。海枯石烂，阴魂不散。

云南片断

气　流

当飞机开始在云南下降，颠簸得异常厉害。就像即将要"失联"的样子。

怪飞行员吗？我说，这个飞行员是个开"麻木"（三轮摩托）的水平。

其实，高原上的气流流动异常活跃，且是横冲直撞的。

这很好。高原是有神灵的，而神灵的神思正在奔跑。我们的飞机，正好撞上了神的神思。在这股所谓的"乱流"中，连铁也会颤抖。而且是庞大的铁。

神的思绪多么有力。它在大气里流动，你看不见它，它指挥着世界，你逃不过它。

群 山

安静的群山，排列着，坐在高处。

它们是老人，所以坐得很高。

它们有许多人，围着我们。

这是什么意思？

是怕我们免受侵害和打扰？

是想占据更多的地方，成为它们盘踞的领地？

有时候我们尊敬它们，是因为它们高大。让人类蜗居在狭长的河谷地带，被它们的霸气所臣服，让人类的生活局促、逼仄——它们自谦在"牦牛角尖的地方"，而石头无声地行使着至高无上的权力。

在云南，我看见太多的群山。有时候觉得它们是神，有时候觉得它们是魔。人类如此卑微，还要崇敬它们。也许，人的命运只能如此，特别是，那些住在群山之下的人们。

大理的老房子

二十年前我去的时候，走进大理古城，一眼见到的，是一排低矮老旧的破店铺。

风花雪银、寸家百岁银坊、福顺祥、吉利银器……

二十年后，依然是它们，依然老，依然墙体驳落，摇摇欲坠，屋顶上摇曳着瓦松。

任何地方，推土机都在窥伺着它们，想将它们铲除。还有开发商和黑社会，都对它们虎视眈眈。因为它们太衰老，不堪一击。二十年，多少这样的老房子灰飞烟灭，成为恶俗水泥建筑的牺牲品。成为怀念。

那么多全世界跑来的人，人挤着人，来到大理，不都是来看这样破旧的老房子的？太挤，人太多。人太多，是因为这种老房子太少了，只有大理或者丽江保存了它。往后推五十年，哪个县城又没有大理一样的城墙？哪里没有大理一样的老街？每个县都是大理和丽江。然而，如今，只有大理是大理，丽江是丽江。其他的，全没了。

丽　江

1

八百年的路。八百年的石头。

是麻石。风化得太厉害。已经凹凹凸凸。根本不能称为路。已经不能成为街道的组成部分。还死尸一样地躺在这里，像一些朽骨。岁月的朽骨。

磨鞋。再好的鞋也会磨去，比刀还狠。

一个高跟鞋女人会被崴脚。如果她偶尔闯入这个叫丽江的古城。她会狼狈不堪。

可是我一下子回到了八百年前。马帮的铃声在早晨清寂的街道上走过。店铺的排门没有打开。薄雾在街巷流溢，纳西人的炉子也没有升起早起的炊烟。矮脚马打着响鼻。他们大包的货物是通往远方古道的沉重的风景。

这多么美!

古老的路也许是最美的。慢,但美。

慢悠悠的生活,走着路,看着脚下,选择着下脚的地方。每一步都记得。在想事儿。呼吸均匀。想昨夜的梦,梦里的女人。在惺忪中慢热。因为此行太远,不要着急,时间有的是。

不像路。像在走着山间。

好在这里的人不会撬动它。不会另外在上面铺上水泥或者沥青。他们知道,要有一条这样的路,让步子放缓,来看两边琳琅的风景。

2

我走到一个叫卖草场的小街。当地人叫它"日其塘"。这片狭小的空地是马帮添加草料的地方,也是歇脚休整的地方。

嗯,就叫卖草场。直奔这里。马们在这里成群,驮上新鲜的草料。而马帮的人们抽着烟,在这里说着话儿。全是熟人。也不全是。交易。坐着。暂时卸下大包的茶砖、布匹、药材、玉石、烟草。从很远的地方来。到很远的地方去。

卖草场的气味是新鲜草的气味。可以有马粪。还有马的叫声,马打斗的声音和寻找配偶的声音。马锅头(马帮的头领)臂上的银饰闪着权力的光。黝黑精瘦的人们,长途跋涉的行者,它们是这个地方的生气。

现在他们全都不在了,远离了,死了。卖草场还在。

他们买过卖过的地方还在。他们的魂还在。身旁穿行的人流不真实，只有我们想象的马帮和堆积如山的草料是真实的。气味久久不散。这是岁月累积的。历史看起来虚幻，但比现实更真实。

3

一个晚上。摩梭人的店铺里，一个女人的织布机还在响着，她的梭，在经纬线上奔跑。

她的眼神那么专注。织机上，只有红白黑三种颜色。而她的花腰带却七彩缤纷，是她自己织出的，她的腰里围着一弯彩虹。

就像乡村的夜晚，待家人睡去后，一个勤快的摩梭女人，坐上织机，开始了她的工作。可是，她的店铺的对面，夜晚的歌舞正在疯狂上演。只有几步，就是丽江娱乐城。丽江义乌小商品市场。丽江集贸市场。丽江精神病集散中心。就是醉生梦死。丽江死了，今夜。我只听到那轧轧的织机声，很小，要仔细倾听。我听到了摩梭女人的心跳。

我决定买下一条围巾，不管多贵。那上面有摩梭女人所有的体温和投注。还织进了夜晚安静的织机声。

4

马帮们依然待在古城里，叼着烟，戴着牛仔帽，骑着矮脚马，成为表演。

我在小巷里，看着牵马的人来了，大叫着："花姑娘来了！"

一个搔首弄姿的中年妇女，坐在马上，气宇轩昂，俨如新娘。

马帮应该是沉默的，因为行远路，语言变成了石头和风。只有呵斥牲口。可能恶语相向。可能咳嗽，因为抽烟和伤风。也可能，向后面传递安全的信息。

马帮们的马异常漂亮，我欣赏着。这些马温驯、坚韧、沉默。还有着属于它们的途标、马旗、响铃、毛渣、花缨、绣球等佩饰。一如它们去往远方跋涉的祖先。

只有马是不会变的，它们属于古老的生活。

5

雪山上的水流下来了。它们日夜不停，汩汩而行。

傍水而居的人，每天看着它们。听着它们。嗅着它们的清新气息。每天，雪被分解成流水的声音。那么多，没有工厂，可是冰雪自然融化了，成为流水。

有几千年了。不止吧？也许有几万年几十万年了。几百万年，也许。

玉龙雪山

1

玉龙雪山。众神的居所。鹰的故乡。

白云和天空的婚床。满头飞白的山。

拒绝草木。不需要任何掩饰。

只有石头属于时间。雪属于时间。

生命中的一种白。在最高的地方。

2

我到达了4506的高度。我拍照留念，摆酷。我还要往上。我在突然遭遇的雪地上打滚，双手冻麻了。我没有高原反应。所有人发狂地在雪地上奔跑。雾像舞台上的道具。是不是在天上？我竟然到达了我所歌颂的神的居所。是谁把我送上来的？我有什么资格在这里欢呼和撒野？我是不是在亵渎？

云在我身旁漫卷。这些白得像梦的丝绒的物体。

这么洁白的雪和茫茫的雾。也许神去梭巡另外的山头了。他在更高处看我们糟蹋他的寝宫——那在寒冷中远离人间的雪庭。

3

扛不住了，这些租来大衣的凡人。

一些人开始打战。开始呼吸困难。

一些人开始祈祷。一些人开始吸氧。

一些人开始撤退。一些人不见了。从哪儿来，还从哪儿回去。

我后来悄悄走了。我听见了神无声的呵斥。我听见了我被神山驱逐的声音。

虎跳峡

1

虎跳峡谷，万兽犹斗。

纵然荒吼，群山不应。

长江万里，惟你血性。

水尤如此，人何以堪。

2

我录回了虎跳峡奔腾凶暴的水声。

我在安静的书房听这混乱咆哮的声音，这自然的声音。听力量和愤怒。莫名的，被什么东西激怒过的，日夜不息的狂喊乱叫的声音。

水从哪儿来的？水在石头周围分裂出无数图案，水在夺路而逃。

无数潜藏在水中的浊龙，扭动着它们凶悍的躯体，在水里钻来钻去。它们是这个峡谷的主宰。千万年的荒兽。

3

我想起在1985年首漂金沙江虎跳峡殉难的尧茂书，我至今记得他临行前的神情。要让中国人成为金沙江的首漂。电视上我看见他投入水中，浊龙将它吞噬，那些水中巨大的石头将他密封的羊皮筏子撕得粉碎。他无影无踪。

至今还是无影无踪。

还有更多死去的来者。也是无影无踪。水没有饶恕他们。

就是那些石头。狰狞了一亿年的江中巨石，就是在某一天等待敢于挑战它的人。

一块又一块石头。不可战胜。

香格里拉

1

所有神山的轮廓都是最简单的。

玉龙雪山。哈巴雪山。梅里雪山。南迦巴瓦峰。贡嘎山。雀儿山。三奥雪山。都是。

线条简洁，可是，高。高和洁白，和雪，终年不化的白色是它们的威严。

是它们组成了香格里拉。跟金字塔一样。是大香格里拉地区一座连着一座的金字塔。

2

香格里拉，是香巴拉的国土。圣湖。庄严的云彩。一切仿佛在天上。这里什么也不缺，唯一缺少的是氧气。不需要太多的肺部吐纳，神灵的呼吸缓慢，时间在静止。就像天空的鹰，钉在云上。咆哮的声音远去，寂静是神山的根。

已经接近了天空。那种深蓝已经到达了天空深处，云彩触手可及。这是天堂。这就是香巴拉。天正在我怀里。

3

普达措。碧塔海和属都湖。不声不响的净土。

森林森森。圣湖寂寂。杜鹃烈烈。牦牛是高原大地上最安静的哲人。

在碧塔海，几株巨大的树倒在湖边。但是，它们依然活着。还有几棵树死了，倒在水里，从水中伸出它们光秃秃的手臂，可是它们的姿态依然优美。

在这里无论生还是死，都是美的。生命超脱了轮回。它们的存在，是神的现身。

4

独克宗古城。传说中的月光城，茶马古道上的千年重镇。

它的废墟上似乎还有袅袅的青烟。一股悲凉的煳味弥漫在山顶巨大的金色转经筒上。

香格里拉的古街。一个上海商人烤火的悲剧。半夜时分，你为什么怕冷。愈靠近神愈冷？烧掉的是街，天空依然很蓝，不在乎地上的这点废墟。

那个巨大的转经筒，消弭了天地的嗔痛。

我走在废墟上。四方街成为一片瓦砾。纵横交错的石板路，一队队的马帮，摩肩接踵的人群，被火驱赶，成为空旷的遗址。水在呜咽。

风马经幡猎猎抖动，飘扬着。香格里拉，你千年白色雪山的倒影，终于逃不过今天，被烧灼成焦黑。

他们说，月光城死了。月光一地，照着废墟。

一个拉弦子的藏民

他拉着弦子，他跳着弦子舞。他一个人。他个子高高的，脸膛红红的。戴着厚厚的毡帽，穿着藏服。

弦子。"兵央"或者"热巴"。藏族胡琴。

简陋的胡琴，琴杆和拉弓很短。弦是马尾。弓弦是马尾。琴筒是挖空的香格里拉之树。羊皮或牛皮的筒面。不是独奏，不是在月光下独诉。是跳着，在舞蹈中拉动和演奏。

他在拉一曲藏歌。他在跳一曲藏舞。刀在他腰间。他那么热烈，也那么淡定。

他结束了，拿起一瓶啤酒当水喝了。他要回家。

天还没有全黑。我在楼下问他，你多大开始拉弦子？我很小放羊的时候就会拉。你现在干什么？还是放羊。

我有一百只羊。他说。

他骑着摩托走了。他在草原上，在世界最后的净土香格里拉放羊。在藏区放羊。跟着白云和雪山一起放羊。在圣湖和神山边放羊。

他在我们遗忘的地方放羊、演奏和舞蹈。

巴马的生命

　　去往巴马，大雨如注。去年往新疆的天马之乡昭苏也是大雨如注。莫非去这些神奇之地，既遥远也要受罪？想想去巴马的每年十万"候鸟人"，也有如此惊险和艰难的旅途？巴马是世界五大长寿之乡，这种地方决不可能在城市，也不会在离城市很近的地方或者交通便利，都是相当僻远之地。仿佛那些珍稀的"人瑞"，都是躲在密林与深山中的，带有某种神秘感的人。或者在高原，比如高加索地区，再或者在新疆，北极。

　　先要算去河池市，再算去巴马。要坐长途汽车，坐支线飞机到百色，再坐汽车到巴马。到巴马了还不算，再坐汽车去甲篆，去百魔洞，去坡月村，去有神泉的地方。不就是冲着那个魔洞和那个神泉去的吗？……去往巴马的路上，植物绿油油的，水清亮亮的，天空蓝澄澄的。植物生长得真凶猛啊，空气中含着糖分，还有雨后的泥土里散发出的浓郁气息。大地给人足够的能量，同样推动万物生长，包括人类。人类这样特别的"植物"在广西，在巴马，好像特别蓬勃。水的流速也很快，全是从山缝里、山洞里流出来的，冒着一种说不清的石头里的元素的气味，或是多种微量元素的气味。这种水不是平原上的河水，也不是一般的地质层里流出的水。再说了，其他地方也没有这么汹涌，这么丰沛。因为，听说巴马的水是很特别的，当然还有阳光，好像全是红外线的，还有地磁，还有食物，都很特别。找了几个专业数字是：地磁为0.58高斯，比其他地方高；空气，在百魔洞里，负氧离子每立方厘米为6万个；阳光为"生命之光"，是4—14微米波长的远红外线，能调节血压和自律神经；水为弱碱性。

在巴马有一股生命的矢能，像百魔洞里的石笋，水晶宫里的石笋，似也在呼呼地往上蹿。这种感觉在其他溶洞里没有遭遇过。石头都是蓬松的，好像要长出枝叶来。从水到天空，到石头，都仿佛是时鲜，可以生吃。水当然可以生饮。在百魔洞前的河里，我也痛饮了一顿"神水"。有点甜，但也不是很特别。味道最平淡的水就是好水。多年未饮生水了，却没有闹肚子。想到小时候，我们从不烧开水，全是生喝河里的水。那时候没有听说过污染。现在，在巴马，终于让水回到了几十年前。

在百魔洞口的河里，我看见取"神水"的人，全为来自全国各地的"候鸟人"，都像干渴许久了似的，都是开怀畅饮。进入百魔洞后，许多安静的老人或坐或卧在洞中。好在洞是大洞，洞中还有一个植物葳蕤的大天坑。天坑过后还有山。山上还住着一个瑶寨，从那里下来或者上去许多神秘的、面目平静高古的瑶族人。他们与这个世界的联系全是在洞中进出，这个地方不就像陶渊明写的桃花源吗？数万的候鸟人就居住在这周围几公里的地方，全是养生公寓。他们是来治病养生的。他们怀着对生命的渴望，企求在这里小住一段时间后，身体会发生奇异的变化，所有的病魔被驱除，化为乌有，恢复为生机勃勃的状态。人们求生的欲望如此强烈，但慢性病养生的老人更多，无外乎是高血压糖尿病之类。有的老人竟然一次性交了二十年的房租。还有许多人与当地农民合建房子，即他们出钱建一栋楼房，给原住户一半，他们得一半。全国的"候鸟人"以东北人居多。也就是说，人们看中的是这里温和湿润的环境，四季如春。那些在百魔洞每天静静躺着或坐着的人（竟然还有和尚尼姑，也有智力不全的人），他们心中是怎么想的？进行天然磁疗，让磁能穿透身体，祛除体内的邪秽，清理体内污浊？让魔力加持，道法渐深？我看到这其中的许多人精神萎靡，似乎是一些被生活抛弃和打败的人群。没有生活的激情，体内的阳气就不盛，无法祛浊扬清。生命的动力还是要自己发动的。应该对生活有恒定的热情，怀抱寻常的幸福，内心要有持久的微笑。

在所有关于巴马百岁老人的故事中，有一则最有趣也最有参不透的深意。有人问一位110多岁的老人："您每天早上吃什么？""玉米粥。""中午吃什么？""玉米粥。""晚上呢？""还是玉米粥。""那您白天干些什么？""上山种玉米。""晚上有什么活动？""在家掰玉米呀。"一个人的一生，就是种玉米，吃玉米。在南美洲，有一种说法，人就是玉米变的。人也许就是一株玉米。巴马的玉米是小棒子，叫"巴马黄"，也叫珍珠黄，小且甜。巴马的好东西都不大，有一种巴马香猪，怎么长也就几十斤，而且是近亲繁殖。人们探寻这些老人吃的菜，除了小巧的玉米和香猪，也就是喝生水，吃野菜，什么雷公根、苦麦菜、野牡丹之类，要不就是火麻。因为生活没有惊奇，几乎一辈子平淡如水，也就不惧怕死亡。连活都不怕，还怕死吗？稀里糊涂地一活就是百年，这简直不算什么。也有高大上的誉词，嘉庆皇帝给当时的巴马"人瑞"——活了142岁的蓝祥写的诗中有"烟霞养性""道德传心"句。皇帝这样转词，把一个巴马遐想成仙境，百姓整天在烟霞深处，都成了仙。但百姓的生活没有这么超然浪漫，就是一个普通农民的活着，且直接坦然面对死亡。比如这里也有与其他地方如湖北一样的习俗，人到了六十，就得为自己备一副寿棺。一般的寿棺就是放在堂屋里的，我在小说中写到神农架人就是这样，平常将棺木存放粮食。但巴马的老人则更好玩儿，自从有了自己的棺材，干脆就睡在棺材上。就这样对抗死亡，与死亡游戏。有个老人，就这么睡在棺材上，睡坏了4副棺材，结实的棺材坏了，而老人却越活越精神，死神被他打败了。

对生命长短意义的理解是不同的。有人追求的是"生如夏花"。不求长久，只要绽放过一次，绚烂过一回。生命在质不在量。一辈子，连县城都没去过，天天吃火麻汤玉米粥，纵然活一千岁又有什么意义？

这只是一种活法。但巴马"人瑞"的生命是我们这些追名逐利、贪图享受的人无法理解的。在他们看来，一生能活过几个皇帝才是有趣的，世人皆知的名，金山银海的利，你都有了，没了生命，有什么用呢？

但是，民间说，一个人的寿命是上天早就安排好了的，在佛教中也是这么说的，因行善尽孝可以延长你的寿限。

一个人的身体是上天所赐也靠上天照顾。父母遗传给你什么，你生在何处，这没法选择。一个人想要在后天追求长寿，得有各种机遇和侥幸。比如一个人不能太瘦，病病恹恹的不行，要滋润，滋润又不能太胖。滋润与肥胖与高血压糖尿病高血脂之类的离得非常近。即使你非常滋润且很健康，不烟不酒不荤，也不能保证你一生不遭遇到危险，在当今生活，挣钱养家糊口多是危机四伏，恶劣的工作环境对底层人来说司空见惯。只有像巴马老人们所处的环境相对是安全的，安逸的。但你得安贫乐道。这里没有污染工厂，没有污染水源，没有化学毒害，没有横穿马路，没有粉尘噪声，没有单位复杂的人际关系与算计，也不存在陷害暗害、工伤事故。有道德则养心，有烟霞则养性。也因此，安贫则有道，荒淫则无道。说到底，讲的还是个贫——我理解的贫就是简朴的生活方式，大道至简。一个人被花花世界踩躏得未老先衰，生命透支，然后"放下屠刀，立地成佛"，这有可能长寿吗？我身边的朋友许多是放任自己的。抽烟喝酒天天上牌桌几十年，看着他们在酒桌上豪气干云，也看着他们头发渐枯渐无，看着他们步履蹒跚疾病缠身。我庆幸在漫长的写作中熬好了性子，也隔绝了享乐。这未尝不是一种安贫乐道。看看巴马的"人瑞"们，就跟树一样安静，身上都静得起了苍苔，长寿也是一个磨性子的活。就像云来云往，生生死死，什么都看淡了。没有太多的索取，不占有太多的资源，活得几乎没有社会成本。据巴马有好事者琢磨，无论繁体还是简体的寿字，下面都是个"寸"字。他们解释说，长寿老人只活在一寸的地方。只要一寸地，一寸纱，一寸心。你有万丈豪情，你有万丈良田，你有万丈绫罗，那是你们的生活。寿字底下没有"丈"。这太有道理了。

巴马的老人现在因为宣传的需要，成为了至宝。有的给矿泉水做广告，有的给养生食品做广告。骚扰他们平淡安静生活的多了，这未必是好事。我写过一个小说就叫《人瑞》，写的是一个神农架百岁老人被开发成旅游资源，让他不得安生，打乱了他的生活常态和节奏，最后提早结束了他的生命。

为了成为中国最佳的养生休闲之地，中国的王牌景区，巴马开始骚动。巴马的生命已不在静谧中颐养天年，被佑天福。但是我相信，巴马的生命是有韧性的。无数的巴马老人支撑着这棵生命的主干，并给世界带来传奇。我们需要更多的"人瑞"，显示人类生命抵抗衰老和死亡的奇迹。

巴马，一个永远的谜。

读利川

大水杉

很冷
那个冬季一直纠缠我。积雪之光幽幽
我热情的火炬全摆进
一片安宁的白色

——摘自本人诗《古水杉》

一棵树。一棵古树。很老的树。

水杉。也可能叫水松或者别的。它站得这么笔直，却没有写出自己的名字。可你记住了它。它已经很安静，远古大地的悲剧结束了。它从石头和冰川中站起来。其他的植物，都将成为石上的花纹。

荒原之夕的美景。峡谷中烟云密布。这是一次从天空到大地的屠杀。遍布着恐龙和别的巨型动物的尸体。它们的油脂在滋滋作响。山火弥漫。

通红的石头冷却了，但大地还在因疼痛而呻吟。这是一个扭曲的世界，上帝还没有诞生。一切只有靠自己了。山静石暖。

在宇宙的深处，没有人知道一粒星尘的地球，叫床，或是悲号。撕裂成八瓣，冰冻一千次，所有的生命都死去，重新沦为一块黑暗的巨石。

无从追溯别的原因，它活下来了。它含在因为奔跑而死去的蛇颈龙嘴里。它在一块石头的裂缝里。它在最后坍塌的山顶，奔腾的雪水，让它免遭炭化。

又有一个冰川和碛石的攻击。漫长的欺辱。梦见神指引的喋血之路，经受下去。亿万年的忍耐。死去。活来。风和沙石的鞭子，成为生活。让它们，变成岩石上的历史，变成有年轮和骨骼的石头，成为图案。它活过来了。

有一个早晨，有一颗种子顶破了厚达一千万年的冰原，它钻出来。春天来了。蓝色的倒影。湖的造型。有一点暖，生命会召引它们，跨过漫长的死神，冬天的刽子手。历史无论多么厚重，都将从娇嫩羞怯的旗帜开始。

它身旁的种子也会醒来，因为生命是一样的责任和光荣。水青树。连香。珙桐。黄连木。野漆和银鹊树。它的近亲们：紫杉，冷杉，银杉，秃杉，铁坚杉，也在荒原上向它招手。它们是失散一亿年又重逢的兄弟。

海在激荡，洪水漫过蜿蜒的海岸。一个气温上升的冰河期。

它们活了，开始向上攀援，向天空，寻找熠熠闪光的时刻。这是唯一的路。巨猿出现在它们中间，以憨厚的、天外来客的姿势靠在它们的躯干上。南方古猿向最温暖的林带跋涉而来。疣猴龇着怪牙在枝丫上跳跃。东方剑齿象悠闲地站在它的阴影下。

人出现了。习俗和禁忌在他们中间诞生。他们敬畏它，远离它，也喜欢它。将它奉为神灵。这棵树，长满了天上的眼睛。因为它古老，所以它有灵。这一棵树，它经受过一种叫朝代的东西。这是很近的事。最远古的事情，它用碧绿的汁液把它们稀释，用种子的形状，把它们描绘下来。

一个姑娘从水边走过。一群羊，赛过雪。

大溶洞

> 这只耳朵已退到最后的边缘
> 被掏空石头，干干净净
> 待河流的巨根朽去，风徒然穿过
> 用空洞的岩石之雕
> 代替一切。
>
> ——摘自本人诗《世界第一大溶洞》

我听见太嘈杂太剧烈的音乐，人为的，将它掐死。这种吵闹，是把它硬生生地从沉梦中拽到大街。它睡眼惺忪，衣冠不整。它是一个老人，心成为石头，表情成为空洞。它是一个被掏空了胸腔的巨石的木乃伊。为求得灵魂，砍剁去了眼耳鼻舌身。它成为一条废弃河流的喉咙，呼喊在旷野。它头枕河流和森林，让风巨兽般地穿过它的呼吸。它消失在时间的尽头。成为时间最长久的证人。

我说，那些吵醒它的人将遭到报应。吵醒一个沉睡的千古老人，吵醒神灵，打断它亿万年的冥想，用轻浮的音乐切断它的思维，阻止它向更深的睡眠坠去。让一个古老的哲学瓦解了。让一个巨大的象征成为卑下的生活，一个伟人成为小丑。民俗是短暂的，只有石头永恒，空永恒。空是一种可能。空要胸襟。什么都不装下，挖出它的五脏六腑，让它做呼号状。让它，像没有一样空荡荡的。让它像哑巴。让它，永远失声。

找不到典籍，没有《圣经》。从沉积的石膏、芒硝、盐层里走出来的人。在中央山地的隘口，一群从震旦纪、泥盆纪、侏罗纪、白垩纪死里逃生的石头，向更高处翻身。在大断裂中，被挤压得四散逃窜的水，像一万头板齿犀、利齿猪、轭齿象，朝它猛噬。一百万条浊龙成为传说，分散在天空和大地，分散在一百万个人的口里。

凿。凿穿这个庞然大物，水说：喜欢远方，推开你。绿色的火山角砾岩。玄武岩。或者夹页岩。灰岩。闪长岩。暴躁的水，一把一把的黑暗。月光镀就的大蛇躺在青铜的夜空下。万箭穿心。

爱我，这墙一样的爱。这不息的嘀咕。耳语。这咒骂，这侮辱。这千古奇冤，六月飞雪。水的阴暗的信念。疯狂的浪子。传说中的刀客。

刺穿我吧。它在呼号。在广袤的荒野。水在狞笑。刺穿我吧。水在抚摸。死是绝对的。任它们宰割。凌迟。罪恶的水，飞雪不断。孔子鸟和飞翼龙的翅影。雷电说话。一个亘古的阴谋。它洞穿了，海退去了。

它死在黎明，喉咙里含着霞光的血水。河流的根腐烂了。沉默是最好的疗伤。是永远。

毫无知觉的疼痛。憔悴的胸腔里，灌满了时间的堆积。都走了，寂寞像苍苔泛上来，碧绿的火炬曾经号叫着它们的激情。落日时分，千万个水妖起舞。鱼在飞。怪兽在狂笑。大鳄伺候着血色奔流。这苍穹下的痛和掠夺，消失殆尽。

它在玄想中滋生出石芽。石柱。石笋。巨大的石幔。一滴一滴的血在凝固。它的心在长牙齿。它在咀嚼久远的往事。它要用风磨牙。它要申诉。它要喃喃自语。它要把石头揣在怀里。把所剩无几的河流，当作发丝。蓝色尖叫的花园。神的墓地。河流的影子。曾经激情的床。

一个巨人。虚怀若谷。

大伏河

那一日巨大的孤寂在等它。那一日
飞鸟和银帆死了，黑色的羽毛
塞满洞穴。

——摘自本人诗《伏河》

老远就听见你的声音，像在预演。准备大义赴死。发表自己的讣告。高呼。完成生命最后的仪式。它是河流。它又不是河流。它不是歌唱，是咆哮。永远在黑暗中咆哮。前进，咆哮；咆哮，前进。这一趟太艰难。太远。黑暗的统治注定太久。

没有比黑暗更荒芜。一头扎下。愤怒的投身。一群一群死去的水。地狱。骨节崩裂的痛楚。死在不知不觉中，在销声匿迹中。消失，是愤怒的尾声。历史不是一条河流。它躲起来。它没有岸。深度窒息。骚动的墓室。冰凉的血在嘤嘤说话。地下诗篇。死者的长啸。献身的燔祭。

伏下去。把你的一切塞进山腹，像塞一堆羽毛。被枪杀的翅膀。藏匿证据。唯有一个隐者，在夜半的荒野里走投无路地控诉。

一个人类无法到达的圣地。太深。太厚。像冬日被子下的梦魇。魅影憧憧。你潜伏着，像在阳光下踱步？你音讯全无，你所有的一切都随身带去。你将在哪儿重现？

穿过城乡，穿过人烟。穿过石头和石头。脚下隐隐传来大地的抖动，像是民谣中的一个暗语。落日盘旋。鹰羽如雪。走投无路的鸟群。拉长碧绿的火焰，它说过什么？有什么遗嘱？在那里，在最深底层的私处，它遭受过何种强暴和凌辱？毁灭。他们的鬼脸和牙齿。用铡刀切割它的消息。堵住它的嘴，掐灭一切。

一把水锯。像一张弓，一根弦。幽暗的远山，鼓角齐鸣。光亮。水说。光亮。光亮。被孕育过后，一个比碧玉还清澈的天使，在平静中诞生。流水的手指撩开河的面纱。一眼春潭。像倒影一样低语，在伤痛愈合之后。

你是谁？曾经，地狱的歌者？野狼奔蹿？万劫不复的深渊？一粒星空？你多么安详。像智者。像荡妇的眼神。掸掸一个旅人的尘土，你从黑洞里出来。一条指缝，淌下一条河。唯有献身才是传统。

河流醒来了。群山像夜泊的船。

上海：那里

喜欢一个城市，肯定喜欢上了那里的一个人。

如果你对一个地方既无恨也无爱，这个城市就是虚无的。爱一个地方，是一个人心灵的隐秘，就像清泉流淌着。

在我年轻的时候我来到这里，这里依然是工业和商业异常发达的热闹之城。应该说"那里"。那里是一个人们在封闭时代难以踏入的远城。有一条长江通向那里，那里是长江的尽头。长江上巨大的申渝轮和东方红××号，吞吐着万千气象，拉着沉重而雄阔的汽笛，载着高贵的和低贱的人，有坐头等舱的，有坐二等舱的，有坐三等四等舱的，也有坐五等舱的——那里空气污浊，人们席地而坐或席地而卧。在雾气蒙蒙的洗澡间里，素不相识的人们赤身裸体，奋勇洗着浑黄的江水。我揣着单位的介绍信，我到了上海，只想拥有一件的确凉树脂领衬衣。结果我看到了最触目惊心的景象，有一条黑色的河流穿过这个城市的胸膛。这条河有一个好听的名字：苏州河。为什么书上没有说？为什么当时每个单位都能看到的《文汇报》上没有说？这是那个时代的谎言和无耻的缄默。苍老的租界房子丑陋骨感，街道旅社溜滑的浴室让我狠狠地摔了一跤。对上海的愤怒就此产生了，无端挑剔它的毛病，看什么都不顺眼。

我听说上海人一家只住十个或更少的平方米。我认为是这样的话，人比猪狗还不如。在乡下一个猪圈也有至少五六个平方米。可他们说他们拥有的公共空间比乡下人大，且是乡下永远也没有的。乡下有上海大世界的十二面哈哈镜吗？乡下有外白渡桥、外滩吗？乡下有十里洋场的霓虹灯吗？乡下有和平饭店吗？有城隍庙豫园四和大光明电影院，他们南京路说不定就有属于他们家的一平方米。在夏天的时候，第一百货的层层楼道里坐满了乘凉的老人。这个大楼是他们家十平方米的延伸。所以这些人热爱上海，而不会热爱乡下。

这个说法我一直弄不明白。是你的就是属于你的，不属于你的怎么成了你的？上海是属于上海人的，当然不属于我们这些土麻啦叽的外地人，滑一跤是便宜了你。上海的女人从弄堂里出来，穿着白蓝相间的睡衣，头上夹着红红绿绿的卷发器，趿着红色拖鞋，袅袅娜娜。虽然她们是从幽暗的小屋走出的，但出了门就有豁然开朗的感觉。她们真的很幸福吗？来了客人会留宿吗？会做饭给客人吃吗？如果一家三代挤在十平米里，他们怎么转身？怎么入睡？怎么进行生儿育女的快乐运动？

因为我在船业社就是住十平米，我回去后久久想这个问题，除了我这张床——假如是夫妻睡，那么孩子们睡哪儿？他们的父母又睡哪儿？这个问题困扰了我多年，结果我对城市充满了最初的厌恶和长久的抵制。

但是我有了一件橙黄色的确凉树脂领衬衣，这在小镇上是从未有过的，人们全都在量体裁衣，没有谁有钱到去买成品衣且是上海产的的确凉，顶多会有一件自制的非的确凉假领且没有树脂，只能穿在里面哄人。我一直十分贫穷，家里从来不管我，一直穿最差的，没有女人爱我。可我有了一件真正的上海产的确凉树脂领衬衣，还是最好的海螺牌的，陈某人完全脱胎换骨了！一旦好像步入，它的半透明，它的无皱的质地，它的衣领的挺括，它的"浪打浪"，它的颜色，可以说照亮全球。仿佛一切都改变了，世界全在我的掌控之中，自卑变成了自信，蔫巴变成了强健。我还知道了我穿40的。40是什么意思，我至今都不明白，但对40的知晓，就是与上海的对接。对上海的讲述，我肯定会忽略一条乌黑发臭的河流，而提高它楼房的层数。几年以后，穿破的树脂领又翻了个面，又成了新的。它一直鼓舞着我。

再说说那条黑色的河流。在那个年代，河流是黑色的算天下奇闻。河流臭到像臭鱼烂虾的地步也是天下奇闻。当它汇入黄浦江的时候，黑色的浊流像是恶搞。这条河是谁将它染黑的？关于工业污染，在当时还是一个陌生的名词，我们乡下人看见的河水都是可以饮用的，顶多因为浑浊加一点明矾。当然现在看到中国不黑色的河流算是奇闻了。在当时我想，它何以如此？为何如此？一阵阵腥臭的气味摇荡在上海的上空。这个城市的市民竟然无动于衷，表情平静。仿佛，河流变黑是很正常的事，这本来应该是一条污沟。人们依然在河边踱步、行走、谈情说爱和接吻。高楼上晾晒的衣裳依然在迎风飘扬。这个城市的生活与这条恶变的河流没有任何关系。更令人惊异的是，这条"阴沟河"上却有无数的船只来往行走，人们在黑河里驾船扳舵，机声突突，仿佛地狱里的景色。黑色的波涛击打在岸壁上，岸壁也是黑色的，被墨汁涂了一样。仿佛，它依然叫水。仿佛，它依然是一种我们从未见过的生活，来自遥远的城市，变成我们心上黑白分明的一种情感对抗和现实留言。

现在我已老了。现在我身着名牌。现在我被人买好机票到处乱窜，有车接送。世界上一万条河流变黑我也不以为然，胸有宇宙景象了。宇宙中的地球是一个小黑点，把它抹去又有什么不得了呢？能改变宇宙的现状吗？因此，所谓是非，所谓好坏，所谓黑白，都是不值得争执的，由它去了。我每次到上海来，我每次借道上海往别处去，一次一次地发现上海正在无限度地膨胀。城市的膨胀是人心的缩影。上海越来越远，远到浦东机场之外和江苏，几与江苏苏州和南京相接。甚至浙江山里产的针织品和电器配件都打上了上海的招牌。所有江浙的都是上海的。江苏和浙江就是上海的郊区。上海那愁肠百结的立交桥，将我的思维缠得一团烂麻。

这些立交可以让我快速前进，让我忽略一个区又一个区，一条街道又一条街道。在立交上看那些匆匆闪过的、夹在高楼之间的暗淡弄堂的屋顶，上海旧时代的风景，现出窄窄的缝隙，底下就是曾经古老而平静的生活。它如此破败，即将被大厦们一口口吞噬。一两个穿着睡衣、夹着卷发器在弄堂行走的美丽女子将被斩尽杀绝，或把她们流放到遥远的郊外。所谓保护传统的里巷文化之类，不过是这个霸道时代的一点施舍与同情罢了。所谓文人、知识分子醉心的这种文化，不过是由一些乱搭滥盖的破烂建筑和纠缠老化的电线，和虫蛀的歪歪欲倒的木梁门框和衰老的人和颓败的散发着霉味的陈设所组成，被暴发户一样的时代暗暗耻笑。

上海正在泛滥，像没有约束的七月之河。上海是一个洪泛区。它的泛滥横溢使人感觉生活不能安定下来，人心不能平复，人们也不能对一个城市获得他想要的完整印象。印象是一个有边界的东西。起至哪儿，止至哪儿。如果它像宇宙一样浩漫无际，人会丧失掉他的把握能力，变得茫然不知所措，变得悲伤和发疯。

那一天，我从上海大学参加完文学周去机场的早上，大雨滂沱，电闪雷鸣，天空到处是破碎的红色裂纹。我真想躲避这场雷暴，我惊恐惶然。炸雷在我们车的前后扔下一颗颗重磅弹。这是一个处在惊悸之中的上海之晨，因为刚发生了杨佳事件。我多想让司机停下，找到一个安全之处。这时，一直沉默的司机突然说话了：

"你知不知道，昨天我们上海出了一个英雄？"

　　我只想赶快得到浦东机场的庇护，躲过霹雳的追击。我"哦"了一声，声音打着颤。

　　上海已经跃向世博会，跃向了那栋奇怪的红房子。跃向了迪斯尼乐园，跃上了东方明珠电视塔，金茂大厦，浦东国际机场，国际会议中心，磁悬浮列车，国际赛车场，环球金融中心。同时也跃向了"楼脆脆"和"万头死猪奔黄浦"的新闻之中。犹如苏州河的往昔。

　　喜欢上了那里的一个人，肯定喜欢这个人所在的城市。我爱那里。这是我心中的隐泉。

天山之南

一

从敦煌到哈密的路上，500多公里，经过一个叫苦水的地方。水一定是苦的，才狠心取下这个名字。看见了大漠落日，而天山雪峰巍峨壮丽，渐入云深处。我们走在天山之南。这令人晕眩和无望的戈壁，一路上没有任何变化。有一点点山冈，小得像一座坟或一个古代的烽火台遗址。云像是堆积上去的，并在暮色四合中开始安睡。低洼处，是白花花的盐碱沟，会有些低矮的芨芨草和芦苇，要死不活地活着，它们的一生是悲惨的一生，作为植物，它们没有看见过雨水，也不知道荫凉何为。

天空的蓝色是一种遥远的荒芜。草籽是什么时候埋下并不再做梦？它们是否还在灼热的砂砾中等待，在某个未来的一天，从雨水里钻出来，重获生命？

风从远古奔袭而来，即便带来战马的嘶鸣，但明显地，这只是一种历史的伤风咳嗽和千百次沙漠噩梦的翻身辗转。风抽打着故城断墙，残缺烽燧，就像失败的入侵者再一次地反扑。风摇曳着灵幡开路，而英魂们在后。那些长相怪异的芦苇、芨芨草、红柳、骆驼刺、罗布麻，是那些战死的士兵，它们溃散在戈壁上，至今，还在孤独地、忍饥耐渴地活着，在这无边无际的荒凉的旷野。高大的草木都是那些远逝的英雄，他们打马而去，留下风沙漫漫的背影。砾石伪装成这块土地的历史，让人们无奈、沮丧和绝望。

鹰也离开了，天空因此显得格外悲伤和孤独。大海和季风离它们太远，如果让暴风雨猛烈地践踏和蹂躏一次，那将是它们生命的狂欢，让惊喜和欲望在新婚般的期待中复活，但这只是一万年的梦。绿洲是有可能的，但那些随处可见的草木的葱茏，那带着河流光芒的枝叶，仿佛被天空吞噬，收走了。还有那些壮怀激烈的灵魂，也被天空吞噬。他们曾经折柳西去，送别故人，马背踯躅，但从不回头，在没有人烟的地方，默然前行。

雪山完整无缺，像巨大的晶体守护着这千里驿道，千里顽强存在的绿洲。多少人也曾经让一路花朵相随，这是多么欣喜的旅程。但干旱从何时开始，成为常态？它诅咒着战争和烽火，还有这吝啬的雨水。雪山在退却，只剩下褴褛的外衣。水躲在深深的地底，在石头和沟壑里哭泣。

道路被各种遗弃的河流和风痕取代，戈壁迷失了方向。它知道再也不能走到哪里，干脆不要道路，让风沙泛滥，天空成为假想的河道，夕阳西下，红水四溢。

沿着这条通往西域的道路行走，似能在戈壁的雪山下听到战马咳咳，征夫夜泣。那些寺庙，那些坟墓，那些陪葬的物品，都萦缠着那个时代远去的烽烟。

城墙在戈壁的冷月下叹息，衰草在夜半摇曳哀伤。风是这儿唯一的倾诉者，独言独语。河流是风暴的形状，四处泛滥，但早已干涸，像一具大蛇的死尸。秋风会把大地收拾得干干净净，包括那些战场上的箭镞、车毂、马鞍、刀戟，把它们埋住，像埋一堆垃圾。一座座残存的箭楼和烽墩，是一座座即将抹去的历史墓碑。

在英雄出没的时代，黄沙退却，不会如此荒凉。战马的嘶鸣涨满了夜空，那个历史因此被放大。沙漠的生命是要用英雄气质浇灌的。

二

我们穿越河西走廊之后，又将穿行南疆，也就是从新疆的东大门哈密一直驱车向最西的喀什。

哈密是唯一一个地跨天山南北的地区。翻过天山就到了北疆，到了乌鲁木齐。但它又与蒙古有漫长的边境线，达580多公里。因此，看起来这里也是与南疆一样的太阳和戈壁，但在天山以北有广大的森林和草原，有雪山和冰川。而且，哈密这块大盆地是一个巨大的绿洲。在南疆，万里戈壁中最大的绿洲就是哈密了。哈密的天山国家森林公园几乎不可能出现在哈密，但却是事实。这里高山冰川、浩瀚林海，茫茫草原，牛羊遍地，与沙漠戈壁扯不上一点关系。哈密瓜，哈密大枣，都是它的赫赫名片。但也有吐鲁番的朋友说，当年哈密回王献给朝廷的瓜产自吐鲁番，只有吐鲁番的香瓜才是最甜的。但一路我们在南疆吃到的瓜果，都非常好。甜瓜、西瓜、葡萄、大枣，肯定是全国最好最甜的。因为南疆日照时间长，昼夜温差大，适合糖分聚积储存。

哈密地区主要用天山雪水作为生活和耕种的水源，有冰川226条，所以，虽然干旱少雨，但作为沙漠绿洲，它又有得天独厚的条件。维吾尔人以面食为主，到达哈密后，吃到了地道的维吾尔大餐，有馕、油塔子、抓饭、凉皮、曲曲儿（馄饨）、萨木萨（烤包子）、皮特尔曼塔（薄皮包子）。皮特尔曼塔很大，里面是南瓜。还有焖饼子、油炸馓子、手抓肉、灌面肺子。特别有味道的是大串的红柳烤羊肉，两三串也吃饱了。肥瘦相间，味道鲜嫩，是用沙漠中的红柳枝穿上羊肉烤的。主人不停地给我们的薄荷茶加蜂蜜，在如此炎热的地区，加上夏天吃羊肉会让人发燥，薄荷茶正好清热解暑。

哈密是西域与中原文化的交汇地，历史上是汉朝与匈奴激烈争夺以制西域的战略要地，交通要冲。城市的风格有维吾尔和汉族的元素，也有回族、蒙古族的元素。像回王府和回王墓，将几种建筑风格统一在一个建筑之中。

回王府在市区，因20世纪30年代农民暴动被毁，重建于80年代。清朝哈密回王因与朝廷关系很好，平叛有功，是被清政府任命的，世袭九代。在回王府展览馆里，我们看到，1697年一代回王额贝都拉助清政府平定噶尔丹叛乱，被册封为"一等扎萨克达尔汗"，其部被编为蒙古镶红旗。回王为维吾尔人。当地的朋友告诉我们，仔细观察，这里的维吾尔人与往西走的维吾尔人长相不同，接近汉人。越往喀什走，维吾尔特征越明显。这证明，哈密的民族融合是数千年的结果，而且维、汉、哈、回各民族比较亲密，没有矛盾，语言也没有障碍，都能用汉语说话。再者，这里因靠近内地，教育发达，农业也发达，与内地看不出有什么差别。

回王墓在城郊的回城乡阿勒屯村。"阿勒屯勒克"意为"黄金之地"，这是回王家族的墓地。七世回王伯锡尔陵墓穹顶高矗，四周墙壁镶嵌绿琉璃砖，初看是阿拉伯风格，但又有中式八角攒尖顶及蒙古式盔顶的木质结构建筑形式，这也表明，这些文化在这儿和谐相存相融，已经分不出彼此，你中有我，我中有你。穹窿顶覆以苍绿色琉璃砖。整个建筑雄伟高大，素雅庄严，是新疆伊斯兰建筑中的佼佼者。

回王墓附属的清真寺名为"艾提卡尔"（一名艾提尕尔），相传为四世回王优素福（1740—1766在位）所建，占地2280平方米，寺内有大红柱108根支撑开阔的平顶。有的梁柱因陈旧被换掉，但大多是三百多年前的原件，因空气干燥，少有风化和腐朽。寺顶彩绘花草图案，并开有天窗。寺内四壁书古兰经文。这个外观并不高大的朴素的清真寺，却是哈密穆斯林肉孜节和古尔邦节欢聚的场所。寺内可容纳五千人礼拜，而寺外可容纳一万人礼拜。其场面一定相当壮观。它居哈密清真寺之首，也是中国第三大清真寺。

"艾提朵尔"是节日的意思。

三

虽然，在哈密近50余万人口中维吾尔族人只占了五分之一左右，但维吾尔族人在这儿创造的音乐却是令人震惊的。这里有一座漂亮的木卡姆博物馆，我们也观看了一场让人感动的木卡姆表演。音乐虽然热烈，我却听出了伤感。这些木卡姆也是一个民族的心声吧。想一想，作为丝绸之路上的重镇，西域的门户，华夏文明、印度文明、古希腊文明、美索不达米亚文明都在这儿冲撞过，留存过。而佛教、基督教、伊斯兰教也在这儿有过交锋。三大语系阿尔泰－乌拉尔语系、印欧语系、汉藏语系都在这儿留下过深深的印痕。这里的音乐曾经让唐代诗人们高适、岑参、王建等沉醉并讴歌。

木卡姆是阿拉伯语，是位置、地位、等级的意思，也是曲调、歌曲、乐曲的意思，现在也有古典乐曲的含义。成套的大型乐章才能称之为木卡姆。在这里展出介绍的十二木卡姆，其实是新疆音乐的总称。木卡姆虽然是阿拉伯语，但并非来自阿拉伯，依然是维吾尔族人的音乐。在天山南北，在叶尔羌河谷、塔里木盆地、吐鲁番和哈密流行，是维吾尔族人生活的一部分，是他们心灵的歌声。而后的几天，我们不仅看到了哈密木卡姆，还在喀什麦盖提县的刀郎地区看到了刀郎木卡姆。

　　哈密木卡姆是流传在新疆东部哈密市的陶家宫乡和伊吾的淖毛湖绿洲一带。是一种有着悠久历史传承、篇幅结构宏大完整的大型维吾尔族音乐套曲，共有"琼都尔木卡姆""乌鲁克都尔木卡姆""海海约兰木卡姆""加尼凯姆木卡姆"等12套，其中7套包括两个乐章（即两套曲目），共有258首曲目、数千行歌词。当地文联同志给了我一本精美的《哈密木卡姆》，里面有极其完整的历史介绍、音乐知识和丰富的歌词。说到它的源头，与"伊州乐"有关。伊州是哈密的古称，与龟兹乐一样传入中原深受民间喜爱。从历史上看，正如当地朋友所说，"伊州乐"相当于汉族李白、杜甫的诗。而《乐府诗集》中的伊州乐竟收入的是王维的一些诗。如"清风明月苦相思，荡子从戎十载余。征人去日殷勤嘱，归雁来时数附书。"这首题目就叫《伊州歌》。还有"三秋大漠冷溪山，八月严霜变草颜。卷旆风行宵渡碛，衔枚电扫晓应还。"我在想，是否当时的哈密人都能传唱汉人王维们的诗？还仅仅是王维用了伊州的曲调？但不管怎样，木卡姆现在是属于民间的，是维吾尔人过节、婚礼、割礼、宴会的表演，这表演不仅有弹唱，还有大量模仿鸟兽如骆驼、鸡、鹰、魔鬼的舞蹈。

　　恕我不引用这本书里面的歌词。那些幽人思念的，那些贬客倾吐的，情真意切，无不打动人心。

　　也许一把热瓦甫，一把都塔尔就可以倾诉内心的苦乐怀念，但木卡姆有多种乐器伴奏。我们在哈密看到的除了热瓦甫和都塔尔，还有弹布尔、萨塔尔、卡龙、达普（手鼓）、艾捷克、沙巴依、阔捪子、巴拉曼、乃侬、胡西塔尔、塔布拉、冬不拉等。我们一般在内地见到的达普是羊皮的，但在哈密，也有马皮和驴皮。鼓框是用葡萄木或胡杨木制成，但大部分鼓面是蟒皮。纳格拉是用双槌敲击的大鼓，苏尔奈有点像汉族的唢呐。羌则像汉族的扬琴。

木卡姆是一个民族历史和情感的记忆，也是生生不息的情感的发泄和对生活的赞美。它有口头叙述的特征，也有民族的神话、英雄、饮食习俗、劳动生产。一个民族活生生的历史全在其中。

我们观看了约一个小时的木卡姆表演，这些演员全是地道的农民，有诙谐的老人，有个子高挑的维吾尔族姑娘，她们漂亮的彩裙，头上的多条辫子，旋转起来像一道道流光溢彩的河流，伴舞的小伙子矫健灵活。边弹边唱的歌手唱道："杜鹃在山上唱歌，歌声是那样悲伤，愿咱俩交个朋友，你我都无家可归……"有一首这样唱："我趁着夜色而来，沿着水渠里走过来，小伙子的手已被束缚，被少妇的头发缠起来。美丽美丽真美丽，你的美丽让我爱你，美丽的少妇啊，阿亚莱。"这个歌舞莫非表现的是偷情？因为木卡姆一般唱爱情的对方为"情人"，少妇是指结过婚的女人，别人的老婆。这很让我不解。

木卡姆的音乐热情洋溢，节奏欢快，但我真的听出的是深处的伤感，禁不住眼湿。我听出了一个民族在大漠之中的不停迁徙和艰难的生存。虽然多有幽默逗趣，但内容大多还是对生活的抗争和感叹，对美好爱情的向往，对黑暗和不公的诅咒。木卡姆浓郁的西域色彩，一定会把我们带向远方，而我们正在这个"远方"陶醉。任何一个民族都是伟大的，你看他们的自信，他们肢体的舒展，服饰的艳丽，乐曲的动人，过目难忘。闭上眼睛，全是那些旋转的光影，五彩斑斓，像一道道彩虹。

哈密木卡姆另一个与南疆其他木卡姆迥异的特征是：它与内地西北的秦腔和花儿等音乐十分相近。仿佛有着黄土高原的部分血统。这真是神奇的音乐。

四

从哈密到吐鲁番400公里。经过一个叫哑口的地方。风大，全是发电的大风车这凛冽的大风吹得人哑口无言。司机的方向盘都快握不住，风把汽车吹得摇摇晃晃，司机就像是与风拔河，嘴里不住地嘟囔。吐鲁番是中国海拔最低的地方，海拔–150米。所以，翻过哑口，往前方的火焰山去有几十公里的下坡路，两边全是赭红色的石头，像是被火焰烧过的。山势奇特，与我们心中的火焰山几乎一样，非常险峻。

我们下到了吐鲁番盆地的最低处，盆地的中心。这里是中国最低的地方，是世界第二低的地方，仅次于约旦死海。火焰山是一个景点。虽然我们要求师傅停车在最震撼的地方照一张火焰山，但前方已经有吐鲁番的朋友接待我们，只得与他们会合。但山的气势已经慢慢不如所经过的地方。其实火焰山不是一座山，是一条山脉。维吾尔语称"克孜勒塔格"，意为"红山"，古书称之为"赤石山"。它东起鄯善县兰干流沙河，西至吐鲁番桃儿沟，是一条横卧在盆地中的赤色巨龙，全长98公里。果然，在最低的盆底，靠近公路边，有一个景点，有简易的大门。里面有不少游人。有火焰山石碑，有孙悟空、牛魔王、铁扇公主的雕像，还有一根金箍棒式的巨大温度计。这天，听说我们遇上了千载难逢的下雨。因为这儿基本无雨。雨虽然只有不大的几点，但乌云让天阴了。这里的人说，乌云也是难见的，是我们带来了喜雨。这里的年降雨量只有16毫米，估计也就南方5分钟的降雨量。这天加上风大，阴天，气温只有40摄氏度。所以他们才说：今天才40摄氏度，你们来的是时候啊。因为吐鲁番历史上最高温度是51摄氏度。气温是越来越高了。而地表温度在火焰山会达到80多摄氏度，这是沙地上烤鸡蛋的温度一点不假。

火焰山自然是《西游记》为它做了几百年的广告。想象的玄奘西天取经当然是要经过这里的，《西游记》写道："西方路上有个斯哈哩国，乃日落之处，俗呼'天尽头'。这里有座火焰山，无春无秋，四季皆热，那火焰山有八百里火焰，四周寸草不生。若过得山，就是铜脑袋、铁身躯，也要化成汁哩！"所以孙悟空三借芭蕉扇才将火扑灭，师徒四人才得以继续上路。

少雨，极度干旱，山头上自然光秃秃的。加上是赤褐色的山体，就像被火烧灼过的，太阳毒烈，红砂岩灼灼闪光，炽热的气流腾腾上升，就像烈焰熊熊，火舌撩天。而且这盆地四周是山，有限的水汽又被天山阻隔。地势太低，山地与盆地在短距离内高差超过5600米，就成为了一个日夜烘烤的大火炉，当地人戏称这儿是个大馕坑。气流下沉增温产生"焚风"效应，人行其中，就如焚烤一般，自古这里就称为"火洲"。好直截了当的名字！它还是"风库"，有记载的2008年8月5日的大风达到14级。因此这儿戈壁上到处可见巨大的风力发电风车。

我看玄奘取经的经历，比这其实更惨。他在一个人进入沙漠之后，两个水囊落地，没有了水，在如此炎热的沙漠，竟然有四五天滴水未进，他必死无疑，他的马也只剩下最后一口气了。但奇迹发生，他的马驮着进入半昏迷的他往一条陌生的路去，竟然找到了一处水源，还找到了青草。后来的小说把他的马神话，也是有根据的。对炎热的火焰山的恐惧，简直扑面而来。在古代，每个书写过这儿的诗和游记中，都充满了莫名的惊悚。

可是，到了吐鲁番，才知瀚海沙漠中还有如此甜蜜和葱茏的世界。吐鲁番城区因太过古老而略显陈旧。但是它们掩映在一片片不见阳光的葡萄藤下。我们住宿的葡京酒店就在吐鲁番最著名的葡萄大街边。从楼上望去，看不见大街。但大街很宽畅，藏在葡萄架下。机动车道是大葡萄架，两边的人行道是小架。但都是非常粗壮的葡萄藤，有了些年头。此刻，正是葡萄成熟的季节了，一串串葡萄挂满了头顶，密密麻麻，有大的、小的、长形的、圆形的。当地朋友自豪地介绍说，这条大街在全世界也是独一无二的，一条街上的葡萄有几十个品种。有吐鲁番最多的无核白葡萄、有红葡萄、黑葡萄、玫瑰香、白布瑞克、马奶子、喀什哈尔、梭梭葡萄等。在吐鲁番，葡萄品种达500个，当之无愧"世界葡萄植物园"的称号。而无核白葡萄的含糖量可高达22%—24%。它生长力强，结果多。因其无籽，适宜晾制葡萄干。制干后，果粒色泽仍碧绿鲜艳，果肉柔软，色香味俱佳，为国内干果中之珍品，称之为"中国绿珍珠"。因为吐鲁番日照时间长，不仅葡萄甜，西瓜、甜瓜也特别甜。所以当地在争哈密瓜的起源。他们认为，哈密瓜的故乡是在吐鲁番。不仅瓜果，就是棉花也含糖。这里的棉花加工时，还要有一道脱糖工序，太奇怪了。

满街的葡萄，硕果累累，触手可及，但没有任何人采摘。一是市民素质好，二是在吐鲁番，葡萄太多。我还是摘了一串，差不多成熟了。有的好像因成熟未摘还腐烂在枝头。8月20日，是吐鲁番一年一度的葡萄节，我们早来了8天，多遗憾啊。

吐鲁番，维吾尔语意为富庶丰饶的地方。也有说是回语"蓄水"之意。商务印书馆出版的《通名大辞典》释为维吾尔语"都会"之意。也有学者说"吐鲁番"系"吐蕃"的谐音。

这里是西域36国之车师国的旧址，但古称"姑师"，在古丝绸之路上，这里战火纷飞，你来我往，汉朝与匈奴进行过漫长的战争。

　　我们的第一站就是寻访交河故城。交河，就是两河相交之意。它位于吐鲁番市郊的亚尔乡。它曾经是一个城市，而且是一个多么巨大多么辉煌的城市。但现在它是世界上最大的生土城遗址。一片苍凉，断壁残垣，就像是被时间扔弃的城市的骨头化石。你根本无法相信这里曾是有着10万人口的大城市，怀疑这只是一些大漠上的黄土堆，被风化的土山，毫无人类活动的痕迹，是一个传说中的魔鬼城。但事实上，却有标着的中央大街、官署、生活区、集贸市场、寺庙。可是中央大街那么曲折，还是一条爬坡的山道。整个遗址在河岸高地上，气势雄浑，苍茫一片，静默死寂。那些所谓的街道纵横交错，黄得让人晕眩，令人揪心，令人绝望。这座城是由上往下修建的，也即由山顶往下挖。挖成地窨子，盖上土屋顶，于是冬暖夏凉。反正这儿也没有雨水，不担心屋顶漏雨，一些低低的屋顶盖，有的是用芦苇糊泥往上苫的，还有的在顶上开天窗以透气。在这只有黄土的高地上，木材是稀缺之物，几乎没有什么建筑材料，就挖洞吧。于是各种精巧的洞窟，互相连接，结构玄妙。长长的台阶往下延伸，感觉真是怪怪的，走下去豁然开朗，有一个个四合院，里面有各种洞窟，各种用处。生活设施齐全，包括打有深井。这个古怪的城市，看似简陋，其实充满了古人的生存智慧。

　　这座城市有记载的是，西汉时，是"车师前国"的都城。唐代是驻西域的最高军政机构"安西都护府"办公之地。最早是由车师人建造的。交河故城又称为东方庞贝城。

也是世界上最完美的废墟。故城南北长约1650米，东西最宽处约300米，四周有高达30余米的壁立如削的崖岸，完全不怕敌军偷袭，一夫当关，万夫莫开，选这里筑城，应该是天赐宝地。当年崖下一定是河水翻滚，现在只剩下干涸的河床，叫雅儿乃孜沟。当地人把交河故城称为"雅尔和图"，就是"崖儿城"的意思。《汉书·西域传》记载："车师前国，王治交河城，河水分流绕城下，故号交河。"

如果说这是城的话，这就是活生生的鬼城，已经有几千年见不到一个人了，最后一个人离开的时候他会多么匆忙，简直是逃离。人们是如何要遗弃这座曾经繁华的城池？

历史记载，1383年，蒙古人攻破了高昌和交河两座丝路上最繁华的城市，这两座佛教之城，被蒙古人强迫改信伊斯兰教，不从者杀头。寺庙一一被毁，它的衰落是一个文明的衰落。在考古时，30多口古井里，全是人的骸骨，全是头朝下，这表明，这个城市进行了残酷的杀戮，血雨腥风。战争是破坏力最大的，比自然灾难和岁月风化更为惨烈。

在所谓的中央大道，地面气温常常超过80摄氏度，行人的鞋底会粘在地砖上。这样的气候好像只能掏地窝子，不然是没法生存的。我们一路往上，故城全貌尽在眼底，一片一望无际的废墟，一些用黄土筑就的所谓建筑。街道两边有介绍，有什么纺织、酿酒、制鞋等各种手工作坊，也有军营。坡路杂乱无章，建筑是干打垒，挖的一些洞窟就是人居住的吗？洞窟还小，钻进去不知如何生存，这个城市不是太原始吗？这不是穴居人吗？但事实确凿，佛寺的佛龛里还有比较完整的佛像，藏兵的堑壕里，有开阔的演兵场，有保存完好的佛塔，依然宏伟，它肯定不是大自然的杰作，是人类活动和信仰的证明。何况这里还出土了许多国宝级文物，如唐代的瓦当、经卷，还有车师国的墓葬。但有一个地方有几百个小长方形墓，全是婴儿墓，这又是为何呢？是专为夭折的婴儿准备的？这里，诡异的废墟里有许多诡异的事情。整个城市都充满了不解，让人一头雾水。因为远离我们的时代，这样直接地面对一个遥远的朝代和历史，如此直观，让所有人都成为白痴，而且是一段终止的历史。故城不是古城，故城是没有人烟的，是曾经的城，古城是有人居住的城，有今天。交河故城没有今天，它是一具庞大的死尸。至今，它的悲壮依然触目惊心。

交河在我们的古诗中经常出现。唐李硕的"白日登山望烽火，黄昏饮马傍交河。行人刁斗风沙暗，公主琵琶幽怨多"。李世玉的"塞外悲风切，交河冰已结。瀚海百重波，阴山千里雪"，都是很有名的。

但交河还有水，另一条小河筑了些涝坝，还有几只鸭子。有葡萄，有晾晒葡萄干的土屋，有高高的钻天杨，唯独城里不再有水有人，也不再有屠城。阳光激烈，但天空安静，一只鹰在故城和祁连山雪峰之间飞翔。如果在夜晚，穿行在这千年废弃的城市里，你会听到什么声音？哭号？悲咽？欢笑？琴声？鬼嚎？还是尽快离开这里吧，回到人类和新的生活中去吧。

五

吐鲁番还有一种伟大的东西：坎儿井。

我们见到的坎儿井是在吐鲁番亚尔乡新城西门村，这里的坎儿井有400多年的历史。可崭新的水却在欢快地、汩汩地流着，声音清澈，流在古老的渠道里。

也许是因为有坎儿井，我们来到这个村，已成浓荫的葡萄在我们头顶，还有一种药用葡萄，是世界上最小的葡萄，叫索索，晒干后用来治风湿的。坎儿井是在地下，我们进村就听到了地下传来的流水声。因为坎儿井是有竖井的，可以看到水在地下流。而我们脚踏的地上，该炎热的依然炎热，大地依然看不到一滴水的影子，还是年降雨量16毫米的地方。但叮咚的来自雪山上的水，却穿越地下一路欢歌。这的确是一项伟大的发明，是新疆人民在沙漠中生存的奇迹。我第一次听说这么一句话：坎儿井与我国的万里长城、京杭大运河并称为中国古代三大工程。哈，这评价简直太高了。这种暗渠能跟长城和大运河相媲美吗？人家那是举一国之力修建的，而这些坎儿井是一些农民自己挖掘的。但有这种说法，我们表示尊重。当地人介绍说：仅在吐鲁番，坎儿井总数就达1100多条（其实现在因为生态破坏，已经没有这么多，资料上说还有600多条），全长约5000公里。是不是指全疆的总和？不得而知。但如果细细了解这项工程，还是得佩服它的伟大，它的艰难。生活的奇迹无处不在，人们战胜大自然，利用大自然也算是绞尽脑汁了。

坎儿井并非新疆独有，内地也有，各省叫法不一，陕西叫作"井渠"，山西叫作"水巷"，甘肃叫作"百眼串井"。但据说是维吾尔族人去麦加朝圣后看到中东有这种井，并引进到新疆。但事实上在西汉就有了。在这样的极度干旱地区，水的蒸发量太大，也许雪山上的水还没有流到村里，早就被太阳和沙漠吸得一干二净。

在新疆，没有坎儿井也许没有人烟，也就没有那么好的葡萄、甜瓜和西瓜。水是人类的生命之源。在这里生活，说白了，就是怎么得到水源和保护水源的问题。"坎儿"就是井的意思。不过维吾尔族人的"井"更加复杂。是由竖井、暗渠、明渠和"涝坝"（小型蓄水池）四部分组成。我们走进西门村，就看见了竖井，而深处在流淌的水渠就是暗渠。走过一段，又有明渠。明渠为什么需要？不是让其蒸发掉了吗？一是为人们的生活饮用水，二是，这些水是从雪山上下来，非常冰凉，直接浇庄稼会冻坏幼苗，致使减产，在太阳下晒后增温才可以浇地。另外，明渠蓄水就是涝坝，涝坝可大可小，可以改善干燥的气候。

我们被引入地下看坎儿井暗渠。完全是抗战时冀中平原的地道战，而且比地道更加宽敞。下到地下深处，就看到了坎儿井在地底行走的真面目。那确实不简单，如果这样挖几千公里，可真是要命的奇迹。在地表的沙漠之下，土质是砂砾和黏土的胶结，质地坚实，井壁及暗渠不易坍塌，水也不容易渗漏。但暗渠实在太小，在竖井处大点，往里看，就容一个人匍匐。这是怎么挖的？当初挖它的人怎么操作？的确是一个人挖的，跪着挖掘，天山雪水冰凉刺骨，工人掏挖暗渠只能跪在冰水中挖土，也因此，那些从事暗渠掏挖的工人，寿命没有超过30岁的。可是，为了生存，不得不这样干。这连绵5000公里的吐鲁番坎儿井——这壮观的"地下长城"，是用多少人的短暂生命换来的。如今有人说因为农业的现代化，灌溉不再需要这坎儿井，巴不得废除掉。这真是无知和无耻。尊重祖先的非凡的创造和智慧，这是做人起码的道德，何况，它现在依然以最简单的方式，浇灌着我们的葡萄园、棉花和其他庄稼。而且是一劳永逸的，是子子孙孙受惠无穷的。说白了，我们至今都在喝着祖辈的水。我喝了几口暗渠里的水，非常冰凉，但很清甜。这水在地底没有任何污染，经过长距离沙石过滤，带有大量矿物质，完全可以直饮。现在这里就有一种坎儿井瓶装水，几元钱一瓶。而且，我竟然看到水里有小鱼儿游动。这些鱼是冷水鱼，钻进深深的地底，逆流而上，悠然自得，太有趣了。

在坎儿井博物馆，我们了解了这井是如何挖的，解开了不少疑惑。暗渠的掏挖有的在地底达90米深，先打竖井，再往下游挖。竖井相隔距离相等，为了不让方向歪斜弯曲，在指南针未传入西域之前，吐鲁番人创造了木棍定向法。即相邻两个竖井的正中间，在井口之上，各悬挂一条井绳，井绳上绑上一头削尖的横木棍，两个棍尖互指的方向，就是直线。然后再按相同方法在竖井之下定向，地下的人按木棍所指的方向挖掘就八九不离十了。其实这是根据平行四边形的原理。另外，还有油灯定向法。依据两点成一线的原理，用两盏旁边带嘴的油灯确定暗渠挖掘的方位，这样也可以检验洞内的氧气，如果油灯熄灭了，人就得尽快爬上竖井。在地下的油灯定位也很简单，就是挖掘时，掏挖者背对油灯，始终掏挖自己的影子，就可以不偏离方向，而渠的掏挖深浅，则是以泉流能淹没筐沿为标准就行了。

据说坎儿井在伊朗、俄罗斯等地的发音都是一样的。如今在伊朗、哈萨克斯坦都存在。在吐鲁番，每条坎儿井都是有名字的，有的以挖井人命名，有的以动植物命名，有的以地理方位、水的味道命名。我们参观的这条坎儿井叫米依木·阿吉坎儿井。米依木·阿吉就是开挖这条坎儿井的主持人。这条坎儿井在吐鲁番最著名，已有800多年历史，全长25公里，日水量可浇地70多亩。

吐鲁番另一有名的地方就是葡萄沟。这条沟就是一个峡谷，在火焰山西侧。沟谷西岸，山势柱柱直立，也许是远古火山爆发形成的。沟内有一条布依鲁克河，如今正是雪山融水的季节，水流湍急，哗哗作响。因为有水，孕育了这条葡萄沟。

近十公里的葡萄沟全是葡萄，现在正是葡萄成熟的时候，空气中甜味弥漫。各种颜色，各种品种的葡萄在这里汇集，招摇过市。头顶上全是葡萄长廊，遮天蔽日。这里与我们住的葡萄大街一样，有无核白葡萄、马奶子、红葡萄、喀什哈尔、日加干、琐琐（或名梭梭）等，简直让人晕眩。而村路两边，除了新摘的葡萄，更多是葡萄干，有做药的索索王，有绿宝石、野葡萄干，有什么葡萄爷爷，葡萄奶奶，有女人香、黑加仑、白巨王，也有桑葚干、乌梅、大枣、野西瓜干、全球红。葡萄奶奶就是红妃。葡萄摊有百多家，有维吾尔族老人，也有孩子，都能讲汉语，拉你去买，维吾尔族小女孩们很会做生意，说辞一套一套的。我们边走边尝，甜在葡萄沟。在新疆，有一首民谣说：吐鲁番的葡萄哈密的瓜，库尔勒的香梨人人夸。

带我们去的宣传部朋友告诉我，不要买那些颜色黄黄的，是熏出来的，颜色漂亮。风干的葡萄颜色深暗，虽不好看，但吃着放心。我于是买了几大包红妃，其价格只有武汉的四分之一。

在葡萄长廊下散步，旁边是奔腾的涝坝，坐在那儿，手上一串葡萄，嘴里甜蜜蜜的。维吾尔族老人们也在那儿闲坐聊天。生活如此甜蜜悠闲，哪儿有沙漠和骄阳的影子？

葡萄沟的"农家乐"也十分火爆，家家是手抓饭，是烤羊肉，是手抓羊肉，是馕、拉条子，更有西瓜、甜瓜、葡萄。手抓饭里的羊肉、胡萝卜、土豆条，颜色缤纷，引人馋虫。

葡萄沟真是袖珍小江南。

六

翻过天山支脉，就到了真正的南疆，到了库尔勒。公路两边的山势嵯峨怪异，风景绝佳，石山上竟有沙山，这种地质是如何形成的？

看到了一片片绿洲，看到了几万亩的湿地盐碱滩，全是一望无边的芦苇。库尔勒，这里为何又成了蒙古族自治州？它的全称叫巴音郭楞蒙古族自治州。新疆这块土地十分有趣。后来才知道，这里的蒙古族是"东归"一族，蒙古土尔扈特部一支。土尔扈特部是清代厄鲁特蒙古四部之一，17世纪30年代迁徙至沙皇未统治的伏尔加河流域一带，成立了土尔扈特汗国，地位与沙皇平等。但后来不堪忍受沙皇的统治和镇压，以及对草原牧场的侵占、让土尔扈特人打仗当炮灰，为救自己民族于危亡，决定东归回到祖先150年前居住的新疆。公元1770年，年轻的渥巴锡带领3万土尔扈特人悄悄分三路浩浩荡荡踏上了归国的征途。但沙皇认为这些蒙古人回国是他们的耻辱，派军队一路围追堵截，但土尔扈特人奋起反抗突围，袭击俄国的驻军、歼灭他们的增援部队、摧毁了他们的要塞，穿过冰封的乌拉尔河，进入大雪覆盖的哈萨克草原，将追击的俄军远远抛在了后面。在经历了千辛万苦的八个多月的长途跋涉之后，终于回到祖国。这一发生在亚洲草原上的壮举轰动世界。回归的土尔扈特人有一部分被清政府安排到巴音郭楞草原，这就是这个州的来历。

在吐鲁番就听说库尔勒是小香港，以为是开玩笑的，远离沿海和内地，这塔克拉玛干沙漠深处怎么会有香港一样的城市？但是到了库尔勒，就像跟我们此前到嘉峪关市时一样令人惊讶。而库尔勒的惊讶更加出人意料。我不好说库尔勒是中国最漂亮的城市，我说是中国最漂亮的城市之一总可以吧。没有任何夸张。市区高楼林立，绿树成荫，街道规划大气整洁，一尘不染。蒙古包顶的高塔屹立在山顶，街上行走着许多穿蒙古长袍的男女。这里的城市管理绝对一流，经常有内地城市的人来此学习取经。这不是讽刺吗？说白了还不是花公款来南疆旅游吗？你如果用心，钱比南疆多，城市历史比南疆久，用得着学吗？不就是不作为吗？

库尔勒在塔里木盆地东北边缘，是中国面积最大的州，相当于两个江苏大。距死亡之海、世界第二大沙漠塔克拉玛干沙漠70公里，也被称为古丝绸之路上的咽喉。库尔勒是维吾尔语"瞭望"的意思，也称梨城。这里的香梨享誉全国。古时，这里称焉耆，西域36国之一，也称乌耆、乌缠、阿耆尼。《西游记》中称这里为乌鸡国。包括今焉耆、库尔勒、和硕、尉犁一带。最早属匈奴，西汉神爵二年（公元前62年），西汉在乌垒设置西域都护府。

这里年降雨量为58.6毫米，有孔雀河穿城而过，而境内塔里木河流经全境，有著名的博斯腾湖、巴音布鲁克草原、天鹅湖、巩乃斯林海。境内还有海拔6973米的慕士塔格峰。

当我们夜游孔雀河的时候，我们没有丝毫感到是在塔克拉玛干沙漠边缘，也没有感到是在南疆。我们惊叹这个城市的三河贯通工程，感叹这里的官员的能干和敬业，感叹他们的胸怀和气魄，感叹他们的视野和能力。三河联通：杜鹃河、鸿雁河、天鹅河。而贯通后的河叫孔雀河，就是与孔雀河连通了。而且，这三条河全是人工河。河流之宽阔，之浩荡，之美丽，无与伦比！音乐喷泉壮观，两岸的民族特色建筑众多，高层住宅鳞次栉比，倒映在粼粼波光中，恍如来到香港。这是想象力的胜利，特别是当地一把手的想象力和敬业，决定了这个城市的崛起。而开挖三条大河调节空气，这该要多大的大手笔！库尔勒的城市改变可说是翻天覆地，我在南疆的这些天里，鼻子干燥难忍，但库尔勒让我回到了湿润的南方。

尉迟县的胡杨还没到金黄的时候，我们还是得去那里。我们要去看传说中的罗布淖尔和神秘的罗布人。罗布人的胡杨林紧靠塔克拉玛干沙漠。已经有沙漠的景象了，沙丘一个接着一个，但维吾尔族人种的棉花也一望无涯。

罗布人就是罗布泊人。罗布泊和楼兰都是在丝路上有名的城市和湖泊。城市不明不白地衰落了，罗布泊也在离我们很近的时间里消失了。在楼兰废弃之后的一千年或者两千年里，罗布人沿着孔雀河逆流而上，到达现在的尉迟，在水面广大的地方捕鱼猎兽。因为罗布人的祖先就是干这些的，而不会稼穑。库尔勒当然是在孔雀河上游，而楼兰与库尔勒在当地的发音一样。有人就猜测楼兰衰落后，那里的居民都搬迁到了库尔勒。

尉迟之名在汉代就有，就是罗布淖尔的意思。罗布淖尔系蒙古语音译名，意为众水汇集之湖。楼兰王国是在3世纪神秘"失踪"的，但罗布人还是生活在这大片的罗布泊的海子边，当年这里的海子星罗棋布，靠水吃水，那么多的鱼足够他们生活。张骞出使西域后向汉武帝上书说："楼兰，有城廓，临盐泽。"罗布人是新疆最古老的民族，"不种五谷，不牧牲畜，唯一小舟捕鱼为食。"其方言也是新疆三大方言之一。这个食鱼民族，喝罗布麻茶，穿罗布麻衣，丰富的营养使他们大多长寿，八九十岁都会驾船捕鱼，一百岁还有当新郎的。但直到1949年，他们还处于原始社会。

他们究竟属于哪个民族？据说有蒙古血统，也有维吾尔血统，讲维吾尔语，但维吾尔族人听不懂他们的话。奇怪的是，他们的方言与远在福建的闽南方言相近。可是富裕的福建人不可能万里迢迢到这个不毛之地求生。历史没有任何记载，他们也没有赶上56个民族划分，现在他们不属于任何民族，只是叫罗布人。罗布人就像他们捕鱼的用胡杨树凿的独木舟一样，他们永远是孤独的人。

这些孤独的人被发现还是在清朝，乾隆二十二年，围剿沙拉斯、巴雅尔等叛乱分子的朝廷士兵搜山搜湖时，在沙漠的海子里搜出了许多穿罗布麻衣和鱼皮衣的捕鱼人，这些人言语不通，不识五谷，不识风经礼拜。他们可能是鲜卑人的一支。有言之凿凿的说法是：现代罗布人的起源，他们的祖先是蒙古人，但在罗布泊与玛沁人相遇，不久融合。也有汉人的特征，属突厥人种，也是维吾尔的一支。他们先是信佛教，后来一个叫玉素甫·色喀拉的大毛拉把军队带进罗布城，凡不改信伊斯兰教的格杀勿论。于是他们信了伊斯兰教，属逊尼教派。

在这块有水的土地上，先后住过塞人、汉人、土火罗人、羌人、吐蕃人、吠达人和多浪人。罗布淖尔，古代也称过浦昌海、盐泽、泑泽、牢兰、临海等稀奇古怪的名字。

我们来时，塔里木河正进入洪水期，水很浑浊，流速急遽，卷起一个个漩涡。没有想到有这么大的水，无论怎样渗漏，也可以浇灌沿途的村庄。一些高大的胡杨和红柳都淹没在水中。而巨大的沙丘正在奔往远处的塔克拉玛干大沙漠。

到处是死去的胡杨，也到处是生长的胡杨。这里的胡杨林一直通向大漠，因为有水，它们生机勃勃。

在这个人造痕迹太重的罗布人的村庄，我们看到了几个罗布老人，在塔里木河畔浑浊的水边，在胡杨树下闲坐着。他们沧桑无比，皱纹满脸，身体安静，不再在海子里驾船捕鱼了。他们的头顶，一些作为装饰的干鱼，在风中摇摆，好像死去了一千年。历史中的罗布人，将要成为一个传说。

七

库车是古龟兹国都。库车之名是清朝改定的。古龟兹人属于雅利安人种，地道的白人。有"西域乐都""歌舞之乡"等美名。龟兹是古印度、希腊－罗马、波斯、汉唐四大文明在世界上唯一的交汇之地。在这块文化因碰撞而产生耀眼光芒的地方，它的文明、语言、文化形态，都有着神奇之处。据研究者说，龟兹语本属于印欧语系中吐火罗语方言，用印度的婆罗米文字书写。但又与欧洲的拉丁－凯尔特语与日耳曼语有较近的关系，因而欧洲考古专家对此地情有独钟。库车系突厥语译音，维吾尔语地名，胡同之意。库车在古代的史书中也称丘慈、屈兹、曲先、鸠兹、库叉等。1758年乾隆时代定名为库车。也有说"库车"系古代龟兹语，意为"龟兹人的城"。汉时在此设西域都护府，唐时为安西都护府驻地。

我们到达库车主要看的是一个叫苏巴什佛寺的遗址。当然，南疆这里最有名的几乎全部是遗址。它们是历史的骨头，就像沙漠中一具风干的牛，最后只会剩下骨架一样。这个遗址太有名，与唐玄奘紧密联系在一起。它在天山支脉却勒塔格山南麓，在铜厂河出口两岸洪积台上。东寺南北长535米，宽146米，西寺南北长685米，宽170米。这些尺寸是以残存的寺院围墙为依据的。但都已毁，东寺依稀只存庙塔、僧舍遗迹，还存有三座高塔。西寺尚存僧舍残垣和数处高塔。全是黄土堆砌的，也有一些瓦砾残片，寺院的院墙中可以看到砖。据说还可以捡到龟兹小铜钱、波斯银币、唐代钱币。我们找了半天没有找到。苏巴什是维吾尔语，意为"水头"的意思。这里据说在不久前遭遇过一次大洪水。但这些土垒的废墟依然屹立不倒，骨头真硬。它已有两千年的历史，是魏晋时期的建筑。

一个巨大的黄土堆上，却有两个佛窟，砖砌的拱门，但我们上不去，也不让上去。它比交河故城壮观，因为它高大巍峨，所保存的佛寺较为完整。据玄奘的《大唐西域记》记载这里："荒城北四十余里。接山河。隔一河水。有二伽蓝，同名昭怙厘，而东西随称，佛像庄饰殆越人工。"昭怙厘大寺，就是库车当地人称的苏巴什佛寺。

唐玄奘西天取经，这里已是遥远的西域，为龟兹国国都郊外，他曾在此讲经两个月。《西游记》中称这里是女儿国，说此河为子母河。

废墟之美说的大概就是这里。这种废墟因为顽强存在着，让我们隐隐约约地感受遥远历史深处的壮观，但又是实实在在的寺院面貌，高大的围墙，一直延伸到很远，几乎与却勒塔格山相连，历史与自然成为了同一条山脉。那我们想，在这个大漠戈壁中，为什么会出现有如此宏大的寺庙呢？据说它最多时曾有上万僧人在此居住。想想这样的场面，每天所消耗的食物也太惊人，而供养僧人的信众又会有多少呢？原因是：这里曾是西域的中心。龟兹是西域三十六国中第二大国，仅次于乌孙国。公元7世纪唐朝在此设立的安西都护府所管辖的范围有阿富汗、巴基斯坦、哈萨克斯坦、吉尔吉斯斯坦、印度孟加拉的一部分。"龟兹"就是古语"称王称霸"的意思。明白它的历史后，这儿既然是西域政治经济文化宗教的中心，寺庙众多，高僧云集就不奇怪了。唐贞观二年（628年），玄奘西行印度时在此滞留，凡长安来的高僧，基本被称为国师，被人景仰，佛教在当时盛行。9世纪兵荒马乱，大火对此寺庙毫不留情进行了焚烧——这叫兵燹。苟延残喘至13、14世纪，蒙古人占领这片大漠，在此强行让人信奉伊斯兰教，佛教彻底衰落，于是这个大佛寺被遗弃。

瘆人的黄土坯建造的佛寺，当初肯定是金碧辉煌，在色彩单调的戈壁上，寺庙和佛永远都是色彩鲜艳的。在南疆，许多景物都是留下来供人凭吊和遐想的。后来，当佛教在这块地方衰落后，故事还在继续。它成为了女儿国的国都。当时这个地方是母系社会，男人都是入赘。再后来，女儿国也被游牧民族攻破了。

曾经显赫的佛教在这里被抹去了它的正当性，表明这块地方曾经发生过信仰的激烈交锋。但历史就是这样，有升起的，也有沉落的。不过，这条丝绸之路，依然是畅通的。通往西域的路依然生机勃勃，绿洲片片。在离开的路上，我写了一首诗《西行记》："往一条干涸了一千年的河道/走向干涸/肩扛十座烽燧和一千座故城/箭镞一头扎进大漠深处/历史和自然同一条山脉/山河倒伏英魂溃散/历史打马西去它的遗产/一只灼热孤独的鹰影/带着河流光芒的枝叶/被火焰嚼碎/天空红水泛滥/半陷的车毂至今被太阳盯梢/飞沙狂舞/澎湃西来的宗教/为生存而战刀剑铮鸣/它们的真理一次次逃亡和遗弃/只有柔软的丝绸胜利了/水远走/石头翻越三千年/到达与天空永久对峙的地方"

八

阿克苏匆匆一过。但阿克苏是应该停留下来细细欣赏的地方。它的托木尔峰，它的天山神秘大峡谷，它的克孜尔千佛洞，都是极有名的。阿克苏市位于塔克拉玛干沙漠西北边缘，在塔里木河上游，因水而得名，阿克苏系维吾尔语。"阿克"意为白色，"苏"就是水。所以它的别名就叫白水城。现在它是"清澈奔流的水"的意思。名字美好，有水就是好地方。所以它也有"塞外江南"的美誉。是西域三十六国的姑墨、温宿两国的属地。

多浪河穿城而过，这里就没有了沙漠戈壁的感觉，虽然，塔克拉玛干大沙漠就在它的身边。阿克苏的夜色不仅美丽，而且安全。我们在当地朋友带领下坐出租车去了多浪河畔，我听错是刀郎河。原来这里有非常宏大漂亮的公园，汉族人、维吾尔族人在一起享受这迷人的夜色。我们去的是威戎城（阿克苏古称）和西域广场周围。这里有新修的城楼姑墨亭，后面是气势磅礴的汉白玉西域三十六国图腾柱，中间是三十六国地砖图。再后面是多浪文化广场、鸠摩罗什法坛，横跨多浪河两岸的十一孔桥在霓虹灯的披挂下营造出一种大漠戈壁的幻影。

但是我们将奔赴喀什。我们去喀什的第一站是麦盖提县。

我们沿着塔克拉玛干沙漠边缘行走。在南疆，从一个城市到另一个城市，没有任何过渡，经过无数沙漠到达另一个城市，这些分割的绿洲是断裂的，孤立的，仿佛天外飞来的，它们像是一个个旱地岛，之所以能够存在和生存，全在于这个"岛"是否有水源。

麦盖提县在塔克拉玛干沙漠的西南，喀喇昆仑山北麓，叶尔羌河中下游、提兹拉甫河下游。这个县是真正的沙漠孤岛，它三面被沙漠包围，比较贫困，县城陈旧，但文化非常独特，是"刀郎文化"的发源地。刀郎过去我们以为是歌手的意思，其实是部落群居的意思。

麦盖提的羊肉很有名。我们在这个县和喀什市，吃饱了麦盖提羊肉。麦盖提羊又名刀郎羊，是当地土种羊与阿富汗引进的瓦格吉尔羊杂交，身材巨大，黑头，两个耷拉的牛舌般的羊耳朵，弯刀似的鼻梁，奇怪的盘尾。该羊肉无腥膻味，肉质鲜嫩，大块吃不腻，而且还有预防心脑血管疾病的奇特功效。信不信由你。

麦盖提也是刀郎木卡姆的故乡，跟哈密的木卡姆明显不同。我们在当地安排下去看了一场老人们演出的木卡姆。这些老人在北京演出过，还应邀去了美国和法国演出。老人们穿着维吾尔族服装，皮鞋都很老旧，脸上是岁月辗轧的深辙，但一个个很健康，嗓门高大。他们的木卡姆一进入音乐的伴奏中就惊心动魄。卡龙琴、刀郎热瓦甫、刀郎艾捷克，和摩挲得闪闪发亮的羊皮达普（手鼓）。在领唱人一声"噢依——"之后，我们被带进雄浑和苍凉的意境中。似乎在大漠深处追击猎物，在风沙旷野中的呼朋唤友。我们无法听懂他们的语言，但我们听懂了他们的内心，他们民族的生命的呐喊。这种歌曲被叫作"巴雅宛"，就是旷野之意，与漠北游牧狩猎的生活有极大的关系。那些老者都是坐着的，他们以乐器应和，面目平静，但声音洪亮有力，高亢激越，就像沉默无声的土地的一次爆发。唱者和演奏者坐着，舞者舞着。演奏者和唱者们虽然坐在原处，但他们苍老的鼻腔和胸腔憋足了气息，一会儿高歌，一会儿发出猛兽般低沉的吼叫共鸣。他们神色庄重，像出征前的神秘仪式。他们汇集了最洪亮的嗓音，像洪水一样朝我们卷来，浩荡恣肆，不可遏止，就像生命本源的嚎叫。

因为我们已经来到了塔克拉玛干大沙漠，这儿的生存环境十分恶劣，麦盖提人过去大多以狩猎为生，嗓门大，要有那种豪气。但这种刀郎木卡姆，同行的新疆朋友说，他们也听不懂，据说是麦盖提方言。但据新疆作协的艾布先生说，麦盖提人有蒙古血统。这里曾是成吉思汗的大儿子管辖的地方，据《蒙古秘史》记载，成吉思汗的妻子被当地人抢去，两年后他的军队壮大，夺回了妻子，但妻子已经怀孕，生下的孩子他认了，但他后来其他的儿子不认这个兄长。所以这个当地人传说是成吉思汗大儿子的后代。反正，这儿的人来历很神秘，传说加野史更加增添了其扑朔迷离。

麦盖提县是唯一一个延伸进塔克拉玛干沙漠的县域，基本被沙漠包围，有可能被沙漠吞噬，人们的生存环境虽然恶劣，但他们在顽强地与命运进行搏斗。这个古丝绸之路上的南北两道的交会之地，也是进入塔克拉玛干大沙漠探险的出发地。它的56万亩红枣，它的45万亩棉花，它的16万亩核桃，5万亩杏子、黄桃等，使它享有"红枣之都"和"瓜果之乡"的美名。但最令人惊异的是它的百万亩人工林地，浩浩荡荡地向沙漠腹地挺进，成为了抵抗塔克拉玛干大沙漠泛滥的壮观景象。我们去看了这片一望无际的防沙防风林，全是滴灌，在灼热的大沙漠中，他们栽种了冠果、红枣等经济树种和新疆杨、胡杨、沙枣、红柳、竹柳、沙棘、梭梭等生态树种，每一个树根下都有一个永不干涸的人工泉眼，不管太阳多么毒辣，树木有水就能成活。

我们登上一个高高的沙丘，塔克拉玛干沙漠就在脚下和眼前。太阳仿佛把所有的仇恨都泼泄给了这个"死亡之海"，没有任何生命的迹象，特别是在正午的太阳下。一浪一浪似乎凝固的沙丘，就像是月球上的景色，整个世界了无遮拦，像是经受着火刑。即便是那些种下的树木，还有那些在滴灌旁侥幸出生的芦苇，命悬一线。没有比沙漠中的植物更绝望和悲壮的，它们活在一生的饥渴和炙烤中。为了保持优雅的绿色，它们忍住挣扎和号叫。所谓沉默，就是命定瀚海，一声不吭。

塔克拉玛干大沙漠，维语为"山下的大荒漠""迷失的家园""进去出不来的地方"，恐怖的名字。它的总面积33.76万平方公里，比两个山东、9个台湾还大，沙漠是流动的，仅次于沙特鲁卜哈里沙漠。塔里木盆地是一个巨型的封闭性盆地，周围被天山、帕米尔、昆仑山、阿尔金山环抱，只在东端有一个70公里的谷地与河西走廊相连。也因此它的沙是自然生成的，谓之就地起沙，因为吹不到任何地方，最后形成了这个巨大的沙漠，它的诨名叫"死亡之海"。

九

喀什是中国版图丝绸之路上的终点站。还记得红其拉甫口岸吧，从这个口岸过去即是巴基斯坦。红其拉甫，一直是中国与中亚联结的重要通道。当年玄奘取经回国、高仙芝征战吐蕃都从这里走过。卡拉苏口岸，在塔什库尔干县，对面就进入塔吉克斯坦，也可往阿富汗。伊尔克什坦口岸是中国与吉尔吉斯斯坦的国界。吐尔尕特口岸是中国与吉尔吉斯斯坦的第二个口岸。透过这些口岸，就知道喀什对中国的重要，作为中国最西端的城市和地区，它被称为中西交汇的枢纽和门户，南疆重镇。

喀什古称疏勒，东边是茫茫的塔克拉玛干大沙漠，西部与塔吉克斯坦相连，西南是阿富汗、巴基斯坦，邻近国家还有吉尔吉斯斯坦、乌兹别克斯坦和印度。它是新疆唯一的中国历史文化名城，中国内陆第一个经济特区。

在喀什，我们听到最多的名字是喀什噶尔——这就是喀什的全称。至于代表什么意思，有说"各色砖房"的，有说"玉石集中之地"的，还有"初创"之意。另有一说是"绿色的琉璃瓦屋"。在古代西域三十六国中，它是疏勒、蒲犁、莎车、依耐、乌禾宅、西夜等6国大部分的地方。

喀什因为这几年出现的恐暴活动让内地人少去了。但喀什朋友严肃地对我们说，喀什是安全的，某种程度上安全胜过内地的许多地方。

我们此行约8600公里的丝绸之路之旅结束在喀什的夜晚。这使我们想逛一下喀什老城的愿望落空了。我只能在这里遗憾地写几句资料上的老城。同行的作家徐剑在车上对着暮色中的老城说，不止这些，高台古民居为什么破坏了？其实叫石头城的高台古民居没有破坏，与老城区只隔一条街。

我们经过的老城已经整旧如旧，老城的改造十分成功，政府花了10亿元。高台古民居同样在进行改造。听喀什朋友介绍，这个原称疏勒的老城，已有两千多年的历史。西汉张骞所记载的古疏勒，就是我们经过的盘橐城所在地，也叫艾斯克赛尔古城。2平方公里的老城，在一片高地上，这使我想起在土耳其伊斯坦布尔看到的高地上密密麻麻的建筑，何其相似。因为土耳其人与喀什的维吾尔族人有亲缘关系。这里住着2.3万人，两三百条巷道纵横交错，曲径通幽。极具维吾尔族族情调，但也显得破旧。我们经过了老城，感受到了那密集纵深的街道的历史情调和新鲜市声，看到那些卖葡萄瓜果的摊子，嬉戏的孩童和悠闲的老人。不过这只是匆匆的一瞥。

我们在天黑之后到达艾提尕尔清真寺。它是中国最大的清真寺，也是最古老的清真寺。始建于1442年，占地总面积为1.68万平方米，有正殿、外殿、教经堂、拱拜孜、宣礼塔等，但感觉并不宏伟，有些简朴，可能是在土耳其等地看到过太壮观的清真寺如蓝色清真寺。但是它的古建筑群却很庞大，有一种沧桑感。

我们在艾提尕尔广场散步，没有进入这个古老的清真寺。据说艾提尕尔清真寺内的礼拜殿特别大，设在寺院西端的大院落内。分为内、外殿和殿堂入口三部分，有1米多高的台基。南北总长140米，东西进深19米。如此大型的礼拜殿，国内没有，国外罕见。而外殿的140根高达7米的绿色雕花木柱呈网格状排列，听说气势恢宏，壮丽雄浑。那是一定的。

　　有趣的是，我们在大街上看到了几拨结婚娶亲的车队。当地人都是晚上娶亲，晚宴后载歌载舞。车队前是一个小货车，几个吹打的老者在前奏乐，音乐是西域的。

　　整座城市都是西域的。

　　喀什的夜色太美了，它有密集的灯火中的老城，但更多的高楼大厦在崛起。它的喀什唐城古文化商业街的夜市，东湖边的栈桥和水中摇曳的霓虹。那些在晚风中品尝烧烤和咖啡的人们，那些坐在草地上聊天的人们，汉族人和维吾尔族人，各得其乐，享受这夜晚的清静美好。

　　在我带回的喀什文史资料中，有一篇《喀什噶尔，孕育民族的地方》，说到喀什噶尔就是维吾尔族人的摇篮，但维吾尔民族又是多民族数千年融合的一个民族。喀什噶尔也是中国伊斯兰教的发祥地，当然也是维吾尔族人的圣城。

　　因为匆匆来去，回到内地，感觉我并未去过喀什一样。如此丰富的喀什，我怎么只有夜晚隔着厚厚的夜色与你相见？

　　我会再来的，喀什和南疆，因为你实在太迷人了。

甘孜印象

甘孜是康巴藏区的甘孜，甘孜是包括了蜀山之王、世上最难攀登的雪山贡嘎山和海螺沟冰川的甘孜，是有着康定情歌和跑马溜溜的山上的甘孜，是有着茶马古道、泸定桥，有着丹巴古碉、丹巴美人谷和被称为中国最美村寨甲居藏寨的甘孜，是有着德格印经院、有着川藏线上最高公路雀儿山口的甘孜，是有着"香格里拉之魂"——稻城亚丁、有着新路海的甘孜。在这片广大的、人烟稀少的高原上，有许多令我们惊奇的事情，比如德格县城只有7000人口，县城海拔在3000米以上。若在湖北神农架，海拔3000米的地方只长草，不会长庄稼，也不会长树。可这儿的庄稼、树木都长得相当好。阳光灿烂，人们的脸晒得红红的，花朵开得艳艳的。最让我惊奇的是这儿各县的藏居，虽各有不同，但色彩都十分艳丽，在道孚的藏居，我看到的是比故宫还豪华的装饰图案，让人如进宫殿中，可这是一般的民居啊，难以置信。而且一般农家都会种上几盆盛开的鲜花，仿佛来到了欧洲。在内地，这样的乡村景色是完全没有的。

　　翻过了二郎山，一进入甘孜，就会看到那属于藏区的各种东西：

　　一是沿路的山壁上，只要稍微平坦的地方，都刻有那永远亲切的、藏文的六字真言：唵嘛呢叭咪吽。这是一种祝福。我在跑马山上，看到树上挂着、石头上喷着彩色的六字真言；在新路海的岸边，看到一块块巨石上，都刻上了六字真言。而公路边可以到处见到那放置的、年代久远的玛尼石，和一些树边的玛尼石堆。这些雕刻的石头，就是对神的敬奉。我在往德格的途中，看到一面山坡上刻着这六个大字，它的下面就是村庄，家家户户的经幡杆和小白塔（神坛）。在这种宗教氛围的笼罩下，人们的心是不会烦热、躁动和妄想的。

　　二是到处飘扬的五彩经幡，又叫风马经幡。在高原，就是风马经幡的世界。风马经幡又称为风马旗，而藏语译音为"龙达"。龙达用一块版分别印在白、黄、红、蓝、绿单色布面上，按顺序一组组、一排排系挂在树枝或牵引在绳索上。龙达所象征的意义十分广泛深沉，白色为人纯洁的心灵，黄色为大地，红色为火焰，蓝色为天空，绿色为江河。它们代表着太阳、土地、天空、水和生命。在藏民族的思想观念里，"龙"和"达"都代表着最快的速度，因此竖挂龙达的内涵是祈求好运撒向人间。所谓风马，就是献给山神的战马。风马上用藏文组成花边，或是吉祥八宝图案的花边。所谓八宝，就是藏民常戴的饰物海螺、珊瑚、砗磲、如意。那在高原的劲风中吹动的风马，据说每吹动一次，就是献给了山神一匹战马，战马越来越多，而献战马的人，吉祥就越来越多。各种颜色的风马，消解他们各种各样的困厄，各种各样的烦恼。每一家的屋前，都竖有一根经幡杆，杉木，这是献给山神的箭。这里的各式经幡，布满在每一个角落，有的一整座山上都飘扬着它们，有的将它们牵成一座宝塔状，有的经幡横跨在两山之间，像一道巨大的彩虹，蔚为壮观。当然，在海拔4000千米多的折多山口和海拔5000多米的雀儿山口，有更多这种经幡，我也在它们的旁边留了影。那些经幡就是来往人们对平安的祈祷和祝福啊。

三是牦牛。那天早上，我们翻过4000多米的折多山口之后，我就看到了大群的牦牛。这些牦牛比内地的牛个头小，毛是黑的，毛长，尾巴拖地。它们站在早晨的阳光里，一动不动，仿佛雕塑。那是在晒太阳，因为高原上寒冷，它们的生活中晒太阳比吃草更重要。这些牛啊，跟这里的人一样，如此安静，淡定，仿佛它们也沾染了佛性，灵魂已经涅槃。抬起头，在更高的山上，一群一群的牦牛，多得不可胜数，给人的感觉，这片高原的主人，不是人，而是那密密麻麻的牦牛。而过去史书上把这片高原藏区的人称为牦牛族。听当地人说，藏民一般是不杀牦牛也不出售的，牦牛老了，可能出售和杀掉，一头牦牛可卖一千多元。每家有百十头牦牛的不算稀奇，这些牦牛是他们的生活保障，应该还是卖掉和杀掉的。因此，这里虽地处偏远，可从藏民非常漂亮的房子和女人们身上的服饰、配饰（包括绿松石、银饰）、男人们手上的大金戒、金项链来看，比内地富裕得多，也悠闲得多。

　　甘孜藏区被称为高寒草原。也许是因为它的高海拔，自从第一天见到贡嘎山之后，那雪山的影子就跟着我们了。一个星期，在甘孜的流连，抬头或回头就能见到连绵的雪山。因为在贡嘎山周围，6000米以上的雪山就有20多座，5000米的达120座。其中最著名的有中山峰、爱德嘉峰、热德卖峰、蛇海子峰、白海子峰等。还有亚拉雪山，意为东方白牦牛山，是《格萨尔王传》记载的四大神山之一。还有折多山、鸡丑山——藏语叫央迈勇、降白央，被称为"香格里拉之魂""世界最美丽的山峰"。无论是在德格，还是在甘孜、丹巴、道孚、炉霍，雪山与我们如影随形。岂止在甘孜地区，据说就是在遥远的峨眉山顶，也可以远眺到贡嘎山那洁白高大的雄姿。在甘孜县，我们在参观了甘孜寺后，走出来，但见远处一排锯齿形雪山，亮晶晶地横亘在我们眼际。在跑马山上，俯瞰着康定城，山风呼号，但远方一座叫不出名字的雪山在阳光下闪射着水晶和玻璃般的光芒，一下子把康定和跑马山照亮了。特别在翻过雀儿山口时，我们就在雪山之中。雀儿山也是一组群峰，可以看见白雪在那破碎山体中的层次，也可以感受雪所带来的温润。因山体破碎，多天没下雨，道路尘土飞扬，未积雪的山呈现出干硬的铁红色，甚至正在崩溃，衣衫褴褛。而在高处，白雪皑皑，山形极美，雪就像是一件白毡袍，覆盖了那寸草不生的大山。如果不是雪，这些山松散、光秃，荒凉如外星球，当地人是不会给它们赋予什么神性的。可见雪那纤毫不染的质地，那种凝聚的力量，与天空互美，将万物照亮的情怀，是其他东西不可比拟的。不过山体如此破碎，雪山似乎还在生长，或者山体还将改变无数次。这种不确定性，这种高不可攀的破裂，会让人望而生畏，感到它还处于一种未命名的状态。这样的神性是十分原始的，那雪山仿佛透出一种难以捉摸的神秘，它的诡异和随意，有着一股我行我素的执拗和威严。可能这就是人们敬畏它的道理吧。

　　这块高寒地区的海子，也是令我沉醉的。我所见到的最美的海子就是德格的新路海，又叫玉隆拉措，是个冰蚀湖。新路海是当年解放军修路时命的这个名。玉隆拉措的意思是：珠牡倾心的湖。相传格萨尔王的王妃珠牡看见这个海子后就爱上了它，不想再走了。这个海子在雪山之下，四周雪松云杉森林郁郁葱葱，湖边到处是巨大的漂砾石，石上刻满了巨大的六字真言。湖水是碧绿碧绿的，德格的同志说这颜色不好，若五月来，湖水的颜色是碧蓝的。可我认为，这十月间的水够漂亮的了。山坡上，小叶杜鹃一丛一丛，还有一些叫不出名字的红色、黄色的灌丛，像一队队仙人站立，这真是神仙住的地方啊！这个海子水深达60多米，鱼特别多，因为藏民是不吃鱼的，所以鱼在湖里自由自在地生活，听说鱼长到百十斤不稀奇。那一天有风浪，所以没见着鱼，当地人说，平常只要你拿矿泉水瓶子敲敲，鱼就过来了，是找人讨吃的。湖是神湖，过去的土司根据海水的颜色预测年成，然后指挥种地，这中间必有许多神奇的故事。而且还听说这周围几十里方圆的几个海子是相通的，三个大海子，分别代表天堂、人间、地狱。有一年新路海淹死了一头牦牛，牛的尸体却在另一个海子里漂起来了。玉隆拉措的确是一个一见倾心的湖。

康巴藏族的服饰各个县都有不同，所戴的帽子也完全不同。康巴汉子是有名的壮汉，服饰威武雄壮，单挂镶有宝石的耳环，八字须，盘独辫，腰间有嘎乌、火链，还有一把横别于腰际的长刀，那刀精美可爱。德格宣传部的一位老兄，我下过他的腰刀，摸过刃口，爱不释手。不过让我喜欢的最是嘉绒的服饰，特别是嘉绒女子的服饰，包括她们美不胜收的帽子。在康巴藏区，她们的服饰绝对地鹤立鸡群，让人赏心悦目。这种服饰完全不同于其他藏区的服饰，崇黑红绒，长衫右开襟，扣襻，统腰，左右开叉，甚是时尚，永远时尚。当地称为缁衣，黑色头帕，黑色衬裙，加上丹巴地区出美人，美人穿上这种服装，风韵袅袅。我怎么看都不像是藏族的服饰，后才弄明白，这种衣服有着古羌族遗风。"丹巴美人谷"也有说法，说这里是古东女国国都，而且这些美女是西夏皇室的后裔，所以气质高雅，美丽无比。传说归传说，但丹巴出美人已是不争的事实。不过我亲临其境，看到的那里的水好，河中水流充沛，全是从森林中流出，植被极佳，且比其他地方海拔低。湖北人用一个词"水色"来形容女人，女人与水是密不可分的，水好女人就好。

甘孜的藏族民居，是我见过的中国最美的民居，没有破旧房，很怪，所有房子都漆光闪闪，木质也好，砖石也好，永远色彩鲜丽，朝气蓬勃，青春年少。我说最漂亮的还是道孚、炉霍和德格民居，全是木头，或下部是干打垒，楼上是木头。但全部是木头的也不少。这种建筑叫"崩空"，"崩"意为"木头架起来"，"空"为"房子"。崩空就像我们看到的一种类似酒吧或是时尚餐饮的艺术造型房子，可它们分明是老百姓的普通住屋。斗拱结构，朱红色抹墙，精美绝伦的屋檐、窗户和大门是藏式图案——在我们经过的八美和马尼干戈小镇为最美，仿佛整个小镇是一个艺术品。而二楼女儿墙上，种满各种花草，高原上阳光灿烂，花开四季，永不凋谢。若是楼下墙壁为干打垒，则刷成白色。这个民族对生活的热爱，他们的浪漫气质，他们的艺术品位，他们的色彩感，是我们望尘莫及的。也许我们汉民族是退化了，过去我们的民居也是风情万种，美妙绝伦的。而民居最奇特的是丹巴，这里和民居紧连的是一座座古碉，被称为"千碉之国"。在丹巴，梭坡村的古碉群最壮观，它们呈褐色和褚色屹立在山谷之中，高耸入云。碉下大上小，四角、五角至十三角都有。这些碉堡起什么作用？解释五花八门。因年代久远，有说是打仗用的，有说是风水标志，称烽火碉、要隘碉、界碉、战碉。这些碉建一座可能要比建十座房子还困难，且在山间来建造这么高大的建筑，难度可想而知。而且这些碉堡不同于我们所见的笨重碉堡，它更像是一座座纪念碑，把这个民族的英武之气托于云端。我在想，这真正是一种炫耀，实际作用不大。"梭坡"藏语含义为"蒙古人"，这里原是元代蒙军大将驻防之地，他们的子弟留在了这里，也渐渐藏化了。在丹巴嘉绒地区的民居却是砖石结构的，少许木头，但也非常漂亮，平顶，四个尖角向上，比起那纯木头的建筑，显然要节约（木头建筑是对大自然的疯狂掠夺）。正是这样的建筑，那儿的甲居和中路两个村庄被评为中国最美村寨，如童话和神话。

在结束这篇印象记的时候，我的耳畔又响起了那美丽动听的藏族民歌，那高原上开阔、宽广、苍凉、优美的旋律时时把我带入那难忘的行旅中。那儿的人民，不论男女老少，包括汉族干部，没有谁不会唱的，没有我们的卡拉OK的浮浅，都唱得异常投入，很有感染力，生怕亵渎了那歌那曲那表达的内容。最令我感动的是一首《洁白的仙鹤》，是五世达赖仓央嘉措写的情歌："洁白的仙鹤啊，阿呀勒，请把双翅借给我，洁白的仙鹤啊，请把双翅借给我，不飞遥远的地方，阿呀勒，到理塘转一转就飞回……"这首歌的歌词只可意会，不可解释。可你又能理解歌中所唱，似乎非常明晰，但又充满神秘和佛味。不论是男人唱还是女人唱，都是深情无限的。我第一次听就竟不住眼湿，以后每次听依然热泪盈眶。我看别人，也一样，眼睛里晶闪闪的。在甘孜，在任何地方，在餐桌上，在聊天时，在大街上，我都能听见他们的歌。我还能看见藏族孩子们的舞蹈。孩子们无比可爱，我们的车经过时，路上的孩子就会停下来给我们敬礼。还有在公路上向拉萨磕等身长头的朝圣者。那些蓝天、寺庙、雪山、高原上的花海和海子，都是令人感动的。我还记得我在道孚听到的一首《康巴人之歌》："啊塔拉塔拉德，在这片雪域祥瑞的土地上，居住着我们勤劳的康巴人，我们的先祖啊岭·格萨尔王曾在这里扬起战马震撼大地。在这片雪域祥瑞的土地上，康巴人建设着美好的家园。我们这个牦牛背上生长的民族永远向着太阳，向着太阳，高歌前进……"

甘孜，康巴的高原，真像一只洁白的仙鹤，她在我们的心上转一转就飞回了。我知道，对于甘孜，我们不过是匆匆的过客，在贡嘎山下的甘孜，它永远属于康巴人。可那高原上传来的歌声，从雪山上飘下的歌声，将永远是我心中最美的声音。

贡嘎山

　　为贡嘎山我已写了一首两百多行的长诗，歌颂她，并且凭吊那些死在登山途中的30多名来自世界各地的登山者——在贡嘎山下，有一片登山遇难者的墓地。有法国人、美国人、韩国人、瑞士人、日本人。日本人最多。仅1981年至1994年间，就有4支日本登山队来此挑战贡嘎山，来了29名队员，回去了10名，另19名，长眠在了这座雪山底下。听说日本人尤其爱来贡嘎山。他们将富士山喻作母亲山，而将贡嘎山喻作父亲山。是什么道理，我不知道，但只知道，贡嘎山是世界最难攀登的山，比珠穆朗玛峰还难。1982年，有个日本人松田宏也在登贡嘎山途中失踪，19天后一个当地山民在冰舌处发现了他，此人竟还活过来了，但四肢都冻坏了，只好截肢。这个生命力无比顽强的日本人，现在成了老人，今年还重返了贡嘎山。1982年，此事轰动中国，本人还写过一首诗，但没有发表。

　　贡嘎山藏语的意思为"白色冰山"，可译为"最高的雪山"。但也有译为"至高无上"，我比较喜欢此名。这座山就是至高无上的。她是众神居住的地方。传说贡嘎山的三座山峰是被一世达赖根敦朱巴和五世达赖阿旺罗桑嘉措册封过的神山。这三座神山分别是文殊菩萨、观音菩萨和金刚手菩萨的化身。相传莲花生大师入藏传法时，他妻子益西措杰问他，藏地有何特殊的地方，值得你千里迢迢去传法。莲花生对她说，那里有四大名山，其中东方的贡嘎山有着"七政宝""八祥瑞"奇观，是神灵居住的地方。关于她的壮观有许多数字资料，比方说有10公里以上的冰川5条，最长的就是海螺沟冰川。但我在杂志上看到另一个资料称：贡嘎山有大小冰川110余条，海螺沟冰川达14.2公里，末端深入森林带就有6公里。就是在这本杂志上，我看到一个叫王建军的摄影家拍摄的贡嘎山全景，大小雪山突兀而起，如凝固的波浪，充满了威严。一共有145座海拔5000米以上的雪山簇拥在贡嘎山主峰的周围。所谓"簇拥"，也许是一种错觉，所有这些雪山组成的气势本是靠高低参差，应是不分什么主次的，它们共同成为了这片雪域高原的神山。但是照片再怎么雄壮，也不如我初见她时的那种震撼，那一瞬间被击中的惊呆。

我们是晚上到达磨西镇的，这一天没有看到贡嘎山。磨西镇因为毛泽东在长征途中在此住过一晚，并召开过"磨西会议"而闻名。当然它也是茶马古道上的重要一站。它现在成了去海螺沟的目的地，大小宾馆林立。我们接受了甘孜州委宣传部敬献的哈达，吃过晚餐后便被带到"贡嘎神汤"温泉游泳。最寒冷的冰山和最温暖的温泉在这里神奇地共生。贡嘎山的温泉之多，令人称奇，有的温泉高达90摄氏度。说它是神汤，因为这里的温泉皆为罕见的高硅酸二氧化碳高温温泉，对人极有好处。

第二天一早前往海螺沟，沿途是卖野生猕猴桃的，这使人想到神农架，植被极其相像，因为纬度一样，都在那个神秘的北纬30度上（又是北纬30度！）。壮观啊，我是此生真正见到了原始森林，高大的云杉、峨眉冷杉、雪杉密密匝匝，每一根胸径可达一两米或更粗，高几十米，无人砍伐。它们的脚下，是一根根倒伏的朽木，青苔深厚，而树上的云雾草也就是松萝长如马尾，达一两米。神农架的松萝与它们比就太细小了。从这里可以想见40年前神农架未砍伐的模样。在甘孜，保留了这么一片森林，真是神佑！神农架可见的木兰、大杜鹃、铁桦、金钱枫、红豆杉、香杉、板栗，连香树在这里也处处可见。山呈直立状，人有憋气感。冰川地貌的沉积岩，结构松散，到处可见泥石流痕迹。一条叫蔡阳河的河流，水势汹涌丰沛，这是从贡嘎山冰川消融的水，清冽无比，河中的石头白闪闪的，完全是冰川雪水亿万年洗刷的结果。这河应该叫冰蚀河谷。

车往前驶时，突然有人喊："雪山！"大家不约而同朝前面车窗看去，一座通体洁白的雪山就如童话一样出现在眼际——那就是贡嘎山！我从来没看见过如此端庄、圣洁、庄严、高大、神秘的山，那就是雪峰，雪山，像是水晶堆砌的，真的叫亭亭玉立，与周围的山，周围的景色截然不同。车停了，大家争先恐后下去拍照，欢呼。我直直地望着那山，总以为是幻觉。任何人遭遇了这样的山，也不会无动于衷。

　　那山一直招引我们去海螺沟，就与她近了，更近了。我们坐上缆车，直扑贡嘎山的怀抱。一上缆车，脚下就是冰川。冰川并非纯白，而是黑乎乎的，带着破碎山体的碎石和灰土，裹挟而来。不知为何，这高原的山体都呈破碎状，仿佛都被严寒冻裂了。这冰川厚度估计达百米，冰缝极深，掉进去就爬不出来了。每年都有掉进冰缝的旅游者，也听说过有救起来的，但会被冻伤。整个冰川呈波浪形往下挤压，从山腰往下坠来——它被称为冰舌，好形象的名字！我看到，贡嘎山海螺沟的这条冰舌，如巨大的肿瘤，极其柔软肥厚贪婪地往沟谷里舔舐——这条冰舌恐怕有几十公里吧。用壮观、惊奇等字眼不足以形容。在它的上头，就是那更加壮观、高耸、巍峨的贡嘎山了。说她是神山，看她在雾霭之中蒸腾的景象，那一定会令你哑然。她的山体像一个神龟，也可能像一只巨兽，那巨大的冰舌就是这巨兽吐出的芯子。山顶可以看到一种飘飞的幻景：云旗。云旗在山顶上呈雾状。山顶之上，就是极碧蓝的天空。贡嘎山像一只矫健的巨兽迈上了苍穹，抢占了人们的视线，抢占了制高点。放眼望去，海螺沟两旁山上，是一片片葱绿的雪杉林，林中、岩石上，五色的风马经幡随风飘扬，更加增添了神山的神圣和庄严。到了海拔4000多米的观景台，这儿离那汹涌的、凝固的冰舌更近了，贡嘎山像一个半坐半躺的佛，在天空打盹，微闭双目，那冰舌就像她的被子——巨大的被子。一忽儿，云雾上来了，遮没了一切。过了一会儿，贡嘎山又出现了她的身影，仿佛是迷离的幻影，故意让我们恍惚的。定眼看时，她就像一座金字塔，尖锐的角峰，狭窄的山脊，就像一把残损的锋剑寒冽地横亘在天空之上。

她真的有诱惑性。对每一个人，对每一个心中有渴望的人，她会无声地召引你，让你向她走去。我就感到了那壮烈的、壮怀激烈的引诱，对于那么一种凭空出现，却又是拔地而起的白色，你没法拒绝，除非你的心已死亡。就是在那时，我决定写一首长诗，要献给这座雪山——蜀山之王。于是我在返回的车上写下了这样的话：

在最远的地方，我最巍峨。你曾经感动过许多人，还将感动许多人。那些登山死难者，死在这里是最好的选择。他们躺在雪山脚下，他们的灵魂每天都可以依着她，仰望她，有时候，会轻而易举地飞去，像一只鹰。这些死去的人，是伟大的灵魂。躯壳是无足轻重的，只有意念，凝聚在此，向山说：我爱你。这高不可攀的圣洁雪山，像高尚的人，像德行绝尘的人，像不可能。不可能的山，许多人向你攀登而去，却消失在你的怀抱里。太阳照着，风雪狂着，为什么向你走去，这是一个千古疑问。因为人们什么也不缺，在他们的生命中，只缺少一座雪山，而且高，而且在亲人们遗忘的地方。那些向这座山走来的人，要翻过崇山峻岭，又穿过茶马古道，要翻过高万丈的二郎山。如果不是有一种强烈的召唤，他们会向你走来吗？他们的内心肯定有一种声音，一个神的声音：你要向来世走去。那个来世没有丑恶，没有争斗，没有苦难和纷扰。贡嘎山就是来世，就是现世中的来世，今生中的天堂。因为你植根大地，人们可以很容易触摸到你圣洁诱人的来世的香巴拉，一寸一寸，一步一步到达心中的圣殿，也是现实中的圣殿。人们的心中都有一个神，可那个神是虚幻的，而贡嘎山雪峰，就是清晰的神，神就是她自己。她创造了她自己，在最高处，在最寂然的地方，在天空上，根却扎在我们生活的地方，我们如虫豕猪狗一样生活的地方。你想想，人们不会向她爬去吗？她的头颅在神居住的地方，她端坐在神的高度，可以企及，又不可以企及；可以抵达，又不可以抵达；可以相拥，又不可以相拥；可以倾诉，又不可以倾诉；可以托付，又不可以托付。总之，她是可以亲近，又不可以亲近的神灵……

　　回到家，除了把上面的"可以……又不可以……"写入诗中，其余没用。诗就是诗，诗更开阔和壮美，更让人神圣和肃穆。在写诗时，我引用了登山家马洛里的一句话。当人们问他为什么要登山时，他回答：因为山在那里。这像是一个佛偈。不过我认为这一句话还不足以表达那些登山者蜂拥向贡嘎山的内心冲动。他们的内心肯定比这更丰富，当然，或许更简单：就是登山。我在网上搜索到登山者们在贡嘎山腹部和山顶拍摄到的照片，那真是绝美的水晶世界。面对着那样的美景，你真的无法拒绝不去攀登。我们这些人，永远也不可能见到那样的美景了，因为我们是胆小鬼，是一些碌碌之人，只能写下一首诗和一篇这样杂乱的文字，来表达我们的感情，来纪念我们的一次邂逅。但是，就算是邂逅，也是刻骨铭心的。

香巴拉的稻城亚丁

信仰是空旷的静谧。这句不知出处的话也许是来自天空的梵音吧。去往三座神山的稻城亚丁，得非常辛苦遥远，不是在自家的隔壁。到稻城亚丁去，就必须去川西，那里是川、滇、藏交界的高原。为什么要去那儿？因为山在那儿。在川西的甘孜，我到过道孚、丹巴、炉霍、德格，翻越过海拔五千多米的雀儿山垭口。在德格，过了金沙江就是西藏。从康定开始，这里便是康巴藏区。折多河卷着湍急的河水从康定城中流过，吼声如雷。翻过四千多米的折多山，夜宿新都桥，就是五羊镇，我们中的许多人有了高原反应，呕吐，气喘，心跳加速，发烧。他们非常年轻，他们无法适应这儿仅仅海拔3300米的高原。夜晚，藏獒此起彼伏地狂叫，听说公路上轧死了一条狗，也许是出于对同伴的悲伤，还听说许多狗前去凭吊。这些年轻的作家为什么对这个感兴趣？是因为人在高原对生死十分敏感？此事加重了他们心里的恐慌。

我们将一路翻越海拔4000米的高尔寺、波瓦山，翻越海拔5000米的海子山，经过世界海拔最高的县城理塘——

那里是仓央嘉措的情人桑洁卓玛（一说达娃卓玛）的故乡，也是六世达赖——仓央嘉措的转世灵童、七世达赖格桑嘉措出生的地方。我们将向稻城亚丁而去，在海拔3750米的稻城夜宿，终点站是海拔4000多米的亚丁，被称为"蓝色星球上的最后一片净土""香格里拉之魂"。

没有氧气，氧气稀薄。神居住的地方如此荒凉寒冷。海子山，经幡飞舞，巨大的石块像蝗虫一样踞伏在茫茫山间，这全是冰川时代的漂砾。而这儿，死寂的山上，寸草不生，只有苔藓在石头上可怜地依附。大大小小的海子像是上苍的一汪汪眼泪，它们在雪原上闪着刺眼的光，搁弃在如此之高的寒冷地带。路上有泥泞，悬崖峭壁。有人哭泣，请送我回去，我要回去。大声乞求。是的，我们将一路向北，到达三座神山，到达洛绒牛场和卓玛拉措，牛奶海和五色海。我们的车无法中途折返。

晚上稻城的天空上缀满星星，它们在高寒的夜空闪烁。这些星星陌生，高远。县城也陌生，高远，仿佛并不由人类居住。呼吸困难，有人吸氧。有人整夜吸氧。有人站着睡觉，否则躺下噩梦连连。菩萨难道不保佑来这儿朝圣的人们，看着他们受难？谁让他们面色苍白，嘴唇发紫？唵嘛哩叭咪吽！唵嘛哩叭咪吽！唵嘛哩叭咪吽！我不停地默念着，祈祷着，面向夜空中的仙乃日、央迈勇和夏诺多吉——这就是那三座神山，它们影影绰绰，像在天外，不理不答。

我们要住在香格里拉镇，就是日瓦，那里海拔只有2000多米。导游告诉那些满脸痛苦，犹如在地狱里挣扎的众人。这些年轻的同行者，他们还没作好准备，就被稀里糊涂地送上了高原。他们的生活太过顺畅，不缺神祇，内心装不下如此庞大的雪山和高原。现在，他们无法接受高原的折磨。

我全然无任何"高反"，也许菩萨看到了我的虔诚。那些在图片中无数次相见的稻城亚丁，她的神山和圣湖，已经呈现在我们面前。我们往里走，在这片森林和峡谷里，这里的藏式房屋与新都桥、理塘有许多不同，与道孚、丹巴、德格、中甸的也不同。藏式民居一个县一种或多种风格。但都色彩艳丽，极富装饰味。也许他们真的有雅利安人的血统，像欧洲人一样热爱花草，家家的窗台上都摆着鲜花。稻城亚丁的藏式房子的窗户是黑色描框，全是石头垒制。但打出的石头棱角分明，像砖一样。不要水泥，用的是泥巴。黑色矮小的牦牛散布在草场上，天空飞着一群群秃鹫，山壁上、石头上刻着六字真言。

我们沿着俄初山的原始森林行进，苔藓浓厚，雪松上飘荡着长长的松萝，贡嘎河在身边喧嚣下山，水色碧绿。沿途是朝圣的人们垒的大大小小的玛尼堆，一块石头是一个心愿，风马经幡遮天蔽日，它们每一次飘动都是献给神的一匹战马。到处都是向神献祭和靠近的一往情深，受到菩萨的注视和抚摸是他们唯一的幸福与喜乐。

天色阴暗，天气寒冷。同行的人因为高反在此停歇，不再前行。右手，去往卓玛拉措（珍珠海）和仙乃日雪山。我们看到了半藏在冲古寺顶上的这尊海拔6032米的观音菩萨，她在云端高处，不露真容。但是她森严的白色，分外耀眼，与她脚下的石山、森林反差巨大，仿佛是从整个大地上脱颖而出的一块大羊脂玉。而汹涌的云旗——就是在山顶吹拂不去的云或者雪雾，拉成一面旗帜，飘荡在青空。在时隐时现之中，仙乃日雪山的确像一尊菩萨，一个身体微微后仰的安详大佛。她的四围的群山就如一朵巨大的莲花，那些簇拥着她的山都是菩萨。前面的山是金刚亥母，左边金字塔般的山峰是白渡母，右边是绿渡母。旁边众多雪峰是降香母和妙音仙女们。我无数次地在图片上认识了那座十分规则的三角形山，如此高大，人类都无法雕刻得这么精细规矩，跟埃及的金字塔一样巍峨壮观，但它却是自然的奇迹。我以为这就是仙乃日。我发誓，我此生一定要去往这个地方。我去过埃及的金字塔，金字塔象征太阳的光芒，沿着这个尖顶，就能通往太阳。我虽然不是虔诚的佛教徒，但我的内心尚缺少一座雪山和无数的雪山，缺少高原。它们的体积就是我所喜欢和渴望的，它们的高远是我所向往和追逐的。一切可以仰视的大自然，都值得你去走近。

但是我们先得去洛绒牛场，去央迈勇。从冲古寺坐车二十分钟，到达海拔4200米的洛绒牛场。央迈勇雪山就在我们面前。她的左边就是另一座神山夏诺多吉。央迈勇为文殊菩萨，夏诺多吉为金刚手菩萨。这两座雪山姿态完全不同。但高度却相等，同为5958米。洛绒牛场是一片高原草甸，这里是藏民的天然牧场，也许是因为天气太冷，这里有不多的牦牛。

央迈勇在前方的天空，它的造型非常奇特，山峰的轮廓锐利简洁，是所有我见到的山峰中最干净利落的，而她又这般庞大，却没有拖泥带水之处，似乎轻轻一跃就迈上了蓝天。她像一个巨大的笔架，但信佛的人会说，她极像一尊菩萨端坐在云端。是的，真像。那在云中一闪一现的央迈勇，名字豪气，她双手扶膝端坐，可她多么俏丽，多么淡定。就像一只白色的鹰欲振翅高飞。不管是否是菩萨，雪山就是最伟大的神祇，是天空中激动人心的存在。我坐在一个小海子边的草地上，草开始枯黄，但透出红色。远处的雪松林往高处爬去。在更高处，巉岩似铁，积雪在山顶晶莹闪光。吹着从雪山滚下的寒风，快要下雪的感觉。有人骑马要去往五色海和牛奶海，那儿更近地贴着央迈勇。去过的人说那儿道路难走，惊险万端。但那儿的海子像牛奶一样，森林更加茂密，飞瀑到处都是。因为海拔快到5000米，只有不多的转山的藏民。转一圈央迈勇要一整天……那我们就往回走吧，沿着卡斯峡谷和贡嘎河。这里的峡谷是天下最美的。

在海拔4000多米的峡谷里步行，这就是天界，念青贡嘎日松贡布。看看这里被菩萨护佑的雪山、瀑布、河流、峡谷、草甸，这是青念贡嘎日松贡布的天界吗？十月最美的季节，在最美的地方，你们忍受着头痛、心慌、缺氧，面色苍白，举步维艰，像大病一场。可是这是值得的，你会永远怀念和想念。山上一树树的红叶如火，草甸的草金黄如毡，河中的水清冽如玉，那些水草被碧绿的河水拖曳得红彤彤的。河岸上的树，雪松、冰杉、丽江铁杉、高山栎在平坦的山谷里，颜色鲜艳，火棘一丛丛燃烧在河边。泛着金色光芒的念青贡嘎日松贡布，色彩浓烈的神山，高高的白，呼呼的红，哗哗的碧。这里就是佛教典籍中的世界八大寒林之一的地狱谷，是人类肉身由凡界进入天堂的必经之路。我们要穿越十八层地狱，才能到达此地。藏民说：转三次这三座神山，就能消除屠杀八条人马的罪恶。转一次相当于念一亿嘛呢的功德。我们行走在天堂的门口。这条峡谷和河流的奇美，如果她们不是天堂，就再也没有比这更好的天堂了。

所以我理解同行者们的难受，你们还未走完十八层地狱，太过匆忙来到这高原之上的天堂。你们一路加紧体验和经受通往地狱的苦，所以你们才如此痛不欲生，生不如死。

在天堂行走的人没有高反。我们一行，兴高采烈地一直往下走。一会儿，我看到雪雾从央迈勇山顶滚滚而来，越过了洛绒牛场，向我们逼近。这是我在神农架得到的经验，不是雨雾，是雪雾。我催大家快走。不一会儿，雪就开始下了，越来越大，漫天飞舞，密集地向我们扑来。

这是一场突兀而至的风雪。我们欢呼，在雪中疾走。终于在半路上拦到车，我们返回冲古寺，身上的热量全部留在了卡斯峡谷——天堂般的地狱谷。

公元8世纪，藏传佛教的创始人莲花生大师为贡嘎日松贡布开光，然后将三座雄奇壮丽的雪山命名为观音、文殊、金刚手菩萨，为她们卓绝的美艳加持。但是谁又能为我们千辛万苦的朝圣加持？为我们遮挡风雪？

一个藏人，一生当中至少应去一次贡嘎日松贡布转山朝觐，而我们将要二进贡嘎日松贡布。

晚上在香格里拉镇上，听了半夜雨声。一早，推开窗，东方已经红了，天放晴了。我们整装出发，去往卓玛拉措和仙乃日。又是4200米的高度。

到达冲古寺，太阳出来了，一眼看到了露出尖顶的央迈勇。尖削的雪峰，像一把锐利的剑直指青空。多么利索，多么灵巧，你这有绝尘气质的雪山！所谓天下独秀，就是说的你吗？我在满天的朝霞中向央迈勇匍匐而拜，没有犹豫，头触到冰凉的大地，双手合十，我突然被一种叫壮美和圣洁的东西击中。无论我们经受过什么，我们的灵魂飘浮了多久，我们的心将在这一刻回归。这是诸佛之国，壮美的雪山，慈悲的天空，俯瞰着尘世苍凉的人群。我们来，就是仰望你的，就是要在你面前显示我们的渺小和卑微。我们吸取你暗中传递的能量，穿越崇山峻岭的羁绊，获得玉洁冰清的洗濯，在稀薄的空气里，在你不太亲切的召唤中，体会远方和高度的意义，获得圣者的智慧。生命在这里呈现出来的状态是那样直接，生或者死，高大或者卑琐。我不是为了信仰，只是为了能够亲近到这样卓绝的大自然。这些奔腾的气象，迈向苍穹的雪山，远离尘世的圣者，远方的香巴拉之魂。穿行天地间，星月揽入怀，这是何等的快意人生！

最为神奇的是，在我匍匐磕拜，心里默念六字真言时，央迈勇山腰遮蔽的云雾突然消散，整个巨大庄严的雪山完全露出了她震撼人心的身影。文殊菩萨显灵了。雪山无瑕的白和天空一尘不染的蓝，让矗立在前方的菩萨更具神性。

山是有灵的，一个人内心空旷和安静时，神会出现。山会与你对话交流。她会看着你，她看得到你，理解你。

我们走向卓玛拉措的山路。我们已经适应这高原的海拔。我们向更高的地方行走。一路的松鼠直往人身上蹦，漂亮的高山喜鹊也不避人。在藏区，人们是不杀生的，这些可爱的动物知道人们的慈悲。在邦普寺，我们也看到大量的松鼠和藏雪鸡，在寺里大摇大摆，觅食欢歌。

不到一个小时，卓玛拉措的倩影就出现了。我们来到了仙乃日雪山脚下，我们看到了雪山的全貌。看到她映在卓玛拉措梦幻的影子。我们的眼前，有坚硬的黑石山体，雪松、杜鹃、铁杉和冰杉的森林围绕在翡翠一样的湖边，红色的树，白色的山，都被这一汪湖水搂拥着，湖水的清澈只因是融雪之水。

卓玛是藏语"度姆"的音译，是"仙女"的意思。也有说是珍珠的意思。在仙乃日山下的草甸上，那些早来者用石子摆满了祝福的文字和图案，堆满了玛尼堆。这是藏民心中的圣湖。卓玛拉措，沿湖飘扬着密密麻麻的经幡，转山转湖的藏人，摇着手上的转经筒，默默地低头祷告。

这里一定是地球上最美的地方，这里一定是传说中香巴拉的国土，人间的仙境。我的那些同伴，我们不能说我们狼狈而归，我们虽然高反和晕车，但生命完好如初地回家。我们的心中装满了风雪和流水的响声，装满了神山和圣湖的身影。我们精神的空白和虚无处终于为她们所占领过。我们遭遇过那样的早晨，神迹犹现，我们曾在他人所不能及的地方痛哭和忍受，欢呼和歌吟，这难道不是满载而归吗？我听见在归途的汽车上，在遥远的高原上，你们用坚强的歌声轮番深情地唱着《那一世》：

"……那一瞬，我飞升成仙，不为长生，只为佑你平安喜乐；那一刻我升起了风马，不为乞福，只为守候你到来；那一日，垒起玛尼堆，不为修德，只为投下心湖石子；那一夜，我听了一宿梵唱，不为参悟，只为寻你的气息；那一天，闭目在经殿香雾中，蓦然听见，你颂经中的真言；那一月，我摇动所有经筒，不为超度，只为触摸你指尖；那一年，磕长头匍匐在山路，不为觐见，只为贴着你的温暖；那一世，转山转水转佛塔，不为修来世，只为途中相见……"

河西走廊行

一

河西走廊也叫甘肃走廊。意思是黄河以西的大通道吧。八月的太阳如此严酷，河西走廊更加干旱少雨。从车窗外望去，大漠漫漫，黄沙如云。祁连雪山连绵千里，它们是带来河西走廊生机的唯一神祇。所有的绿洲都是她的恩赐，是她滋润哺育的产物。

河西走廊在丝绸之路上，是一个通往新疆的要道。它东起乌鞘岭，西至玉门关，长约900公里。其中以武威、张掖、酒泉、嘉峪关最为有名。这里的雨水稀少，山上自然鲜见植被。但听当地的朋友说，这里的雨水一年比一年多。这真是件好事，这也证明，自然生态正在好转。

我们进入天祝藏族自治县后，就看到了远方乌鞘岭的雄姿，山势壮观，犬牙交错，在蓝天下呈青灰色。它是祁连山的一部分。祁连山在匈奴语里就是天山的意思，海拔3000多米。这里是青藏高原的余脉，也是青藏高原与黄土高原的交汇地。气势开始变得狂野辽阔，变得更加陌生。历史上的河西走廊是血写的历史，这里的每一步都是雄关险隘，枯骨成路，血水成河，烽烟四起，刀剑铮鸣，战马萧萧。想起玄奘去往西域，哪儿有路，只是一路寻着人与兽的白骨西行。前人的死亡就是路标。但是通往西域的世界是何等诱人！而且西来的匈奴觊觎这片雪水浇灌的土地，把握住了河西走廊，就可以进入中原大地。各种宗教在这儿搏斗，生存与文化在这儿绞杀。

武威古称凉州，想必是寒冷。凛冽的雪风一定吹凉过这位为此地命名人的心。"凉州词"就是悲凉凄婉的词牌。"凉州词"有王之涣的、王翰的。春风不度玉门关；古来征战几人回？还有薛逢的"黄河九曲今归汉，塞外纵横战血流"。

鸠摩罗什是我在河西走廊结识的第一个伟大的人。他在武威有着传奇的经历。这里有座寺庙就叫鸠摩罗什寺。这座寺庙较新，据寺内石碑《鸠摩罗什舌舍利塔修缮记》记载，这座寺庙建于公元4世纪，有1600年历史，舍利塔内供奉有鸠摩罗什的舌舍利。他圆寂荼毗后"薪灭形碎，唯舌不坏"。这位来自西域的、有印度血统的高僧，居我国四大佛经翻译家之首，比玄奘早二百多年翻译了《金刚经》，共翻译有74部、384卷。是大乘佛教在我国传播的重要高僧。根据般若类经而建立的大乘空宗经典，是中国佛教八大宗派理论的源头。因为他精通汉语，所以其翻译文辞优美，韵律铿锵，1000多年来沿袭至今并影响了我国的哲学和语言，特别是宗教和文化生活。鸠摩罗什本来生在当时西域三十六国中的龟兹（今新疆库车），是被秦大将吕光攻破龟兹时掳来，押往凉州。鸠摩罗什在凉州羁留了17年。后去了长安，奉为国师。公元4世纪，佛教虽在印度衰败，却是在我国兴盛的时代。丝绸之路上重要的敦煌石窟也在这个时代开掘。

目前赵朴初题写寺名的鸠摩罗什寺，有雄伟的大雄宝殿和舍利塔，还有关于鸠摩罗什的纪念馆，我们未能看到舍舍利，有部分的建筑尚在修复中，寺内显得有些杂乱，一些年老的和尚坐在门口闲聊，这里因游客稀少，没有商业气息。但作为如此伟大的高僧，他在这儿未免寂寞了点儿。乌云密布，小雨淅沥。想到鸠摩罗什在此地的羁留，遥远的龟兹家乡是如何让他想念？同样，玄奘大师也因为他的高僧身份，多次在这条西行的路上被人截住，只得以死相逼。也因为人们对佛教的顶礼。当时的佛教有着它的神奇性，在大漠戈壁中严酷的生存与战斗，前途叵测，生死无定。他们从佛教中看到了一股神秘的力量。截留在西域活动、谙熟各国地理、文化、语言、习俗的高僧不仅仅是讲经，他们还是那些小国和部落首领的军事和政治顾问。

想想那些在凉州戍边的将士，怀着怎样的以身许国之心，在此与匈奴抗击，征蓬出塞，月黑风恶，羽檄交驰，车毂相错。寒日映戈戟，阴云摇旆旌。

武威雷台汉墓的主人至今是个谜，据出土马俑胸前的铭文记载，此汉墓系"守张掖长张君"之墓，约在公元186—219年之间。有说是破羌将军、武威太守张江；有说是度辽将军、护匈奴中郎将、武威太守张奂；有说是张奂的小儿子张猛。还有说是宣威侯、破羌将军张绣或汉阳（今甘肃天水）太守张贡，以及是前凉国王张骏等等。但他总是守护张掖的将军。

确定主人是个武士，有许多证据。首先看看出土的大型陶楼院，国家一级文物，既有瞭望、防御、进攻的中楼，又有习武、生活的庭院，还有主人的起居室。羊舍、鸡舍。里面摆放着栩栩如生的陶牛、陶马、陶狗、陶鸭、陶鸡、陶鹅等物品。我们进入墓室，在一侧耳墓里有复制的一排排战车和铜马。主人是如何来到这里征战戍边的？不得而知，但另一尊名满世界的马踏飞燕"铜奔马"，则将墓主人的胸中雄风托于天马的云蹄和飞燕的双翼。

这个天下无双，一出土就注定震惊世人的铜奔马，它出现在中国有关旅游的各种宣传之地，抬头就能见到。它就是中国旅游的标志，而它的巨大雕塑出现在某地，就代表了这个地方是国内优秀旅游城市。

它就是天马，就是传说中的汗血宝马，大宛马，西极马。这匹天马昂首扬尾，三足腾空，右后足踏于一只传说中的风神——龙雀的背上，健壮潇洒，驭风而行，精骛八极，气贯长虹，犹能闻鼓角连天，马鸣风萧。

雷台汉墓是一个象征，对于我这个来自遥远内地的人来说，在如此恶劣的边塞，一个人最后长眠于此，他是否心有不甘？这朔漠的荒风冷月，纵有奔马陪葬，陶楼相伴，灵魂中的豪气也被时光的风尘最后吞掳而去，仿佛那个时代并没有存在一样。在这位张姓将军的墓前，高耸的铜奔马和坑内放大的39匹铜马、14辆战车，在低垂的浓云下，显得如此悲壮肃穆，也显得如此落寞清冷。但这块汉室用无数生命换来的土地，丝路上的美景和传说，终将存活在我们的现实生活里。

二

去山丹的军马场路途颠簸难行。也是我们去张掖的前站。

山丹军马场的闻名，也是缘于它所饲养的天马，它悠久的军马放养的历史。去往祁连山冷龙岭北麓的大马营草原是多么遥远，我们的车一直沿着赭红色的焉支山而行。一望无际的草原、湿地，以及草原上挺立的明清时代的烽燧，更加增添了这里悠悠历史的纵深感。这里的面积是329.54万亩。曾经造就过骁勇的哥萨克骑兵的原苏联顿河马场解体后，山丹军马场成为世界第一。它太大，远远望去，各个山坡上吃草的马群，就像蚁阵，那么多，想象一下万马奔腾的情景，那当是多么地壮观。当地朋友介绍说它横跨甘肃、青海二省，而且这里早在公元前121年就是军马场，是由西汉骠骑将军霍去病始创，距今有2100多年的历史。《资志通鉴·汉记十一》载："（元狩二年）霍去病为骠骑将军，过焉支山千余里"，打败匈奴后，在这片祁连山和焉支山之间的广袤大草原上，屯兵养马。尔后自魏晋至隋唐，大马营草原一直是很重要的牧马场所，在盛唐时期曾养马7万匹以上。这些雄壮的大宛马、天马、西极马，曾经挟带着汉朝和唐朝的威风，征战和驰骋在包括今阿富汗、印度、哈萨克斯坦、吉尔吉斯斯坦、乌兹别克斯坦的部分地区。西域三十六国的疆域是这些天马踏出来的。我们看到在河西走廊和新疆多地出土的铜的和陶的马，马头，神态何其自信刚毅，姿态何其优雅矫健。

山丹马场是丝路之上的一颗少见的绿宝石。旷野奔马，祁连雄踞。此刻雨在下，道路泥泞。我们在有一大群马匹的地方停下来。天空铅云低垂，焉支山雾气弥漫，景色壮阔悲壮，有出征前的阵势。这里的天空和大地因为滋养过无数时代的战马和将士，有一股莫名的英雄之气，场景动人心魄。焉支山如血染过，瑰奇惊艳，为丹霞地貌，又名胭脂山。路边安详吃草的马匹，如我在新疆昭苏看到的天马一样，一律火栗色，健壮迷人。有的吃草，用尾巴拍打虻蚊，有的在互相摩挲，有的母子在抚爱玩耍。走近身材高大的它们，虽然英气逼人，但也有几分胆怯，会打着响鼻离开你，退着步子和你逗趣。这些英雄的子孙，它们在八月青翠的草场上悠闲自在，战尘远去，它们的任务就是繁育后代，保持英雄的血统，颐养天年。

从张骞出使西域两次被匈奴所掳，两次逃脱，也无论是霍去病也好，卫青也好，张骞也好，班超也好，鸠摩罗什也好，玄奘也好，这条不确定的丝绸之路，几乎是与死亡和未知为伴的，是拿生命作赌注的。无数死去的骆驼、战马，醉卧沙场、战死异乡的将士，无数经书、无数苍凉辽阔的诗，倾圮倒塌的城墙，废弃的城市、村庄和寺庙，兴起的绿洲和干涸的河道，都是这条路上生死相搏后出现的景象，是生命曾经走过的痕迹与梦想。

自骠骑将军霍去病多次讨伐匈奴，才占有了河西走廊这片富饶的地区，也才有了这片宽阔无边的草原和马场。

三

进入了塞上江南的金张掖，"张国臂掖（腋），以通西域"，据说是汉武帝赐名。张掖在河西走廊的中部，历史上又称甘州。"对潇潇暮雨洒江天，一番洗清秋"。就是"八声甘州"词牌中最著名的词。张掖是丝绸之路的重要通道。西汉汉武帝时张骞首次开拓丝绸之路，的确是冒险的"凿空之旅"。但此后汉朝多次派出使节出使西域，汉武帝时期最远的汉使到了犁轩（今埃及亚利山大港）。罗马人征服叙利亚和埃及后，通过安息帝国、贵霜帝国和阿克苏姆帝国获得从丝绸之路上传来的中国丝绸，故知道了神秘的东方古国中国。西汉末年，丝绸之路一度断绝，但东汉的班超仅带36名吏士，征服西域三十六国大部归汉，又重新打通隔绝58年的西域。张开臂腋简直是一种深入虎穴的冒险。在班超的故事中，全是那种让人难以置信的经历，仿佛他像神一样的，在西域的万里黄沙间，指点江山，如履平地，帮助那些小国摆脱匈奴的统治。也许当时的汉朝太过强大自信，才让班超们大展抱负，大显身手。

我们在张掖的停留很匆忙，最先进入大佛寺。大佛寺被当地人宣传是西夏国的国寺——皇家寺庙。事实如此。张掖曾是神秘消失的古西夏国的陪都。这个西夏国，在大西北存在了仅一百多年，就被灭了。它的文字至今未有人能解，关于这个短暂辉煌的国家有太多的传说。张掖是西夏国唐兀忒省的省会，即后来元代甘肃行省的前身，西夏在张掖驻有甘肃军司，甘肃省名最早由来于此。西夏的疆域当时多大？它"东尽黄河，西界玉门，南接萧关，北控大漠，地方万余里"，曾经横跨现今的宁夏、甘肃、青海、陕西、内蒙古，国势最强盛之际，到了青海的西宁、新疆的哈密。它灭亡了，忽必烈却在此诞生。

大佛寺是国内最大木质卧佛和安放卧佛的大殿，木质陈旧，也未刷一层油漆，任其风化于时间中，一件名副其实的庞大古物。好在这儿空气干燥，风化速度缓慢，依然保持了它惊心动魄的宏伟的陈旧感。在这戈壁深处，是在哪儿找到如此大的树木，来雕塑这样的菩萨？从祁连山腹中运来，那也要相当的想象力。释迦牟尼佛睁着一双大眼安睡在大殿正中高1.2米的佛坛之上，佛身长34.5米，肩宽7.5米，耳朵约4米，脚长5.2米。大佛的一根指头就能平躺一个人，耳朵上能容八个人并排而坐。在逼仄的大殿里，想拍照的人无法伸展他的镜头。你只能看到佛的一小部分。要么是头，要么是脚。如果不是西夏的皇家佛寺，谁有这个能力建造这等巨大的佛像？

当地人笃定地说，此寺是西夏皇太后梁氏常朝拜和居住之地，在此设道场，大作斋会。还有蒙古别吉太后也住在此，生下元世祖忽必烈。别吉太后死后，灵柩也停殡在大佛寺。还听说唐玄奘去西天取经也住过此寺，马可·波罗被吸引，在里面住了一年（一说两年）……过去的大佛寺不止这么大。它历尽劫波，在繁忙的丝绸之路上，是佛教东进的见证，也看到了为宗教和文化而战的各族英雄厮杀后怎样致佛教衰落，但又顽强生存。信仰的力量比其他力量更强大。古往今来有多少大德高僧曾在这里诵经坐禅弘法？可以想象，它成为张掖驿道上的各路名人招待所是成立的。它身份特殊，身世高贵，卧佛天下第一，在河西走廊无可比拟。到后来，有明英宗敕赐的《大明三藏圣教北藏经》，为金粉所书，还有乾隆爷送的一块匾"无上正觉"。寺里经幡飘扬，高耸的藏式土佛塔又似乎来到了藏传佛教之地。表明这儿曾是一个十分特别的地方。

当我踏进藏经阁，看到的那些堪比敦煌石窟的藏经，之丰富、浩瀚、珍贵，让人感慨。这里保存有唐宋以来的佛经6800余卷，其中那部明英宗敕赐的《大明三藏圣教北藏经》，为全国仅存的几部经书中最完整的一部，俗称为金经。保存如此完好的众多经书，与一位尼姑本觉有关。她当时住在藏经殿后部一间小屋里，谁也不知道她是守经卷人。有回忆说1937年，为防止日军轰炸及西北军阀马步芳部，大佛寺和尚将存放《大明三藏圣教北藏经》和其他经卷的经橱全部秘密用土坯砌在藏经殿后部柱间。藏经的秘密，仅有几人知晓。并由寺中住持，一任任传给最亲信的弟子。1952年，本觉尼姑住进藏经殿旁的小屋专门看护佛经，却对此守口如瓶。"文革"虽遭受批斗暴打，几近死亡，但对佛经不置一字，后靠乞讨度日。1972年打砸抢烧平息，然而一场大火将本觉小屋烧毁，她本人也葬身火海。但这也许是一种涅槃。在拆修这个废墟时，民工惊讶地发现了一道暗门，打开暗门，居然通入到藏经殿后部的暗道夹墙内，而这道夹墙从藏经殿正面殿堂一点也看不出来。夹墙里挤挤地排放着十个老式木制橱柜。打开橱柜，里面整整齐齐完好无损地码放着用黄色绸布包裹着的函装经卷。这就是《大明三藏圣教北藏经》。全部《大明三藏圣教北藏经》共包括《大方广佛华严经》《大般涅槃经》《金光明最胜王经》《大方便佛报恩经》和《大乘本生心地观经》5大部，总计1621部、6361卷。共计18万页，3000多万字。经文为楷书，字迹工整秀丽，木板雕印，印刷精美。每函经卷的卷首印刷有秀美的单线白描版画一帧，内容为曼陀罗、佛像画、说法图、经变画等。经卷画套及卷封用清一色的蓝绢包装或彩绢锦绣装帧。《大明三藏圣教北藏经》中，最为珍贵的部分是明正统六年（1441年），钦差王贵用泥金书写，绫锦装潢的600卷《大般若波罗蜜多经》。及清代顺治至康熙三年，书画名流用金、银粉书写的5部佛经。在《大般若波罗蜜多经》卷首的一幅0.2平方米的曼陀罗中，描绘有近百个人物，个个眉目清秀，衣饰飘洒，构图协调，布局对称。有部分五彩佛画，用金粉勾绘，石青、石绿、丹砂、朱红等着色，绚丽夺目。

那些陈旧的橱柜现在依然陪伴着我们，像突然出现的伟大的信仰。让智慧藏身在密室，这是战乱和浩劫的幸运者。但敦煌石窟的命运却让我们愤怒。一个湖北道士将一件件国宝贱卖，散落海外，换了小酒喝。

四

嘉峪关，丝绸之路上的要冲，欧亚大陆桥的明珠之城。但在1965年建市前，这儿还是一片沙漠。嘉峪关有一座城市吗？它不就是黄沙戈壁中的一座关隘吗？走出这里，包括玉门关、阳关，就是更远的西域了。

但是嘉峪关市却是一座无法想象也想不到的城市，它美丽、整洁，为了在戈壁上存活，这个城市发挥了人类最大的想象力和创造力。一个年降雨量不到50毫米的地方，必须栽树。但没有土，也没有水。水就滴灌吧，土是从外地买来的，挖个坑，垫上土，栽上一棵树。每个市民都要缴纳树木栽种款，有工资的在工资中扣除。嘉峪关市的街道宽阔无比，在城市管理水平上国内一流。人行道上每一块地砖都是完整的，破了会换掉。绿树成荫，规划大气。讨赖河是这个城市唯一的地表河，但蒸发量太大，虽然是祁连山的雪水，到了市区，已奄奄一息。没有水的城市不能叫城市，但是这个城市却修了三个超大的人工湖，用来调节气候。特别是讨赖河的建设，将其一节节地拦截，形成浩荡的河水，在两岸建设公园，建筑群一个接一个，亭台楼阁，加上超大的喷泉。这里因为炎热，白天少行人，一到傍晚，全城人差不多都来到讨赖河两岸，赏喷泉散步，戈壁中湿润的气息扑面而来，夜色如此美丽，有如海市蜃楼一般。

晨起推开窗，祁连山雪峰巍峨云间，仿佛不是沙漠中的景物。在蓝天之下的白，一块块的白，依山势的白，就在天上。

嘉峪关的苍凉雄浑，比图片上见过的更要震撼。它配得上"天下第一雄关"的称号。它是明长城西端的第一重关，古代"丝绸之路"即是从此去往西域，是明代万里长城西端起点，自古为河西走廊第一隘口。看看它的庞大、坚固，看看它在大漠上的雄姿，真是浩然威仪，睥睨天下，用自己坚强厚实的胸脯为一个国家抵挡着一切。问题是，它能够抵御来自关外匈奴那疯狂剽悍的马蹄吗？事实上，嘉峪关不过600多年。更早的时候，在霍去病和班超的时代，可能也有简陋的关楼吧。史料《秦边纪略》这样说道："初有水而后置关，有关而后建楼，有楼而后筑长城，长城筑而后可守也。"应该有更古老的历史。在黄沙的尽头，在从祁连山连绵而来的长城边，嘉峪关土黄色的雄姿出现在我们眼前，像一匹咴咴嘶叫的战马。我们经过长长的坡道进入关口。关城有三重城郭，层层设防，它的内城、瓮城、罗城、城壕看起来是坚不可摧的，有多道机关。比如如果从城外冲进来，陡峭的坡道会让猝不及防的战马失蹄，撞墙而亡。各种射击的垛口，有相当精巧的观察工具，有保证士兵不被箭头射中的防护。瓮城就是如果敌人攻入，完全可以瓮中捉鳖。它有三座三层三檐歇山顶式高台楼阁建筑，有宽大的城壕和长城烽台组成威风凛凛的建筑群，让敌人胆寒。内城宽广，可以跑马，内藏十万兵力也不会拥挤。这里就是个小世界，小城市。为了让戍边的将士不感寂寞，关城内密密麻麻地设有游击将军府、官井、关帝庙、戏台和文昌阁。有关精神生活的，世俗生活的，全有。这些建筑非常精美，高大的城墙用砖，也用干打垒方式筑成，因为少雨水，虽经几百年驳蚀，依然完整，雄风犹在。站在关城的楼上，可以瞩望那祁连山浩渺的雪峰，如同蜃景梦幻一般，为国尽忠，碧血丹心的壮志情怀会油然而生。五里一燧，十里一墩，三十里一堡，百里一城。这样的气魄在静穆的雪山映衬下，何其浩荡！箭楼、敌楼、角楼、阁楼、闸楼，直矗青空。角楼和城堞上旌旗飘舞，阳光毒烈，仿佛是当年燃起的烽火，炙烤和烧灼着这关里抵抗与守卫的历史。黄沙就如浩瀚的史册，一切向我们袭来，让我们与历史的灼热感纠缠、熔化。让我们汗如雨下，心不能平。"马上望祁连，奇峰高插天。西走接嘉峪，凝素无青云。"明陈棐的诗就像嘉峪关和祁连山的壮美辽阔。明戴弁的"北上高楼接地荒，高原如掌思茫茫"，是此地此景此情的真实写照。清代裴景福的"长城高与白云齐，一蹬危楼万堞低"，对嘉峪关充满了莫名的敬畏，似乎是在写一个人类无法到达和生活的地方。

从嘉峪关到敦煌的路上，如果我们不是坐汽车，是打马上路，作为沉重的旅人，我们将如何书写和表达这一切？车即使在宽阔的柏油路上行走，心情依然充满了荒凉和伤感。没有一滴水，干枯的河床上，只有芨芨草稀疏地生长，还有一些废弃的土墩，是汉朝还是唐朝，是明朝还是清朝的长城遗址？还有一些死者的坟墓，它们只是一堆干燥的浮土，好像一阵风就要将它们抹平。是什么原因使他们长眠在这茫茫的戈壁之上？是那些远离家乡、战死沙场的士兵还是匈奴人？寸草不生的坟墓，他们的死亡如此苍凉。如果有一些葳蕤的青草，他们与大地融为一体，并且有一些大地的生物陪伴，有水和鸟声，有遮蔽，这该有多好！死亡无论怎么说也是一件羞耻的事，会让亲人伤心，让路人恐惧。但是戈壁滩上的死亡是随意扔弃的土堆。只有那些箭楼、那些烽燧，那些高入云端的长城，逶迤在祁连山下。历史只留下一些高大的骨头。

敦煌，又是一座漂亮得难以置信的城市，一块翠玉般的沙漠绿洲。在这里，人，终于顽强活过来了，纷繁的历史远去了。

敦煌在河西走廊的最西，与新疆的哈密相接。据说敦煌跟张掖一样，是汉武帝赐名。但事实是，在张骞打给汉武帝的"报告"中就出现了。"敦"是大的意思，来自匈奴语。

在陆地的丝绸之路上，从长安出发，必须经过玉门关和阳关，沿昆仑山北麓和天山南麓，分南北两条通道，南线出敦煌，去楼兰，越葱岭到达安息（今伊朗），再到古罗马。北线由敦煌经高昌、龟兹，越葱岭而至大宛（今哈萨克斯坦），后来又开辟出经敦煌到伊犁，至古罗马帝国。但无论怎样，敦煌都是必经之地，因此繁荣无比。在中西交通史上，它有个名称：咽喉锁钥。我看到内地许多地方都有这个称呼，但敦煌却是个真正的咽喉锁钥。欲去往新疆，只有这一条路。党河是敦煌唯一的河流，它也有许多泉水，所以农业比较发达。

我们在鸣沙山和月牙泉度过了一个干燥但凉爽的夜晚。风呼呼地将沙子往山顶上吹，这多么奇怪。沙子吹成的山脊像是刀切的，薄而流畅。有人吹落的帽子一个劲地往山上翻去，看着看着小了，看着看着翻过了山头，消失了。而月牙泉的水非常清亮，水边的芦苇在八月就抽穗，在风中狂野地摇曳，仿佛在呻吟和喊叫，一弯冷月高挂在蓝得像玻璃一样的天上，那些泉水边的亭台楼阁，娘娘殿、龙王宫、菩萨殿、药王洞、雷神台，被风沙踩蹄得露出木胎的建筑群，像是一些怀揣经书万卷的古代高僧，游弋在这大漠的夜晚。这儿离世界多远？风吹沙子的声音像是穿过深邃的时间，把一切往上拽，拽向青空，拽向虚无。

莫高窟没有我想象的雄伟。它几乎蜷缩在沙漠中，不是一座山，是一个沙漠中的高坎。但它叫山，叫三危山，前临一条干涸的河道，叫宕泉，多么美妙的名字。其实它在鸣沙山的东面断岩上，30米高，有的仅10多米，也就是沙漠的高处，因而叫漠（莫）高窟。凡圣地都要赋予它一个神奇的传说，莫高窟也不例外。说是一个云游的僧人叫乐僔，在公元366年路经此地，忽见山头金光闪耀，如现万佛，于是便驻足下来，开始在岩壁上开凿洞窟。这个传说在八月炎热的太阳中可以找到答案。一个在酷热沙漠中的跋涉远行者，一定口渴难耐，眼冒金星，四周毫无遮拦，他因为缺水而致幻觉。但宕泉当时一定水流丰沛，有了水，他可以在此定居。当时也应该有人烟。不然，他不可能以一己之力凿洞窟。他需要信徒的供养，他还要付钱，要请人，要大量的凿洞工具。如果是荒无人烟之处，这一切都是空话。当然，公元4世纪是佛教在中国的鼎盛时期，那些河西走廊和接近西域的游牧民族与部落笃信佛教，人们虔诚无比，在沙漠的荒凉之处兴建一个千佛之窟的热情想必是非常高的，加上一些权贵和商人的投入，一洞引来万洞开。那些跨越千年的佛像、壁画、经卷，成为了一个时代辉煌的见证。洞窟的美丽也不禁让人想到丝绸的绚丽，与这沙漠单调、凝重的色调完全不相符。而整个的风格，来自西域。看看那些飞天女神，她们的衣袂，她们的琵琶，她们出现的场景，仍旧鲜艳逼真的色彩，让人心驰神往。敦煌作为印度佛教东传的重要一站，这个被时间遗忘的莫高窟作为了顽强有力的佐证。

　　敦煌石窟存有500多个洞窟中保存有绘画、彩塑492个，按石窟建筑和功用分为中心柱窟（支提窟）、殿堂窟（中央佛坛窟）、覆斗顶型窟、大像窟、涅槃窟等各种形制，还有一些佛塔。窟型最大者高40余米、宽30米见方。最小者，可以忽略不计。据说，凿窟是凿窟的，窟凿好了，让有钱人来请画工画壁画、雕工雕菩萨。

在一个窟内，我们看到盛唐时期保存完整的雕塑，气度雍容华贵，又看到清朝时加塑的菩萨，简直面目狰狞，不像菩萨。导游解释说因为清朝的佛教衰落，人们不再虔诚。但也许是没请到好的凿工与画工吧。就这样了，不然，到了清代，不会让那个湖北的王道士把这几万件经卷贱卖给西方人。

为什么要由一个道士来管理佛教事务？这只能证明衰败的佛教已经连和尚都难找了。湖北麻城的王圆箓道士，逃荒到河西后加入戍边，退伍后无家可归，滞留在敦煌。据说他到敦煌石窟时，莫高窟分成几片，有一片叫下寺的荒凉破旧，无人管理，他就住下来管理守窟，每天清扫，混碗饭吃。但王道士住下后清理洞窟淤沙，修三清宫（俗称三层楼），还是做了些事。他雇请敦煌贫士杨果为文案，让其抄写道经，发售道教信众。后来"下寺"因道教香火盛了，朝山进香者络绎不绝，王道士便在今天编号的第16窟甬道内设案，接待香客，代写醮章，兼收布施，登记入账。"光绪二十六年（1900）初夏，杨某坐此窟甬道内，返身于北壁磕烟锅头，觉有空洞回音，疑有秘室，以告圆箓，于是年五月二十五日半夜相与破壁探察，发现积满写卷、印本、画幡、铜佛等的藏经洞。"

这些如山的经书共有五万多卷，包括公元三四世纪时的贝叶梵文佛典，用古突厥文、突厥文、藏文、西夏文等文字写成的佛经，是世界上最古老的手抄经文。出土的藏经中还有禅定传灯史的贵重资料，各种极具价值的地方志，摩尼教和景教的教义传史书等，被王道士断断续续卖掉了四万多卷。

　　国宝经卷不管什么原因流散于国外，已经被时间五马分尸。而当时王道士报告给官府后并未引起重视，不就是些庙里的经书嘛。有懂的，找王道士索要，求官，卖钱，中饱私囊。信仰崩滑的年代人们看重的是金钱，没有对宗教的敬畏。后来因为大部分被卖，1910年，风雨飘摇的清政府下令，把剩余的敦煌卷子全部运往北京保存。在运送的迢迢路途上，几乎每到一处都失窃一部分。听说"十年浩劫"中敦煌本地竟有一捆捆经卷在抄家时被抄了出来，这真是天下奇闻。

　　我曾在俄罗斯圣彼得堡的冬宫，看到过多幅收藏的敦煌壁画，色彩富丽堂皇，一如新饰。它们就是1914年至1915年，俄国奥登堡率考察队在敦煌和莫高窟，收购和窃掠走的第263窟的多块壁画。但我在敦煌看到的壁画都已经变黑，人的脸，几乎全是黑的，特别是西夏时期西夏人画的众多佛像。敦煌壁画的散失太令人心痛，中国的文化劫难太多。走在敦煌正午的烈日下，宕泉河没有了一滴水，河床裸露，像是死去了千年。热汗涔涔地放眼三危山四野，一片黄沙卷热烟，生命的迹象也难寻找。敦煌就蜷缩在这里吗？这就是赫赫有名的敦煌？它的出生如此低微，貌不惊人，蓬头垢面，弃于荒野，但它却惊艳了世界。我只能感叹文化到了一定的巅峰，纵然破落衰败，也难掩其辉煌炫目，绝俗容姿。虽然文物尽失，但石窟中的国宝依然琳琅满目。而且"敦煌学"成为了一门国际研究的热门显学，这也是不幸中的万幸吧。

从武山到猪槽峡

到武山的简易公路怕是神农架最险的路了，刚刚从悬崖上凿出来的路，似乎还冒着石头的热气，又没有护路礅，汽车就像一只蚂蚁，沿着一棵大树裂开的树皮纹路爬行。朝下看，万丈深渊，武山湖成了一线溪流，露出遥远的深蓝色。同行的是林区宣传部副部长，画家但汉民和汉民族神话史诗《黑暗传》的搜集整理者胡崇峻二兄。两位老兄是我在神农架挂职深入生活的引路人和同行者，三人气味相投，多次钻深山老林。在如此之险的公路上行走还属首次，不过但部长有句话很安慰人，说"他（司机）敢开，我就敢坐"。上了车，只管咱们谈笑风生，司机把你带到地狱还是天堂，那是他的事了，与咱们无关了。

武山有个月亮洞，这是我们此行的第一站。但车还未到月亮洞就陷进了淤泥——往前的一段正在修，却没有铺石子。我们只好下车，好在，转个弯就到了。公路到了尽头，抬眼望，一山洞穿，从洞里望去，可见蓝天。这就是月亮洞。月亮洞呈半圆形，如天空湛蓝，或夕阳西下，恰如半轮明月升起来，确实令人称奇。这洞坐落在深山的一个小山村中，山村地名叫九家刨，东面与新华乡的朝阳村毗邻，那儿奇峰林立，当地人叫菜园，说是那石林中生长一种石辣菜，打懒豆腐不错，村民常去那儿攀岩采摘。那石林有一石包面对月亮洞，似一头犀牛，二景合一，便成了犀牛望月。胡崇峻向我吟了一首清朝某人对此写的诗："山环水抱景尤奇，犀牛望月世间稀。最似玉兔穿洞过，金桂树下霓裳嬉。"

这里的确是神农架一景，公路也修到了此处，而且将要与新华乡的朝阳村连起来，但越过偌大的峡谷，怕至少得要两三年。我们正在观景的时候一个村民过来了，自称姓宋，老宋脸色不好，左手伤了，没有手掌，五个手指只有三个能动，而且挤在一堆。闲谈中才得知是在60年代炸了手，当时家人把他抬下山，在阳日镇动的手术，抬下山要一天，那个镇的小医院如何能将他的手指接活？老宋热情邀我们到他家去吃饭住宿，说帮他80岁的老母照一张相。于是我们就去了。

老宋家收拾得还算干净，青瓦楼房，挂了不少刚宰杀不久的腊肉，就可惜还没有通电。老宋的老婆为我们准备了丰盛的晚餐，少不了自酿的苞谷酒。吃饭的时候，有两个陪客，是在此修公路的包工头，鄂西人，与老宋家很熟，估计经常在这儿蹭饭。吃过饭之后大家围火塘而坐，其中的一个鄂西包工头就唱开了山歌。他的歌声征服了我。鄂西山歌与神农架山歌的腔调差不多，都如哭泣，丧歌一般，哪怕是情歌，也透出一种很压抑的、悄然的、哭诉似的味道，好像一个小媳妇在婆家半夜无处诉说，一个人饮泣的哼唱。可见，山区恶劣的生活环境已经渗透进它的山歌中，渗透进人们灵魂的内部。

第二天一早起来，阳光明媚，但空气里还是寒气袭人。我给老宋的老母亲照相时，哪知她死活不肯，好像在抱怨后人对她不孝。吃过早饭后，我们准备往中武当而去，这时该村一个姓李的前村长表示要送我们一程，送到往中武当山口没有岔路的地方，他说一路恶狗太多。神农架的恶狗我是领教过了，一次去桂竹园时，同行的但部长还被狗咬了一口。

虽是深冬，但山谷里有许多常绿植物，八角茴、鸦巴果、羊母奶、土榔和樟树，这些高大乔木或灌木的叶子，都像上了一层油似的，碧亮无比。金银子和红枝子挂满了红果，一嘟噜一嘟噜。小李给我们介绍中武当是仅次于武当山的道教圣地，可惜已毁，说中武当当年有24层金顶，当时站在山上，可以看到三个县城，一个保康县，一个房县，一个兴山。

在上了雪线之上后，我们爬了差不多两个小时，才爬上一个垭口，一抬头，就望见了中武当，但见一峰独起，直插云天。在向着龙溪村的一面，壁立万仞——当年在此修道观的人，真会选地方啊。这么高的山，听说还有一股泉水，完全可以满足道士和香客们的需要，但香客要爬上去一次该何等艰难，特别香客中以老年人居多，然而听说当年香火鼎盛得很。这地方在深山中的深山中，山下又非人烟稠密处，从阳日镇到此，要爬整整一天的山，古人的虔诚可见一斑！中武当听说是完全依武当山的建制修的，仅天井就有9个，建筑群是庞大的。当年建筑材料背上山又是如何之难，简直难以想象。然而30年代，一股从河南社旗县窜来的土匪，由保康进入神农架，匪首叫德楞泰，是满族人（又说是回族人），一路烧杀掳抢，坏事做尽，最后上了中武当。国民党开始围剿他们，在保康的马桥设了指挥部。但中武当太险，一夫当关，万夫莫开，于是官府在龙溪的山上架了两门迫击炮，对准中武当，将山上建筑一一轰塌，加上土匪焚烧，中武当就这么完了。官府俘虏了20多人，让他们饱餐一顿后，一一推下悬崖摔死。

我们绕过了中武当，因为听说上山要4个小时，天黑之前就下不来了。我们走往龙溪村必经的原始次森林，看到在中武当旁有一山峰，极像长髯关公，惟妙惟肖，如人工雕凿一般。我们谈着修复中武当道观的话题，都认为一定是一处让人惊叹的宗教旅游风景。

穿出森林，在一山嘴处，往下望去，突然见到了山谷对面群山环抱的龙溪村，一片在阳光下相对平缓的、错落有致的田畴、人家，给人的印象就如世外桃源，真是梦幻般的仙景！

晚上我们借宿在朱书记家，朱书记家相当干净，吃饭也讲究，因巧遇到新华与阳日的一些干部，大家挤了一大桌，新筷子、火锅，上菜上饭用红漆托盘。在村里，我们看到许多人家都有一种上釉的黄瓦，一堆一堆的，有的用它盖了牛栏、猪圈、厕所。一打听，才知是从中武当背下来的，正是过去道观的瓦，这些黄瓦也是百年之物，可惜未有人保护，被农民们都搬光了。

第二天在朱书记家吃了早饭，跟他家老老少少照了一些照片后，我们即启程经猪槽峡，步行去阳日。猪槽峡少说有30里长，据说上游往峡里还有很长，还有一个龙溪瀑布群，我们算无缘观赏了。猪槽峡，顾名思义，形如猪槽，有一段地方最形象，两山全为坚岩，千万年冲刷出一个槽子，宽不过10米，深却数百米，就像个猪食槽。这样的峡谷，世所罕见，三十里连绵无阙处，不见阳光，像入地府一般。山势各异，三步一景，五步一奇，山各不同，小景孤石时现，蓦然回首时，总有惊叹，且河水丰沛，吼声如雷，两岸有飞泉近百处，最绝的是峡中套峡，峡上有峡，峡里藏峡，有许多人不能走的一线天——那些小峡谷究竟有多深，尚无人知。

路在半山腰依峡而去，宽不过一二尺，有的地方就用一根树木搭着，底下是深渊，行人过时够难了，若背上背篓，如何能过？在路上行走，得时时小心，一疏忽便会坠下深谷中去。峡谷两边的峭壁，时凹时凸，气势森然，不可名状，头顶怪石欲崩，奇树狰狞，也时而有幽秀之处，百鸟齐鸣，花栎、野板栗、苦桃、橡树、松、枫、桦，大叶青冈，小叶青冈，还有大量灌丛如山楂、盐肤木、麻糖果等，荫翳密匝，红黄青紫，色彩斑斓。

这一天，如在童话中游历，傍晚才到了峡谷口，在那儿，有一绝壁上，遥遥矗立着一古老寨堡，是两百年前白莲教的，保存完好。若开发出来，也是一处攀爬的好去处。

三天内由月亮洞到猪槽峡，这里有绝妙的自然景观，也有古野的人文景观。路上因激动，口占诗一首：

2000年12月上旬，偕汉民、崇峻二兄，徒步走猪槽峡，此峡风景殊异，天下罕见，皆以为荆楚第一景，只待开发，定为天下震惊，真可谓大三峡不如小三峡，小三峡不如猪槽峡是也！

闻说猪槽峡，山远激流深。
猴啼攀云起，鹰飞驭雾行。
香柏坠怪岩，吊桥临涧横，
崖畔花千树，河底石森森。
峡谷四十里，一步一风景：
峡中套峡谷，峡上有峡生，
峡谷藏幽峡，此身是梦境？！
飞泉处处漱，险境时时生。
世外有桃源，尤是龙溪村。
鸡犬啼山岚，田畴如织锦；
山有中武当，一峰独擎云，
道教圣迹在，英气逼万仞。
壮哉猪槽峡，美哉龙溪村，
深闺人未识，一识天下惊，
有此灵山水，三峡不足论！

去海子湖

海子湖，一个动听的名字，好像荆州地界没有这种叫法，在青藏高原把湖叫海子的不少。这名字也与一个诗人的名字相吻合。这诗人还很年轻，后来不想活了，卧轨了，一卧成名。但我去海子湖，是与荆州朋友数次提及分不开的。甲说一定要到海子湖看看，乙说请我到海子湖吃鱼，丙说海子湖可漂亮了。可去海子湖总不能成行。海子湖在我的想象中是一个超级美丽的远郊，一个休闲度假吃鱼的好去处，碧波荡漾，莲荷芳香，那里一定有一排排水边的餐馆，有修剪得整整齐齐的湖岸垂柳，有打鱼人家，有水草。或者说是半野半城之地，或者说干脆就没有被城市侵害渗透。我想的是一个人去最好，可以自由自在地行走和观赏，还想去拍点荷花的照片。在荆州，如果没有抓到荷花连天的照片，就等于未在荆州生活一年。

周末，一个人无事，正好四处去走走，就想到了海子湖。我是在东门站等车，应是22路，终点站是海子湖，好像没有几站就到了终点。只记住了草市、粮站、郢城、彭湖、高店。22路车相当少，等了半天，汗直流淌，要下雨的样子，问那个卖报纸的男人，说一小时才一趟，怪不得的。这也叫公共汽车吗？好不容易等来了22路，人不多，车上的人大多是乡下人装束。车很破，不像城里跑的车，中巴，座位黑乎乎的，靠背的泡沫都被手痒的乘客抠了出来，坑坑洼洼，座垫破烂不堪。但是一些车上的女孩虽坐这趟通往郊区的车，都很时尚光鲜，甚至很漂亮。荆州照我看来，除了那个保存完好的城墙，就剩下漂亮的女人了。荆州出美女，不然当年的楚王不会从山里跑出来，在荆州建都，爱的是细腰纤纤的江汉平原女子。车出了东门，经过金凤广场，才走了两站路，就到了草市。这是一个乡下的地名，也是一个乡镇的格局，根本不像是在市区，是一些两三层的老式楼房，一些小的店铺，小饭馆，作坊，一些乱堆的坏掉了的机器，垃圾，灰土弥漫。怎么一步就走到了乡下？城市建设没到这里吗？荆州很奇怪的是所有的公共汽车都很破旧，仿佛退回到20世纪70年代，甚至比70年代的公汽还不如，非常影响城市形象。

没有人行道，没有路肩，没有行道树的草市，人一招手就可以上车，还可以随时要求下车。上来了几个人，一个老太婆，大约七十来岁，没向箱子里丢钱。这老太婆坐到座位上，司机就喊了："买票，没听到，哪个没投币的？"老太婆在她自缝的裤口袋里抠，口袋很深，很窄，防小偷很好，可自己也麻烦了，抠出来很困难。磨磨蹭蹭抠时，司机愤怒了，在前面一声接一声地喊："投币吵！没听到？！

……"老妪终于从口袋里摸出一卷旧票子，找出一块，因路太颠簸，抓着扶手去前面，却问："是不是到观音垱的？"那司机怒火万丈："下去，下去！"有乘客就说你坐错了。那老妪等车门打开，只好下去。司机还怒气未消："什么车都上，也没搞清楚！"灰尘越来越厚，越来越多。汽车咣咣当当。路边坎下，全是生命力极其旺盛的野生野长的枸树，这种树往往会占住所有野地，拼命生长，又不成材，长得七歪八扭的，丑陋不堪。有些砖缝里、墙头上、石头缝中长的就是这种树，披头散发，是这个时代精神错乱的象征，不要一点土，甚至不要水分，也能茁壮成长，不知扎根在那儿用的什么营养？这个世界莫非要被这种疯狂的卑鄙无耻的树占满？而且树上全是灰，因为多日没有下雨了，灰尘在干燥的城市边缘卷起，汽车经过时，就像发生战争，就像是一部战争大片。在不远处，有新建的林立的高楼，一个楼盘，房子建得很好，可这一边却是垃圾与尘土、破烂的街道与马路。车拐过一个弯，就到了两湖农产品交易大市场。这是荆州市的一个什么大项目，看来已粗具规模，有许多车装满了蔬菜、粮食。这一站依然灰土扑面，一些牌子栽在野草丛中，有几家餐馆也是灰头土脸。车经过一个太湖港大桥，水有些浑浊，浑浊的水是好水，活水，估计是长江里流来的，或是沮漳河流来的。但这河两岸的斜坡上，是倾倒的垃圾。这里可能没有环卫工人，没有垃圾箱，居民只好将垃圾倒于堤坡。垃圾长年累月就自动卷入河中，自动消化了，环卫部门也省下了一笔钱，太有才了。

过了一条没有火车的铁路，渐渐进入了乡村公路，汽车基本上是在村与村之间行走。有一个地方闪过郢城村，这就是郢城遗址，但遗址痕迹不明显，只在地图上和书上，说这里是公元前278年，秦将白起拔郢后，在这个地方建了郡县，也算得是楚人的一块伤疤吧。公路很有些破碎，很难走，苦了这些开郊区公汽的司机，他们简直是英雄，每天在车上颠簸，简直是草原上的劣马骑手。一个个面色蒿莱，就是农民拖拉机手而已。两边是乡下的房子，有的做得不错，两三层的很普遍，门口有一些小水塘，里面的荷梗荷叶高高的，还有一些蒲草，一些芦苇，一些水生植物。有的门口种有绿豆，叶子也有一米多高了，芝麻很矮，开着一串串白花，黄瓜架子上，黄瓜花全盛开在顶端，全是灿烂的金黄，喇叭形的花，一律朝向太阳。原来黄瓜花也是喜阳的植物。接着又是秧田，中稻已经孕穗，有的蹿出了老高，还有稗子，也是些高个。田里一色的青翠，但路显然变得很窄了。过一个90度弯的时候，司机停下了车，一辆装黄土的特大货车在拐弯，我怀疑这两辆车怎么错，要么一个翻掉。后来，在不可能的情况下，竟然那车过去了，我们的车继续在有些荒凉的乡路上行驶。车上的人已不多，都是农民了。车经过了高路，这里又有几间卖肉的门面和农家餐馆，或者卖肉和餐馆同为一家。但没有见到吃饭的人，冷冷清清。还有路边的电器修理店，几个人在里面抽烟。一些农家的门口堆着砖堆，估计是准备做新屋的。这里地势低洼，做楼房都打了高高的基脚。另有一家果然在做新屋，屋基正是在一个低洼处砌起来的，要耗去许多砖。即使做了这样的楼房，但村庄已不像村庄，集镇也不像集镇，全是一些散了精气神的水泥盒子，不像过去的村庄和集镇有情调。现在的村庄是散的，沿公路而建，不应该称为村庄；过去的村庄是聚的，聚族而居，有一种紧紧相抱的感觉，互相取暖相依为命的感觉。

依然是看不到去海子湖的征候，就是乡间，而且越往深处走越忐忑，甚至想到了很恐怖的事情将要发生。天气太热，汗不住地往下滚。到了一个粮站的地方，又有人下了。这里为什么叫粮站，可能有个当年公社的粮站吧（后来才知道这里有个国家粮库）。此处好像是个小集镇，房子较密，还有一所小学叫高店小学。接着又往前，乡野越来越野，越来越深了，仿佛是个无底洞。路边两排是杉树，树下全是密密匝匝的一人多高的臭蒿、野蓖麻、苍耳、小蓟，根本不像是到一个周末去处或是度假之地的感觉，倒是有一种不知被谁抛到世界尽头的惶恐和伤感。仿佛是一场阴谋，一次不动声色的谋杀。有点悲壮。这一切正排山倒海袭来的时候，突然有人喊："海子湖到了。"车还没停稳就准备掉头，几个人匆匆下了车。这是什么海子湖？这是一个乡村车站的终点，只有两三家人家，候车的地方是个卖肉卖日用杂货的农家，一些农民坐在那儿呆呆地望着这辆一路艰辛风尘仆仆的老爷车，看车上的人被它吐出来，车空了。到这儿来的肯定没有陌生人，都是回家的。我不能让他们围观或注意，我不能去询问，我只能装着很熟悉此地的样子，常来常往的样子，下车后就往另一条路上走了。我一个人开始往另一条路上走，后来才发现我走的是对的。热闹的海子湖呢？碧波万顷的海子湖呢？渔民、清风、白帆呢？水草的腥味呢？鱼肴的香味呢？许多来旅游或垂钓或饕餮的食客呢？没有，一个安宁得有些吊诡的村庄，一个没有什么人的乡村。我走到了襄荆高速公路的桥洞下，上面写有"冰棺"之类的广告，还有腰鼓队的广告，字写得歪歪扭扭。一头水牛拴在桥下，蚊蝇在咬它。牛粪堆得高高的，大约都是这位牛兄长年的杰作。现在牛粪已经无用了，农民使用的全是化肥，也没有人愿意拾去做粪饼烧饭——过去年代牛粪可是好东西。一堆一堆的柴秸，有的已经烧成了灰烬，大约是路人手痒随手点燃的。这些柴火也没什么用，农民已不用烧柴，要么是煤要么是电要么是气。我彷徨无措，想找湖和荷叶，什么都没看见，只有零星的在几块田中央，或在路边窄窄的沟里。有一个小景让我心里稍微亮开了一下：一块秧田里竟然蹿出了几根小荷，小小的荷叶与秧苗的颜色虽都是绿的，但完全不同，秧苗是青绿，荷叶是碧绿。刚出来的小荷还带点灰灰色。荷叶是藕的叶子，而藕是跟芦苇、竹子一样在地底下延伸根茎的，它们在秧田的软泥下暗暗爬动，然后伸出它们圆圆的绿色脑袋，与秧苗一起戏耍。这就是水乡的景色，童年的记忆。这只是一瞬间的平静欣喜，饥饿和无助又大片大片地袭来，汗大片大片地袭来，恰好这时有两个骑自行车的初中生年纪的孩子过来，一男一女，我赶紧问男孩："小朋友，海子湖在哪里？"他随手往前面一指，车就飘过去了。我根本没看清他手指的方向，像是前面，也像是另一个方向，在秧田和远方。但我只能往有路的地方走，往前面走。路上没有人，在路边我终于看见了荷塘，还很大，这就是海子湖？不像。最让我失望的是荷花基本没了，且是白莲。荷叶疯长，有两米多高，与童年的荷不吻合。这荷已经不像荷，且我不喜白莲，我喜红莲，我喜红莲的气势，喜红莲的满池燃烧，一片热闹喜庆，就像是水中的火焰，腾腾灼灼。绿荷红莲，碧水蓝天，绝对是令人振奋的。我想拍几张片子，还是拍了，但没有兴奋点。再者要蹚进草丛，害怕蛇。我就想，小时候我们整天在水边草丛里窜，这样的荷塘是我们暑假天天钓鱼钓青蛙的去处，竟没一次被蛇咬过，也没有看见过什么毒蛇，水蛇子（无毒）倒是常见，它们在水中游动，箍青蛙——就是把青蛙缠住，一直到缠死把青蛙吃了。可是现在我却无比害怕。这个世界已非过去的世界了，蛇更毒哩。

没看见人，一头水牛系在一棵杉树上，绳子很短，或是它自己把绳子缠住了。牛眼睛红红的，见了我，害怕，以为我是偷牛贼。有一头牛在路边渠道里困水，显得怡然自得。一家人家的门是关着的，房子是70年代的土砖平房，很陈旧，似乎没人居住，但旁边的院子里却有两只鸡走动，凭感觉是没人，或是去了田里干活。

这个地方怎么这么荒凉？这更让人心虚，发慌。如遇上打劫的，喊叫也没人听见，就把手机拿了出来，拨好110，随时准备一按。湖在哪儿呢？再往前走，可以看到一个很高的楼房，好像有人在那儿搞基建，砖头堆得很高。突然我看到一只黄鼠狼仰着头大大咧咧地停在路上，一只鸡咯咯嗒嗒地叫起来。黄鼠狼依然闲庭信步，站在路中央。这时一个老妇人出现了，我对她说："黄嘎狼子，要吃鸡。"老妇人说："郎嘎（您）还认得黄嘎狼子？"我说这怎么不认得，它要吃你的鸡。我突然看到她身后一条狗，在一棵树下。我说你狗咬不咬人？她说咬人，是藏獒，锁住了的。我一看，果然是藏獒，又细看，是拴着的，心里仍然放心不下，问她："海子湖在哪里？"她回答说："就在前面，那里有吃饭的，打牌的，钓鱼的，带小姐来度周末的。有两个渔场，左边是庙湖渔场，右边是海子湖渔场。"我问有没有荷叶荷花？她说没有，水蛮深的，是渔场。

我有点兴奋，海子湖到了。被黄鼠狼恐吓的鸡仍在那儿孤叫，显得很冤似的，更多的鸡不起哄，聚在一个砖堆上呼呼大睡。树下还睡着两个男人，敞着怀，露出圆圆的肚子，打着天下第一舒服的酣。所谓幸福，就是有安全感地在南风下睡觉。他们是挖鱼塘的，鱼塘至少挖了二十米深，深不见底。为什么要挖这么深，只有天知道。但这家人家显然是想搞农家乐，也是来这儿吃饭、垂钓的。我往前走，可以闻见水腥味了，但却是一股隐隐的臭味，臭鱼烂虾的气味。在路的尽头，就是海子湖，荒凉的海子湖。湖果然很大，一眼望不到边。很远的对岸是一些楼房。湖中间，逶迤有一条石头筑的路，路不平，石头犬牙交错，狰狞可怖，一边湖水高，一边湖水低。左边的高，右边的低，高出至少两米。这过去显然是一个湖，人为地分割成两个湖。人太可恶了，为了瓜分这湖的利益，就将此一分为二。结果湖水不畅，臭了。当然不只是这个原因。重要的原因是城市污水和工业污染。我看到浪从远处打来，靠岸边的水里，浮一层死鱼。鱼是胖头鱼，两三斤重一个的，白花花的，还有的鱼被人捡拾到岸上，成了鱼壳。

海子湖在静静地死去，谁都没在意。因为是水，很远。就算是人，那也无所谓。一个矿难死几十人百多人的，我们的报纸也一笔带过，没有人关心了。海子湖定是承接荆州的城市污水，城市有一根毒针，远远地刺向这里，让它中毒了。在我看见的左手边，在我回来寻找的一张地图上，标着襄荆高速公路和荆沙铁路竟穿过海子湖。湖中间有一个大岛，我的一位作家朋友当知青时曾下放在这个岛上，据说很有风情。现在的风情是他们被臭水包围了，他们生活在污水中间，这是什么情调？死亡的情调。加上一条用石块堆筑的路，这路定是在几十年前筑的，筑这么一条数公里长的湖中路，当年要花费多少劳力和石头？又为何要生生地将这个湖拦腰斩断？一切都不可思议，仿佛是一个巨大的多年盘算的阴谋，仿佛是决计要让它死去，人们锲而不舍地对它进行无声的凌迟。现在，目的达到了。

我站在湖边，风很大，但依然是使人下汗的风。过去这片湖水因与长湖相通，是长湖的一部分。长湖可是荆州的一个大湖了。是瓦子湖、太白湖、海子湖三湖的泛指。为何叫瓦子湖，因湖面空阔，无风亦澜，浪如古代房子顶上的瓦浪形，故名；太白是因为李白曾路过此地写了诗。明袁中道也有诗云："陵谷千年变，川原未可分。长湖百里水，中有楚王坟。"沧海桑田，湖底竟陷有楚王的墓，也不知是哪个楚王，也不知内有多少国宝，都埋在了水下，至今未有人勘探。在它的对岸，就是另一个乡镇纪南镇，楚国411年的都城。这湖水在两千多年前一定是碧波荡漾，一定是养育过楚国的母亲湖了，西汉古尸正在此挖掘，国家一级文物的彩绘鸳鸯豆也是在此出土，楚国的漆器如此精美绝伦，色彩绚烂，也是得到了这片湖水的滋养吧。可眼前是一片颓败和污染的生活，一声不响。海子湖死在一声不响之中。

没有鱼吃，连水都没有喝的。我只好原路趱回。好在我在路旁一家人家的树林后，发现了一方水塘，里面的红莲开得正盛，我想去拍几张照片，后来就去门口，隔了老远喊屋里的人，一个妇人出来了，我说："您家屋后的荷花开得好红啊，我想去拍几张照片行不行？"那妇人说行。我说你家没有狗吧？她想了想说，没有。她让我把一张拦鸡的围网踩下，就可以进去了。我进入林子到了小塘，荷花开得不错，但可惜塘太小，小得像个盆景，我还是拍了几张。我谢了妇人，再往前走，在路边，看到一条垂着瘦奶的母狗，正虎视眈眈地看着我。完了！我心里暗叫不好，这狗若是扑上来，我是定要遭殃的！有乡村经验的都知道，咬人的一般是母狗，公狗不咬人。公狗爱叫，母狗不叫。不叫的狗咬人才凶，下齿深。那家屋里门关着，只有几只鸡。没有主人，就不能喝斥狗停下。如果它要咬，就只能让它咬够了，没有谁来相助。我站着，不能快速后退，心中想着怎么对付它。手中没有棍子和石头，什么武器都没有。手中一个相机，关键时刻只好将其砸过去了，保命要紧。我站在那儿四周瞄着，寻找武器，终于看到一块砖头，半截，我飞快地抓起来，与狗对视着。手中有了家伙，有了支持，想狗扑上来，必须一砖头将它击伤才行，否则没有第二块增援……一个在神农架林区听到过人们传授对付老熊和野猪的人，不惧平原上一只狗——说是这么说，本人平时最怕的就是狗，写过许多狗的小说，《狂犬事件》《太平狗》，完全是为了对付心中对狗的恐惧。但神农架的经验起了作用，这就是与它直视，不能退步，用眼睛盯它。我与母狗对视着，不卑不亢，屏住呼吸。那狗终于败下阵来，它权衡了我手上的东西，我眼里的东西，最后掉过头走了，一直走到屋檐下，远远地打量着我。我拿着砖头，一步一步地走过去。我的运气很好，我看见了一辆正在掉头的22路公汽，正准备返程。也就是说，我刚好在这个叫海子湖的终点站待了一个钟头。我大喊，丢了砖头，大喊要上车，司机终于看见了我，我终于饥肠辘辘、热汗加冷汗涔涔地爬上了车。

上车的只有两三个人，是又一辆更破的车，司机是个中年胖子，不时地朝后面瞄着，因为后座上上来了一个漂亮的女孩。估计是放了暑假去城里玩的海子湖村的学生。车上有个监视后门的监视器，就是个小电视吧。可画面在颠簸的车上上下跳动，什么也看不清楚。司机于是用手猛拍，一边开车一边拍，想把画面拍正常，可这注定是徒劳的，画面依然犯癫痫一样跳动，司机只好罢手。车一步步在向城市靠近，心就一步步地踏实下来。路上时有人招手，司机就停下带客。有老人，有小孩，有女孩。上来了一个长相不错的女孩，穿着酒店小姐的工作装。一看，胸前有个牌子，果然是酒店的，叫什么×津酒店。这女孩回家也没脱掉工装摘下牌子，估计对自己的工作和工作单位很满意；女孩打工离家很近，可以随时回来，这说什么都是很好的。接着又是郢城、高路、粮站、农产品交易大市场、桥和铁路……荆州到了，草市到了。一个女孩——就是后面最早上车的那个女孩大喊"停车！停车！"那司机又开出了二十多米远才停下来，于是女孩恼羞成怒，狂叫着埋怨司机。胖胖的司机像犯了错误一样，嘟囔道："我不是要停嘛，我要让这旁边的汽车。"要你停车就停车，不管站不站的，这是荆州坐车的规矩，因为老子出了一块钱。可怜的司机！不过，坐这么破的汽车，吃这么厚的灰尘，朝司机嚷嚷几句也没什么不对，因为，这是活该！把你座位和靠背上的泡沫全抠出来也是活该！又想到那个死去的叫海子的诗人，写什么"面朝大海，春暖花开"之类，肯定是没睡醒。他若是活在现在，活在荆州，他一定不会死去，并且举双手赞成我们老祖宗的古训：好死不如赖活着。

辑三　去托尔斯泰庄园

去托尔斯泰庄园

1

在从莫斯科去图拉的路上，我在想，一个乡村的老头，一个地主，它蛰居在图拉的森林深处——往莫斯科三四百里的路上，也到处是荒凉的田野和森林，他为何有如此视野，写下《战争与和平》《安娜·卡列尼娜》《复活》？

车在陈旧的高速公路上颠簸着，窗外却是安静、平坦的森林与原野，池塘青草挺立，野钓的人如幻影，没有村庄，只有那些常见的度假小木屋，蓝天、白云、鹰，和若有若无的风。

这是一个可以思想的国度，因为她安静；这是一个具有农民情怀的国度，因为她接近农耕时代的景色。有人说托尔斯泰晚年要立志"务农"，可能是对沙皇和整个旧制度的唾弃和蔑视，却不知道他也说过这样的话：我的愿望是全世界的人都脱光衣裳，在田野上耕种。俄罗斯这块地旷人稀的土地很适合人产生这种浪漫的、童真般的奇想。

图拉，并没有因为有托尔斯泰而声张，没有托尔斯泰的雕像，没有"欢迎"的广告牌与条幅，没有以托尔斯泰命名的饭店与商场，就连庄园门前，依然还是安静的，只有为数不多的几家小摊，所卖的纪念品也十分有限。一个朴素的庄园最能隐藏下托尔斯泰和他的历史。

庄园称为"亚斯纳亚·波良纳"，是"明亮的草地"的意思，也有人称"朽木林中的空地"。地主托尔斯泰在19岁时就继承了这片土地，约四百多公顷，六千多亩；而他的家族在这儿共有二千二百公顷，即三万多亩。可以想见一个19岁的年轻地主（而且是父母双亡）拥有了这么多土地和土地上五个村庄的欣喜若狂，美好的日子就要来到了，荣华富贵，妻妾成群，声色犬马那不是顺理成章的吗？可是，19岁的地主托尔斯泰做的第一件事却是给农民送去茅草，让他们修房子。

这个写小说的地主从一开始就与众不同。他喜欢劳动，特别喜欢种树。进大门经过托尔斯泰称为"静穆而华丽的池塘"的大野塘，就像来到了森林一般，一股带着潮湿和树木清香的气味笼罩了我们——庄园里据传大部分树都是他手植的，那些越过百年的古树，挺拔的白桦，高大的橡树与大叶枫，还有枞树、菩提树，基本呈原始状态生长着，树干上爬满了青苔，间杂有灌木丛和茂盛的蕨类，松鼠跳跃其间，黄嘴寒鸦飞临阵阵，还可以听见啄木鸟的"笃笃"声。

托尔斯泰的故居是一个有着两层的、经过修整后比较漂亮的小楼，不过左右两边是一溜的平房。托尔斯泰的故居有我们常在他小说中见到的器物和生活场景，英式的老钢琴、贝壳盘、猎人钟、铜烛台，还有那些典型的旧时俄国农民的服装、马靴，给人的感觉也不过就是个乡村地主的奢华，而他的书桌、木椅、窄床，看起来则更像个苦行僧使用的行头，简朴得令人不敢相信，他在这儿生活？他在这儿写作？是什么样的冲动使他写下了三十卷之多的作品，并且思索着人类的道路，被他的同时代人称为"我们共同的导师"，"人类的指路明星"？

在他故居正对面的坡下和左面，都曾是他喂马的马厩——如今这儿仍在喂着马。他不仅喂马，还亲手盖房，耕种庄稼。马厩的门口，两个可爱的小孩估计是姐弟，在给一匹良种矮马刷毛，我走进马厩，有妇女搂着新鲜草料在给马们喂草，一股农村的马粪和草料混杂的气味充盈在马厩里。我在阴暗的马厩深处寻找着，似乎想看到那个喂马的写小说的老地主托尔斯泰伯爵。

往一个漫长的斜坡走上去，有一大块开阔的草地，从那儿传来了天堂般的乐声，原来是一群少女在练习演奏多少带点儿乡村教堂的音乐，这些一袭白色衣裙的少女，衣裙上有紫色的镶边，白色的帽子上有金黄色的流苏，少女们像天使一样美丽。她们的乐器挂在一个长方形的金属架上，有钟，有钢磬，一个中年妇女正在讲解，许多人在恭听。同行的告诉我们，她们是庄园组织的乐队，专门为国家级的贵宾演奏的。就在她们不远的地方，是一间茅草为顶的小木屋——那正是托尔斯泰出走的地方。

2

一个82岁的老人，他昏聩了吗？他患了老年痴呆症？这个倔老头子，他可以享受最优渥的生活，可是他什么都放弃了，这是我们无法想象的。也许，他以一百年前的高寿（在俄国这个短寿的国度）再好好活下去，更加研究点养生之道，使生活更有规律，在大自然中散步，写作，以至最后老死在书房或者鲜花盛开的苹果树下，像一片落叶一样安详地告别这个世界，成为人们颐养天年的楷模，他不同样显得伟大吗？

可是，在一个风雪弥漫的、俄罗斯无比寒冷的冬日，他收拾起简单的行装，放弃了一切，像一个一无所有的流浪汉，踏上了凶险的孤途。可以想见在那旅客稀少、哐啷作响的老式火车车厢里，老托尔斯泰的目光是多么坚毅，又是多么凄伤迷茫。有人说他是负气出走的，我曾在一个法国人写的书中找到了这种说法，甚至那个浅薄的法国人这么议论道："我们希望还有其他更好的方法解决夫妻间的冲突，千万别像列夫·托尔斯泰那样……"

这是1910年10月28日深夜。据记载，托尔斯泰在这天夜里听到了他书房里有人翻动的声音，他一看，是他的夫人索妮娅，他知道，她趁他不在时，在执着地寻找他的遗嘱。

这使托尔斯泰大为光火，因此他痛下决心，离开这个家庭，他希望逃得远远的，他的想法是远去1067公里外的新切尔卡斯克。

这并非一时的冲动，以为是一个老人返老还童之举或是对婚姻不满的臆测是庸人的想法。在他死后，人们发现了一封于出走之前他写给他夫人索妮娅的信，信中说：

"很久以来，我一直忍受着生命与信仰不尽一致所带给我的痛苦和煎熬……如今，我终于在做我长期以来一直想做的事情了：我要去了……人一旦进入到60岁，就应该到森林中去……当我步入60岁后，我就希望能够全身心地获得安宁和清静。如果做不到这一点，我的生命、信仰和我的良心之间，就会出现明显的不一致。"

他还说："请你理解和相信我，我实在没有别的办法，我在家中的地位已经忍无可忍，我不能再在这种奢华的环境中生活……"

在出走的前夜，他在日记中写道："不能再睡，我突然做出了出走的最后决定……夜，一片漆黑……终于出发了……"

与索妮娅的龃龉只是一个导火线，一个很大的导火线，但只是一个微不足道的原因。

就在这年的7月，托尔斯泰就秘密地拟好了他最后的遗嘱（他一共有五份遗嘱）。他在最早的两份遗嘱中都写明了"放弃作者权"。在另三份遗嘱中不知道他是否重提要放弃他的所有家产包括这个庄园，把它们全部分给农民，但是我所见到的这两份遗嘱都声称他无法接受他的家人因为他的思想而致富这种情况。让他的作品"没有阻碍地进入公共领域"。

他在距出走的前八日即10月20日的日记中写道：

"一种至高无上的想法让我产生了巨大的痛苦。我想逃避，想就此消失。"

十三年前，即托尔斯泰69岁时，他就有一封写给妻子的信："我的生活跟我的信仰不再协调，这早就使我感到痛苦，我再也不能继续下去了，因此我已经决定现在要去做我早就想做的事情——出走。"这封信似乎与他出走前夜的信语调一样。

一切都是蓄谋已久的。

"巨大的痛苦"一定是信仰的痛苦，信仰由此带来的不能实现的痛苦——这便是家人阻止他放弃财产的企图。

可是，在他晚年的杰作《复活》中，他借主人公聂赫留朵夫之口已经再次阐明了他伟大的观点：

"土地是不可以成为财产对象的，它不可以成为买卖的对象，如同水，空气，阳光一样。一切人，对于土地，对于土地给与人们的种种好处，都有同等的权利。"

他甚至在这部作品中直言疾呼：我们这个社会"真理让猪吃掉了"！

他的信仰无比鲜明：阳光、空气、水、土地，属于社会的所有人，属于所有农民。

托尔斯泰曾说过这么一段话："当人们有了恶劣行为的时候，他们总是为自己杜撰出这样一种世界观，根据这种世界观，他们的恶劣行为已不再是恶劣行为，而是不受他们支配的永恒法则的结果……它为一些人注定了低贱的地位和劳动，为另一些人注定了高贵的地位和享受生活幸福的权利。"

伟大的托尔斯泰在他的一生中，由一个曾经沉溺于酒池肉林中的阔少成了一个道德圣人；由同情农民到完全将立场转向农民，使自己成为一个农民。他看穿了那个社会，除了沙皇的残暴外，还有资本主义的疯狂给农民造成的伤害。他认为先进的科学技术都是上层社会享受的，与农民生活没有关系。他说："上层阶级的人们应当明白，他们称之为文明、文化的东西只不过是少数不劳动的人奴役绝大多数劳动者的手段和结果。"与其说他在《复活》中"气势磅礴地描写了人民的苦难"（草婴语），不如说他借那个拯救了自己的聂赫留朵夫之口，道出了他最后的信仰——这是终其一生的思想总结，是他探索了八十余年的真理，是普世原则。

当一个人回归了农民，他的想法必然会十分简单和天真。

可他的"回归"又只是一个梦想，一个与现实抵牾的冒险念头。虽然他一直以来就开始了成为农民的铺垫，比如减租息租，比如在庄园办了一所农民子弟学校，自编教材，亲自授课，比如与农民待在一起，干所有农活。大画家列宾曾画过这位"农民"：短袍，腰扎宽皮带，手扶木犁，如果说不是那双鹰似的深邃的双眼和哲学家似的长髯，你一定会相信这是一个农民，一个老农，一个俄罗斯土地上平凡的老农。他总是在生活中和作品中叨念着农民的贫困和可怜，发誓把拯救农民视为自己的天职。可是现在他不得不只身出走，应该说，这是一次失败的出走，他最后没有看到那些喜气洋洋因为分到了他土地的农民的表情，似乎是某种宿命的象征，让他看到的只是无尽的风雪和铁轨尽头的迷茫的暗夜。

他因为年老体衰，受不了这样的风寒，发起了高烧，浑身发抖，只好在下一站——阿斯塔波沃车站下车，这场夭折的出走似乎从一开始就预示了它的命运。

好在，他当时已是大名人，车站站长认出了这个生病的老头子，于是托尔斯泰就歇息在车站的木屋里。当时，《俄罗斯言论报》恰巧有个记者经过此站，在站台上也认出了托尔斯泰，便很快向报社发回一份电报——是一则简短的消息："列夫·托尔斯泰在阿斯塔波沃车站站长家，高烧40度。"

他就要死了。就在此时，接到消息的托尔斯泰的家里乱作一团，夫人索妮娅因愧疚自己的（寻找遗嘱的）行为，又找到了丈夫留下的信，一下子跳进冰冷的湖里自尽，后被人救起，但索妮娅似乎不想活了，又使用了许多自杀方法，终不能成。

11月7日凌晨，决计不再回去的倔老头儿托尔斯泰，就死在了那个将千古留名的小火车站阿斯塔波沃。

3

在通往托尔斯泰墓地的左侧，是这位道德圣人亲手栽种的约四十公顷苹果林，走过苹果林，往左拐向一条更荒寂的路，走了约二百米，就见到在路边一块草坪中间，一个长方形的隆起的"土坝"，长满了柔软的青草，当地人告诉我们，这就是托尔斯泰的坟墓。

高大的树荫遮盖着这座坟墓，它的旁边是森林的景色。一个小小的峡谷可以看到溪水的走向，遗憾的是，它现在干涸了。但是苍苔和潮气依然缭绕在这里，阳光透过林隙小心地筛下来，野草在微风中摇曳，好像在轻声歌唱。

没有一丝托尔斯泰的痕迹，没有一丝人为的痕迹，墓碑、雕像，甚至一行字。没有，什么都没有。托尔斯泰在1895年3月27日的第一份遗嘱中写道："我死在哪儿就安葬在哪儿，墓地要最便宜的。如果死在城里，那就用最便宜的棺材，像埋穷人那样。不要送花、花圈，不要发表演说。如果可能的话，甚至不要请牧师、不要做安魂祈祷……要尽可能地节俭和简单。"在他的1908年8月11日的第二份遗嘱中，他写道："让人们绝不要在埋我入土时举行仪式。只要一口木制的棺材，由愿意抬棺的人抬到或运到峡谷对面的'指定地点'……至少我选择葬身之地还是有理由的。"

1928年奥地利作家茨威格拜谒此墓后，写过一篇美文：《世间最美的坟墓》。他写道：

"我在俄国所见到的景物再没有比托尔斯泰墓更宏伟，更感人了……这块将被后代永远怀着敬畏之情朝拜的尊严圣地，远离尘嚣，孤零零地躲在林荫里。"

小时候，托尔斯泰听他的哥哥说过，在你亲手种树的地方，你会找到上帝的魔杖，找到它，将会使全世界的人幸福。如今，他就躲在他亲手种植的枞树和橡树下，他找到了那根上帝的魔杖吗？

一个未能实现自己愿望的奇怪老头儿，一个地主，一个作家，一个高山仰止的圣者，他"得以安息的没有任何的东西，惟有人们的敬意"（茨威格）。

谁都不理解他，包括心怀叵测的东正教教会，在他去世的那年，开除了他的教籍。而瑞典的那几个诺贝尔文学奖评委，在肯定他的文学天才之后，却对他晚年的思想和行动感到匪夷所思，不可理解，就因为这个原因，剥夺了他当之无愧的获奖资格。还有他的亲人……

他如今还在地下抱怨吗？他会抱怨吗？不，他说，那些人应当在上帝面前承认自己有罪，而他，"既不能惩罚别人，也不能纠正别人。"他说，"要永远宽恕一切人。"

托尔斯泰的墓就这样与大自然融为一体了，他真的宽恕了所有的人，宽恕了这个不想宽恕他的世界。还有什么样的纪念碑能与这个小土堆媲美的呢？没有了。天空有多高，他的纪念碑就有多高，大地有多宽，他的纪念碑就有多宽。从过去，到永远，这个墓都将是世界最美的墓。当你走近，不由自主地让心提紧，经受一次难以名状的冲击——那就是托尔斯泰在简朴中凝聚出来的绝世的力量，让人们的心承受它的打击。

走出庄园，在对面朴素的小木屋餐厅吃了一顿俄式午餐——午餐的食谱全按托尔斯泰生前的喜好制订，也就是托尔斯泰喜欢吃的日常饮食。

　　两个面包，其中一片是黑面包；一小碗沙拉，内有洋白菜丝、洋葱、樱桃果和苹果片；一盘土豆烧牛肉；一碗罗宋汤，内有几片番茄、牛肉、鸡蛋花。然后是一杯浓酽清香的红茶。

　　吃过午餐，我在小摊上相中了一尊陶瓷的托氏半身像。我决定把他"请"回我的中国书房。我要小心翼翼地把它用衣裳包裹好，经受万里之遥的颠簸与摔打。

　　如今，这尊雕像安然无恙地摆放在我的书桌上，托尔斯泰那鹰似的、忧郁的眼神，蓬乱的大胡子，突出的前额和高耸的眉骨，似乎在注视着我，或者对我不屑一顾。他在想着什么呢？

　　我却想起了在那个风雪交加的阿斯塔波沃小火车站，在那儿踯躅的孤苦老头子，像一个乞丐的老头子，正是此人，正是他，农民托尔斯泰。在他的意识已经进入微茫和谵妄之后，他给他的儿子塞尔日喃喃地说着话。塞尔日俯下身去，把耳朵贴在父亲的嘴边，他听清了，他终于听清了，听到他的父亲在说："我爱真理……我更爱真理……"

　　这就是托尔斯泰最后说的话。

　　托尔斯泰，伟大的人道主义作家托尔斯泰，我知道了你为什么要像一个农民那么生活，我知道了你为什么想成为一个农民。我总有一天会理解这其中的全部道理。

懒洋洋的国度

　　记得两年前从莫斯科入关花了三个小时，心想这次会有所变化的——这次入关是在东西伯利亚首府伊尔库茨克（也就是过去属于咱中国的贝加尔湖地区）。飞机场的飞机很多，可候机楼就像咱一个县级汽车站，破破烂烂的。而且在最后一道核查和检验违禁物品的关口，一个通道，一个懒洋洋的老太婆用一只手指笨拙地敲着电脑。若是在咱国内，这样的老太太早就退休或内退了，可俄罗斯一大怪就是"干活都是老太太"。此次入关花去了两个小时。

　　俄罗斯人工作的效率之慢，堪称世界第一。这是一个"懒洋洋"的民族，我不说他懒惰，就够客气了。在商店买东西，两个顾客，店主只会理一个，不会同时理第二个；到了下班的时间，再大的生意也不会做，哪怕是个体商店。这种"懒"，还与他们的脑子"一根筋"有关，办事不拐弯，卖东西不讲价。你若讲价，他会变脸色。

　　因为处处感到不便，比如宾馆里没开水，坐火车要自己租床单，自己套被子枕套，办什么事都得排长队，甚至很难买卡打国际长途，东道主就说不能拿咱中国的标准来套俄罗斯。俄罗斯至少落后咱们二十年，他们的思维方式和服务意识只是咱们二十年前的水平。在俄罗斯，最好的心态就是认命，就是跟他们一样，画十字，排队，一声不吭。

不过，面对着这个懒洋洋的国度，心里会不时升出一股暖洋洋的感叹。比如，无论是从东西伯利亚还是到莫斯科、圣彼得堡，无论是城市还是乡村，在并非周六、周日的时候，草地上、河边、公园里，依然是那些挤挤挨挨地躺着晒太阳的人，有男有女，有老有少。这些人将自己脱得只剩下羞处，管它上班不上班，有吃与无吃，都得亲近太阳。可有时候我想，人本来就应该这样从从容容、不紧不慢的样子，想想中国人一个个像热锅上的蚂蚁，拼命地工作，精神时刻处于亢奋和紧绷的状态。人家认为生活就是享受，我们认为生活就是拼命地劳作，这种对生命的认识差得太远了。在我所见到的俄罗斯乡村，没有蔬菜大棚，没有精养鱼池之说，所有的河塘都是野的，人们任意垂钓。我亲眼看到在涅瓦河边，一对老夫妇钓到小鱼便会放生，鱼不养也似乎取之不尽用之不竭。而西伯利亚如今的菜农几乎全是中国人，因为中国农民一个人一天顶他们二十个人的工作量。他们的土地采取休耕，这块种一年，那块再种一年，而且麦子撒下去绝不会去锄草和施肥——一是无心，二是土地太肥沃，因此，这个土地过剩的国家，粮食却靠进口。即便这样，我看到他们的粮食蔬菜并不比我们贵多少。

这样地不努力，这样地不勤勉，我也看不出他们贫富差别有多大。在莫斯科或者伊尔库茨克等城市，或者苏兹达利小镇，我几乎没见到过流浪汉、乞丐、捡破烂的，垃圾箱里的瓶瓶罐罐堆成山也没人要，城市汽车多，人们穿着时尚，我们没遇到过敲诈的、小偷小摸的、车匪路霸之类。前两年去时还听说警察挺黑，但现在好多了，那么多车与路，绝少见到交警，见到了也是没见罚款的和蔼的交警。

答案是后来才出来的：原来，这个还未加入世贸组织的、经济状况不太好的国家，把我们改掉的牢牢保住了。比如九年制义务教育和公费医疗。孩子读书绝对不要一分钱，如高考考上国家认可的大学，还是免费；看病是绝对不要钱的，每一个俄罗斯人都享有这两项福利。还远不止此，俄罗斯男女人口比例失调，男与女1：4，于是鼓励生小孩。生第三个孩子国家补助2.5万美金，相当于20万元人民币，对一个既不愁学费也不愁医疗费的孩子，这钱够他生活到18岁了，生第四个孩子就奖一套房子。

如果是这样，我也不必为生活每天奔波了，我也不怕因孩子上大学而忧愁，也不怕因疾病而返贫。人们的心态极其宁静，甚至是安适，唯一忧愁的是女人找不到老公。

不过，这种情况终究是要被打破的。因为就在回国的第二天，我在电视上看到了新的统计，莫斯科成为了世界上消费最贵的城市，而且房价飞涨。虽然莫斯科人的月收入可达一万美金，但生活还是相对拮据的。

在俄罗斯，我虽然对他们的办事效率愤怒，但我还是由衷喜爱他们的生活态度。在东正教堂的钟声下面，昏昏欲睡而充满了教养的俄罗斯人，享受阳光的俄罗斯人，说不定正是我们肉体和精神的某种期盼和归宿呢。

苏兹达利的歌声

　　莫斯科的克里姆林宫世界闻名，可此宫从何而来，就不是世人都知道的了。在离莫斯科约两百公里，距弗拉基米尔仅30公里的苏兹达利镇，有个小克里姆林宫，莫斯科的那个克里姆林宫即是从此而来。

　　苏兹达利是最能称之为小镇的地方，人口不到一万人，简直就是乡村。可是，它却是一个充满了古老魅力的地方。在最具有俄罗斯特色的、一连串的"金环"上，苏兹达利虽小，却总是排在最前。原因呢，不仅仅是它建城早（12世纪），这里密布的33座教堂、5座修道院、17座礼拜堂占尽了风光。斯帕索–叶夫菲米男修道院的漫长红墙、波克罗夫大修道院的白墙、白墙内白色的教堂、里兹波洛任修道院红白相间的尖顶及它的圣门……在我们走进这个小镇之后，才切实感到它的沧桑、端庄和深厚。

　　游人并不多，小镇显出少有的安静，有些人家的门口，用轮胎和几块石头围成的小土堆，就可以栽上鲜花，而每一个窗户里，都可以看到放着几盆绿色的植物和花卉。街道有些古旧，间或还有高头大马的铜车马及穿着古代服饰的赶车人经过，坐这种车的人不多，但也增添了不少情调。镇中心有一个广场，叫交易广场，也有几百年的历史，广场中央有一座白色的立方形教堂，叫复活大教堂，建于17世纪，只有两个窗户，没有任何饰物，倒也与这个古镇，这个长满荒草的广场很协调。广场上是一些在烈日下卖旅游纪念品的小摊，跟所有俄罗斯旅游景点的小摊一样，卖的主要是套娃和桦皮制品，无甚新意。倒是在台阶上的一溜商店很特别，这些房子有一条弧形顶长廊相通，门就是居家的大门，可进去后各种商品都有，一家挨着一家，这一栋房子估计也有些年头了，成为了市民购物的真正中心。

小镇最有名也最明亮的地方当然是小克里姆林宫了，它又叫耶稣诞生教堂。进入教堂的大门，左手处有两扇拆下来当文物展览的大门，就是金门（铜质镀金），门的神奇处在于它雕刻了许许多多的宗教人物，听介绍才知是《圣经》中"新约"的许多内容。但教堂内部正在检修，到处是脚手架，主要是重新修复墙壁和穹隆顶的画。这些油画多为13世纪的珍品，也有不少17世纪纯俄罗斯风格的圣像画。在最里面的圣像画第三排，靠门右边的第二幅油画，画的就是耶稣诞生——这也是教堂名称的来历。

小克里姆林宫旁有一个不起眼的钟楼，却是16世纪所建，钟上的数字是古斯拉夫语言中的数字，一分钟有小钟敲响一次，一刻钟大钟敲响一次，一小时敲响不同的次数。

走出教堂，绕过土堆环墙，可以看到俄罗斯乡村极为美丽的景色，许多风格别致的小木屋和乡村教堂、静静流淌的河流、沼泽地、沼泽地上成群的水鸟、修道院建筑群，加上澄明干净的蓝天白云，还有割草的红色拖拉机、吃草的牛，组成了小镇的风情画。

说到修道院，我上面提到的两座修道院斯帕索－叶夫菲米修道院和波克洛夫大修道院已被列入世界文化遗产。这样美丽的地方的确适合一些人在此修道。而这两个修道院里风格各异的大教堂，也是它的标志性建筑。众多的修道院成为了苏兹达利的历史文化中最重要的部分。没有修道院和修道士们的活动，俄罗斯广大土地上稀稀落落的人群就无法聚集，就不能形成城镇，也不能对某地区进行经济开发。因此，修道院实际上是一个地区的核心部分，在俄罗斯全民奉信东正教的环境中，人们特别是农民和商人，都是唯修道院和教堂马首是瞻的。这也是俄罗斯一个有趣的社会现象。

在镇郊的木制建筑和农民习俗露天博物馆，也是一个很不错的去处，里面的两座大教堂竟全部是用木头修建的，都是18世纪的建筑。教堂没有一颗钉子，有点像中国的榫卯结构，但是显得粗糙。那洋葱头屋顶是鳞片状的木头，算得是世界奇观了。

博物馆的草地上，有两栋木楼是按农村中农和富农的房子格局所建的——这些木屋是从不同农村原样拆来再复原，里面我们可以看到俄罗斯农民住家的一般情况，以及所有生产生活使用的农具、器物。楼下一般是放农具和家畜生活的地方，楼上住家。窗户较小，厨房就是个烤面包的火炉。在冬季，一家人住在一起。男主人睡床，女主人只能睡在床前的木板上，很窄，翻个身可能会掉下来。可怜的俄罗斯妇女！小孩睡在阁楼上，老人则睡在紧靠火炉的地方，那儿暖和。在楼上的另一边，则是没有暖气的贮藏室，存放衣物和粮食的；夏天可以在那里边生活。博物馆里有两个巨大的风车，是用来磨面的，也是18世纪之物，有点像咱们中国的水车。在当时，苏兹达利有40个这样的风车磨面坊。

从风车磨面坊出来，忽然听到了一阵美妙的歌声和琴声，被它们吸引，走过去，是一对夫妻，比较年轻，穿着传统的俄罗斯服装，比如男的穿草鞋，女的披头巾；男的弹琴，女的唱歌。那琴十分简单，用一块桦木挖个坑，上面牵有十来根琴弦，双手弹拨，声音不大却悦耳，女的嗓音清澈、宁静，两人配合默契，听他们唱歌的，往盒子里丢10元、20元卢布，而他们还有自己刻录的CD，上面有他们的照片。这是两个乡村歌手，歌我们虽然不懂，但可以听得出是来自乡间的传统民歌。这一对年轻夫妻，却已经有了4个孩子，大约以每天在这里安安静静地演唱来维持一家人的生活。这与我们所见到的卖艺人均不同，没有声嘶力竭和卖弄，没有喧哗，坐在一根圆木上，一动不动地唱着，弹着。他们的歌声的确吸引了所有人。后来，虽然一盒自制的CD250卢布，相当于我们80多元人民币，但我、方方、刘震云等还是各买了一盒。这对乡村歌手是我们游历了俄罗斯数个小镇后，碰到的最令人难以忘怀的人物。歌声和琴声天衣无缝地和谐着，打动了我们。在我们的要求下，他们像明星一样签了名；先是女的签，男的未签，那一表人才的小伙子有些腼腆，后来还是签了他的名。但我们不认识这些俄文字母，不知道他们叫什么。回到家，我把CD放进电脑里，静静地听着，品味着，也未找人翻译它们的歌名和歌词，或者说不懂也没有关系。在这种像圣曲一样的旋律里，我再一次看到了俄罗斯的小木屋、广大的森林、河流和野花，以及太阳下耀眼的教堂顶。我听懂了乡村歌手那朴素、深情的对生活和大地的感情，也使我再一次对苏兹达利满怀留恋……

全州小记

在我看来，全州是比首尔更具有中国文化色彩的城市，虽然它还在首尔以东。

踏上往全州的高速公路，正是秋收时节，乡村的稻子成熟了，可收割稻子的全是机械，连很小块的稻田也不用人工。收割机很小巧。一个人开收割机，另一个人在后头照应，无所事事。收割机收割、脱粒，稻草出来时已成粉状，等于是成了肥料。另外没成粉状的，也已打捆，成为圆柱形，而且全用塑料纸密封了，估计是给冬天的牛做草料的。韩国的村庄很少楼房，全是飞檐斗拱的比中国民居更中国的房子，这种房子在中国成了古董，代之以恶俗的水泥建筑，而在韩国，却是兴旺的民居。那些瓦不再是黑瓦，五颜六色，有天蓝色的、有粉红色、鲜红色、橙红色，真是太漂亮了。那些房子也没有铁窗，可见治安很好。没有砍伐，所有河流都未污染，没有暴露垃圾，没有塑料袋满天飞的景象。而那些山冈上的墓地，碑上全是中文，也是"故显考""故显妣"之类。

从首尔到全州，不过两三个小时。全州是全罗北道道厅所在地，也就是相当于我们的省会。全州在韩国历史上之所以重要，是因为它曾是前后百济王首都，也是朝鲜王朝的发源地。全罗道是全州与罗州各取一字。千年古都，人口不过60万人，但城市干净，非常现代化。我能感受到的一是全州的美食，二是它与中国脱不了干系的传统文化。

说到它的美食，韩国有句话叫：吃在全州。第一顿饭我们是在一个很具有中国特色建筑的"古宫"吃的，这可能是全州方面的刻意安排。叫"拌饭"，全称为：全州野菜拌饭，是朝鲜时代的大料理之一，原料达30多种。二楼大厅是个展示厅，展示的是韩国传统饮食，还有古书对他们饮食文化的记载，全是中文竖排本，叫什么《东州岁时录》。需要说明的是，朝鲜半岛是在二战后才停止使用汉字，但街头依然到处可见汉字。还是来说这拌饭，它是根据阴阳五行的原理做的。一碗饭，然后所拌之物有豆芽、鱼、肉、香菇，吃拌饭之前，大家喝酒，还有一碗豆芽汤，然后是6碟泡菜：泡萝卜、萝卜叶、梗、泡白菜，还有一种叫不出名但很好吃的泡野菜，还有一盘小块的蔬菜煎蛋。这种拌饭确实好吃，营养丰富。饭后又来一道汤，里面有松子，汤味有股中药味，里面可品出生姜、桂皮等，据说有解酒的功效。

全州如果只有野菜拌饭就太单调了，事实上我们还吃了豆腐饭，吃了石头锅米饭——这在中国也有，就是吃后锅底有锅巴的那种，石头锅。最好的当然是"韩国正餐"。

当天下午安排参观的一个金山寺，十分幽深，有400年古榆，这个寺属中国传去的曹溪宗，但建筑有韩国的特点，大寂光殿里安放的菩萨也不同，毗卢佛放中间，释迦牟尼佛放左，里面只有大蜡烛，没有烧香焚纸烟熏火燎的，功德箱叫福田函，当然也是汉字。殿里也没有和尚之类，只有一老妇点烛管事，里面是地板，一尘不染，进去拜佛要脱鞋。说韩国是彻头彻尾的汉文化，一点没错。这在柏杨的《中国人史纲》里说得明白，他说在清朝，朝鲜人更认为他们比中国人更中国人，因为中国被清政府灭了，他们才是仅存的正宗的中国人。第二天我们参观的庆基殿，门前的下马碑，就刻着"万历四十年，咸丰×年重建"字样。朝鲜半岛过去完全使用明清纪年。庆基殿是安放朝鲜太祖李成桂之御真（就是画像）的建筑，有600多年历史。在离此不远就是丰南门，上有"湖南第一城"五个大字。所谓"丰南"，是指他们的开国皇帝李成桂想仿效出生在丰县的刘邦建立汉朝。丰南门对面有一家韩医馆，韩医就是中医，各种药名全是中文，医馆门口吊许多布袋子，上写中文药名，里面还泡有一大缸鹿茸酒，卖的药也明确标明"汉方炮制"，而且盒子上全是中文，什么祛痰镇咳丸、感冒丸等等，各种红参丸、膏、茶也是用汉字标的。

这天中午吃的豆腐拌饭，也是令人难以忘怀。这是全州最大的最有名的"豆腐店"，豆腐不是白的，红色，像我们的猪血豆腐，豆腐一大块一大块，上面堆满用辣酱拌的生韭菜和白菜，没想到韭菜生拌酱好吃得很，还有辣味的泡白菜，全一段段切好了，叶、梗，我们席上的一盘泡白菜被我一个人消灭了，吃韩国泡菜几天就吃上了瘾。虽叫吃豆腐，也有各种烤制的蔬菜食物。主食呢，当然是一大碗豆腐，里面有蘑菇、肉末，还有一碗饭，拌在一起吃。

这个晚上是在全州最有名的寒碧楼吃韩国正餐。所谓正餐，是全州最好的餐饮，以八味和十味为基础的十二样基本菜，再加上五六样特别菜，在那个正餐上，我算了算，吃了19种菜加一道汤，吃得人撑着了！只可惜冷菜太多，热菜太少。当时未记下菜名。吃完这个正餐，接着去草原米酒餐厅参加全北作家协会组织的中韩（全州）作家联欢。那个地方是饮食一条街，或者叫数条街，全是吃喝之处。这个餐厅是全州作家们经常聚会的地方，餐厅较简陋，墙上可以乱画，就像古代诗人们一样，喝醉了壁上题诗——那周围几个餐厅我去看了看，全一样，可乱写滥画的。我也仿效他们，在上面题了一首李白的诗作为纪念。这个餐厅有名的是米酒，主人说就是中国古代的稠酒，而稠酒正是唐代文人们喜欢喝的，他们说在中国的西安还能喝到这种酒，不知是人话还是鬼话。这种酒是甜的，度数不高，韩国朋友还往酒里掺啤酒。这一顿酒又是唱又是跳的，直到深夜。韩国作家唱了关于朝鲜战争的歌，唱得惨兮兮的，跟我们对这场战争的立场完全不同。就是在这个餐厅里，我看到了一盆郁郁葱葱的盆景，竟是红薯藤。红薯是小个的，长长的，餐厅有许多，我找老板讨要了几个，带回国，现在，这种韩国红薯也长出了藤蔓，成为我家的盆景了。

在全州，韩屋村是必去之处。这是最能表现全州传统的地方，类似于云南丽江，但面积小，没有那种商业气氛，民居中依然居住着人家。这些屋子照我看，就是中国化的，每家有小院，门上有雕刻。小巷干干净净，有下水系统。我和莫言走入一家未关门的民居，里面有神柱，韩式民居前有大大的廊檐，上铺地板，可以席地而坐。木墙上挂有各种器物、蒜子，院子里种有多种花草。韩国人好用石头凿成臼。在里面养上水生植物，每家每户都有几个这种石臼。而这种民居的飞檐斗拱，完全中式，瓦当上写有福禄寿禧等汉字。

我们参观了一个造纸作坊，那可不是表演，而是真正的生产，这种纸就是我们称为的宣纸，他们称为韩宣纸。作坊是家庭作坊，纸的出产却多种多样。在这个作坊里还有个纸张陈列室，有各种纸张，作家们纷纷购买。

之后我们去了新修建的韩方文化馆。韩方文化实际上就是中医文化，中医的汉方——当地作家解说时也承认。所有的药材都是中药，什么四象八卦，经络、阴阳二气等等。这里展览有"韩医"的各种器械，针灸的人像、经络图，特别是有许多中药标本，新鲜如初，不知是怎么浸泡的。这个文化馆不仅展出"韩医"文化，而且还有商品开发，如：他们将一些气味很浓的镇静安神药做成药袋，非常漂亮，色彩鲜艳，3000韩元一个出售，还有一种皮肤药膏，还有许多镇咳、参片等药品出售，将中药弄成旅游纪念品，只有他们才有此头脑。我就被那些漂亮的药袋吸引，买回了三个。

最让人有参与兴趣的，是我们曾在全州交流的那个又石大学韩医学院研究的电脑测算你是什么人，是太阳人、太阴人、少阳人、少阴人等4种，你选择回答各种问题，然后得出答案，全套测试叫"四象体质分析"。我测出属"太阳人"，有一大堆解释，免费给你打印出来。然后，这里还有中药洗脚，韩方为我们买单，根据你分析出的什么人，下什么样的药，药也配好了，穿着韩服的漂亮女孩，为你换水，添药。还有药茶，边洗边喝，茶有十全大补茶、滋阴美容茶、男性活力茶。我要了一杯活力茶，躺在沙发里，脚底有按摩器，喝茶泡脚，真是一种享受。

洗完脚，我们又到韩屋生活体验馆，是又一个大院，新修的，馆里有各种展览，有一个展览主要是各式农具，这些农具在我们乡村可见。而且院子里还有各种游戏，如投壶、投环、滚铁环等，这些都可以勾起儿时的回忆。

中午，我们到一家纯民居改成的"多门餐厅"用餐，脱鞋进屋，小桌对座。这次用餐又是韩式正餐，我留了个心，将那些菜记了下来，我能叫上名字的有：烤海贝、豆芽、泡桔梗、泡白菜、葫芦、茄子、鱼、青椒（整个的，生吃，底下衬几片菜叶）、粉条、胡萝卜丝、煮肉（旁堆辣萝卜）、豆腐（也是生吃）、炖蛋、煎蛋、泡海鲜、芋头、蕨菜、豆腐酸菜汤（霉豆渣味）等等。这一顿菜吃得可真扎实。泡白菜又让我一个人全包了。写到这里，不禁口舌生津。韩式饮食确实很对我这个湖北人的胃口。

韩屋村包囊了所有韩国传统文化（我们未去的还有全州乡校，里面祭祀时要拜祭孔子及其弟子和中国儒学大家7

人及韩国18贤人）这个传统文化的大观园，保存如此之好，展示如此之精，在我们中国是难找到的。我们当然也有类似的地方，可成了古迹，只供参观，人家却还是居家生活之处。这种生活在传统之中的美日子，我们已经差不多消失了，人家却还牢牢地继承着。我心里只有一句强烈的感受：他们真的更像中国，而我们已经不像了。

拉斯维加斯

　　从新泽西州的自由机场要坐5个小时的飞机，且要越过三个时区才能到达沙漠赌城拉斯维加斯。自由机场过去叫纽瓦克机场。这里对中国人并不陌生。一是当年9·11事件恐怖分子的三架飞机，就是从这里起飞去纽约，遭此重创，改为自由机场；二是2010年一对华人学生情侣，女的从加州来新泽西看男友，走时已安检，男的依依不舍，竟从一个栏杆钻进去，与女友热吻。但机场监控发现一个人提着东西进入安检后的候机室。可以想象，经受过9·11后的此机场，那还非同小可？马上所有飞机停飞，机场瘫痪6个小时，一万多安检过的人重新安检。而此兄完全不知，早驾车回家睡觉去了。但各地监控把此人锁定，把他从梦中抓起来，只罚款500美元。其实，他这一钻，机场损失近亿。老兄躲过一劫。因为美国的法律只能罚500元了事。

　　我们一到达拉斯维加斯机场，赌博的气息就扑面而来！机场里全是百家乐之类的机器，许多人在那里赌。我真怕有人因为赌兴奋了而误机。

赌城不就是赌博吗？且慢。这个赌博城可不是一般的赌城，是世界上最豪华的赌城，是聚集了天下财富的赌城。沙漠什么也没有，只有想法儿聚集世上富人的钱。于是在这片内华达州赭红色的沙漠里，神奇地矗起了一座漂亮得可在全世界排前几名的新城。这里的每一栋建筑都是艺术杰作，世界的建筑大师都想把自己的作品建在拉斯维加斯。这些时尚超美的建筑，冲抵了人们对赌博的厌恶。建筑栋栋令人震惊，想象力尤其丰富大胆，色彩尤其艳丽，有绿色的，有紫色的。而这些中有的是童话城堡群、埃及金字塔、艾菲尔铁塔、威尼斯水城等之类，这些全是赌场，巨大的赌场，巨大到你想象不到的地步。这些赌场都有一个名称：主题赌场。

拉斯维加斯属内华达州，内华达是西班牙语雪山的意思，拉斯维加斯也是西语，是放牧的草地的意思。当年这儿是墨西哥的领土，包括新墨西哥州、亚利桑那州等，都是西班牙的殖民地。说是有一天，一队商旅寻找水源，发现了此地有水草和水，于是定居下来，才有了拉斯维加斯。这里多墨西哥人的后裔，许多人长相是美洲人，戴牛仔帽，非常潇洒，非常有异国情调（美国的异国情调）。美国有7个州为墨西哥人的土地。美国人也曾是侵略者。

在中国，黄赌毒是连在一起的，但拉斯维加斯很奇怪，没有黑社会，也没有公开合法的妓院。黑社会退出拉斯维加斯已很久，这是政府操作的结果。当年赌场老板发现，妓院老板赚的钱比他们还多，就联合起来，将妓院撵出了该市。但现在暗娼也不少，电话预约，报纸上也登有很多，包括当地华人报纸。还有大巴、出租车和街头一些报箱里，许多小册子，都是明码标价的妓女广告。

你进入该市的主街最先看到的就是金字塔赌场，完全仿造埃及金字塔，但是一个酒店赌场。顺便说一句，凡赌场就是酒店，酒店就是赌场，就是休闲娱乐中心，就是购物中心。赌场有多大呢？大到超出你的思维；奢华到什么程度？奢华到极致。资本给人豪气，资本给人想象力，资本创造现代文明。这里汇聚了天下的财富和智慧。"金字塔"内部，尖顶周围，全是房间，就像蜂巢，或像燕子窝，住在上面是悬着的，如住悬崖上一样，可要勇气。惊叹的是建筑师的想象力和大胆。向下俯瞰，就是赌场。外面当然是狮身人面像。

恺撒赌场粗粗看了一下，有什么花神、酒神之类的主题区。在任何赌场都有主题区，将不怎么光彩的赌博弄得很文化，很高雅，很文明，很惊艳，是拉斯维加斯的一大特色。米高美大酒店以好莱坞、南美洲风格、卡萨布兰卡及沙漠绿洲等为主题。金殿赌场饭店则是巨大的火山爆发，还有热带波利尼西亚丛林，热带植物景观、瀑布、沼泽。入夜后每15分钟就喷一次火山，蔚为大观。还有巴黎酒店、百乐吉饭店、蒙地卡罗、比尔赌场、奥舒亚赌场、哈拉斯赌场酒店、火鹤酒店（或称弗朗明哥酒店），以海盗为主题的金银岛酒店、曼德勒海湾赌场度假村等等。

我们还去了百乐门大赌场，一派热火朝天的局面。又去了"威尼斯人"大赌场酒店。这基本不是赌场了，是一个旅游的去处，是一个人造的远离欧洲的威尼斯，是人间奇观。在一楼，有世界级的交际舞比赛，事实上拉斯维加斯不仅仅是赌场，还是世界最繁忙的会展中心和文化中心。当然如你不赌博，这里也是游玩的好去处。老人小孩男人女人都能找得到乐趣。在里面，有世界应有尽有的奢侈品商店，也有艺人。威尼斯著名的钟塔、叹息桥、运河、圣马可广场都在这里惟妙惟肖地复制出来了。在三楼，就是运河，屋顶是天空，白云飘飘，你无法想象是在室内，还有那运河，还有那船，还有那唱歌的男女。而圣马可广场上（其实也是在室内），吃喝玩乐的，玩杂技的，热闹非凡。唉，资本创造的奇迹。"威尼斯人"赌场酒店是拉斯维加斯最奢华的酒店。

　　我们住在百利（Bally's）酒店，当然也是一家大赌场。百利酒店位于拉斯维加斯大道中心，多年前尼古拉斯·凯奇主演的电影《拉斯维加斯的蜜月》就是在这个酒店内拍摄的。它一楼的赌场有67000平方英尺，老虎机森林密不透风。跟这里的任何赌场一样，是没有任何窗户和时钟的，就是让你赌得昏天黑地，不分日夜，就是让你赌得裤子都输掉，身无分文而归。岂止这样，酒店总台里面也没有时钟，这是拉斯维加斯一大特色，一大阴险的特色。而且，一过半夜12点，空调通风口会输入氧气，哈哈，人顿时神清气爽，通宵达旦。一边赌，还一边可看表演。这里面有一个歌厅，你可以与歌手和乐队的音乐一起起舞，人人疯狂。还可看免费的不间断的脱衣舞表演秀。在这里面的人，有许多是老头老太太，跳舞，赌博，他们好快活好放开啊，西方的老人绝对是幸福的。

我们晚上去街上看夜景，看了世界最大的喷泉，那个壮观，让人震撼。还看了逼真的海盗表演，整个拉斯维加斯在疯狂享乐，而这时候，中国人或许在血汗工厂里加班加点。我的感觉是，美国活了，世界其他国家就没法活了。

百利虽然是星级酒店，但里面设施一般。据说是故意而为。不能让你住得很舒适，因为他要的是你到赌场"送钱"。许多人行李一放下，就直奔赌场，房间根本没人住。我睡了一觉，想起来还是去赌场转了转，也不知道是出于什么心理，也不知道拉斯维加斯有何魔法，反正估计是手痒了。果然，赌场依然热闹，人满为患，笙歌美酒加金钱。小试了几把，当然美金白送给美国鬼子了。什么"百利"，是他们的利。这里主要是玩21点、百家乐、老虎机、骰子，还有轮盘赌等。押注从15美金到5000美金不等，也有VIP室专门为你一人准备的，可下几万美金一注。而当年伤痕文学的主将卢新华据说沦落到就在这儿发牌。发牌（当庄家的）果然有中国人，笑眯眯的邪恶的眼睛，怎么也玩不过他们，这些助纣为虐的混蛋。早晨起来下去看，依然满当当的人还在赌。永远的不眠夜！俺服了你，拉斯维加斯，令人发晕的亢奋和腐朽和美丽和神奇的城市。

华盛顿

如果你恨它，也要去华盛顿；如果你爱它，也要去华盛顿。

这是根据一句经典台词改的。为什么要去华盛顿？原因很简单，因为它是美国首都。

对美国的言说可说是千头万绪，不好开口。过去我在长篇小说《猎人峰》里痛骂过他，在《我的邻居》里恨过他（也可以用"它"字吧？）华盛顿的冬天可说是一个风大、寒冷而又可爱的城市。傻瓜相机里照出来的镜头可放很大，因为它的天空纤尘不染，建筑仿佛全是新的，或是被水龙头冲洗过的。天空蓝得恐怖，就像是在另一个世界的空间。

它的建筑，全是古希腊式的，全是大理石的，高贵、典雅、庄重，宛如神话。人烟稀少，就像走在远远的郊野，一路开玩笑说，这不像是米国，像是黄陂（武汉的一个县），但更像是公园。而白宫及周围的建筑群就真的叫国家公园。这个"公园"太大，太散，从一个地方到另一个地方还要跨越州界、大河。但也有一个中心，这便是在一条中轴线上的林肯纪念堂、华盛顿方尖碑、国会山的白宫。一个大国首都这么少人，真的没想到。

这个首都的设计应该说是独具匠心的。事实如此。1789年，美国联邦政府正式成立，乔治·华盛顿当选为首任总统。当国会在纽约召开第一次会议时，建都选址问题引起激烈争吵，南北两方的议员都想把首都设在本方境内。国会最后达成妥协，由总统华盛顿选定南北方的天然分界线——波托马克河畔长宽各为16公里的地区作为首都地址，并请法国工程师皮埃尔·夏尔·朗方主持首都的总体规划和设计。这个法国人为美国增色不少。

但为什么不把首都放在纽约？看来美国人有眼光，纽约如今已经是水泄不通了，跟咱们北京差不多，跟莫斯科也差不离，就是个大塞车的下场。

58万人，当然不会拥挤。中国的一个地级市也比他人多。华盛顿全称应为"华盛顿哥伦比亚特区"，所以你在说首都周围这个地方时，你必须说华盛顿DC，否则美国人不知道你要去哪里的。

波托马克河虽然穿过首都，却是野的，绝无污染，野鸭、雁、鹅大群地在水里随波逐流，两岸都是植物，少有人烟。我们先去的林肯纪念堂在河之北的马里南州，白宫、国会、最高法院以及绝大多数政府机构均设在这边。对岸是弗吉尼亚州，五角大楼即美国防部在那边。

林肯纪念堂和所有华盛顿的建筑一样，用纯白色的大理石建成。高大巍峨，我们的毛主席纪念堂可能参考了此建筑，但没有如此威严和雄伟气势。台阶非常陡，有可能人仰马翻。台阶是57个，是他在世的年龄。36根石柱子，象征他当时领导的36州。北风如刀，爬上去只有进入一座不太亲切的神庙的感觉。林肯坐像森严不可侵犯。林肯为美国第16任总统，也是唯一的平民总统，出身低微。他领导了美国南北战争，颁布了《解放黑人奴隶宣言》，1865年4月15日晚上，林肯被南方奴隶主收买的一个暴徒刺杀，在华盛顿的福特剧院，他正陪他夫人看戏，也是唯一一次陪夫人看戏。人咋就这么倒霉！

从纪念堂往前看去，就是一个长方形湖，尽头就是华盛顿纪念碑，高169米，整个华盛顿的建筑不允许超过此。说到这座方尖碑，很有特点。虽都是白色，上下有色差。什么原因呢？1848年此碑开始建造，但1854年南北战争又停止了，1876年战争结束又重建，就有了两种颜色。此碑有190个国家运来了大理石，当时的清政府也运来了两块，上刻有福建巡抚司题词："华盛顿，异人也。起事勇于胜广，割据雄于曹刘，既已提三尺剑，开疆万里，乃不僭位号，不传子孙，而创为推举之法，几于天下为公，骎骎乎三代之遗意。其治国崇让善俗，不尚武功，亦迥与诸国异。余尝见其画像，气貌雄毅绝伦，呜呼，可不谓人杰矣哉！米利坚合众国以为国，幅员万里，不设王侯之号，不循世袭之规，公器付之公论，创古今未有之局，一何奇也！泰西古今人物，能不以华盛顿为称首哉！"此公不仅对华盛顿了如指掌，评价还奇高的。

　　华盛顿征战多年，从未受伤，但子弹多次打穿过他的帽子，他有一句名言："敌人的子弹声音很悦耳。"不错！一个站得很高的人，视死如归的人，很喜欢听敌人的子弹。现在他就站得很高。

　　纪念堂的右边，是越战纪念墙。是由华人建筑师林璎设计的，林璎是林徽因的侄女，网上说她是百年美国100位最重要的人物之一。但这面墙不算什么了不得的建筑，只不过是显示了对人、对死者的尊重。就是依路的起伏将5万多战死的美军名字一一刻在了石头上。还在旁边将名册放在雨不能淋的箱体中，查档案一样可以很容易找到牺牲者的名字在哪区哪块石头上，便于献花。

　　纪念堂的左边是韩战墙。墙上是用激光雕刻出的韩战美军的群像。而草地上是一组美军身披白色袍子的雕塑，十分新颖。有点像我们的《奇袭白虎团》中志愿军披的东西，在雪地上打仗的。韩战的纪念有创意。特别是一组雕塑，一个女兵抱着一个死去的男兵，极度悲痛，旁边一个士兵仰天长啸，很震撼，有点像俄罗斯圣彼得堡的围城纪念馆里的那组雕像。19尊雕像加上19块大理石激光雕像，加起来38，象征韩战停火线三八线。

　　一个国家的纪念墙，反战意味甚浓，这也难得。

　　杰斐逊纪念堂位于华盛顿纪念碑正南方，是1934年为纪念杰斐逊诞生200周年，由国会拨款建成的。这座纪念堂，按杰斐逊喜爱的罗马神殿式圆顶建筑风格设计，是一座高96英尺的白色大理石建筑。虽没有林肯纪念堂高大，也很壮观别致。大厅中央耸立着高近6米的杰斐逊总统立身铜像。身后的石壁上，镌刻着杰斐逊生前的话："我已经在上帝圣坛前发过誓，永远反对笼罩着人类心灵的任何形式的暴政。"《独立宣言》是由杰斐逊起草的，据说他把自己关了15天，写成此文。上称：上帝赋予人的生命权，人人都有追求自由的权利；私有财产高于一切，如果受到侵犯，可以向对方开枪，有权保卫自己的财产。这也就是为什么美国人凡21岁之后可以拥有枪支的法律依据。当然，这一法律也有问题，校园枪击案增多，有呼声要修改宪法限制枪支。

白宫周围就是美国各部委，众多博物馆，国会图书馆、华盛顿歌剧院、国家交响乐团、肯尼迪艺术中心都是世界闻名的。白宫是华盛顿的象征，也是美国的象征。这座白得耀眼的建筑亲眼见更有魅力，是美国历届总统办公和居住的地方。只要你选上，你就得带全家住进这里。椭圆形的美国总统办公室设在白宫西厢房内。美国总统常在那个"玫瑰园"的草坪里举行欢迎贵宾的仪式。国会大厦和白宫之间有"联邦三角"建筑群，其中包括联邦政府机构以及国家美术馆、国家档案馆、泛美联盟、史密森国家博物馆和联邦储备大厦等。我还看到有美国之音总部、印美元的什么工厂，一些造型特别令人难忘的博物馆，如航天航空博物馆、印第安文化博物馆，这些都代表一个世界最发达国家的科技水平和文化水平，可不是一般的名不虚传。走近这些大楼，气派如远古的传说，有一股气势，感觉该美国牛B，人家也有本钱牛B。白宫前有几棵大树，有一个湖，已结冰，一些水鸟缩着脖子在冰上栖息。不远，一些抗议者插的抗议纸牌，很艺术地布满在草坪上，如一片魂幡。大约是抗议奥巴马的财政政策，为富人减税的政策之类。没一个人，就是那些纸牌，安安静静。想起我们的群体性事件，又是打又是砸的。我们的社会深处不满的东西是咬牙切齿的，是毁灭性的。

松鼠很多，在树丛间跳来跳去。在路上跑来跑去，不怵人，好玩极了。在美国，我认为最可爱的是松鼠。在宾夕法尼亚大学的校园也是，在旧金山的金门公园里也是，好多好多松鼠。它们的自由是美国的一种象征。

美国的国家艺术馆，收藏甚丰，从13世纪到19世纪的欧洲艺术品很多，从殖民时期至20世纪美国的油画和雕塑作品也尽悉收藏，看不过来。我们在一张据说是美洲唯一一幅达·芬奇的画前照相，可以拍摄，这在有些国家的艺术馆是不行的。

最难忘的是在航天航空博物馆，看到了自莱特兄弟试制第一架飞机开始，到现在最先进的航天器，包括太空舱、登月舱。这一百年，航天航空技术突飞猛进，不知再过一百年天空是一幅什么景象，人类又要玩出什么新花样来？大约上金星火星是没有问题的了，移民月球是没有问题的了。我在那个曾上了月亮的登月舱原物前留了个影，最是有意义。里面还有大量的互动和亲身体验的项目，但我们没有时间去玩了。

华盛顿有巨大的磁场，勾引你就要你相信美国是最优秀的国度。一个建国才200多年的国家，有什么资格当世界的龙头老大？人家不说，却让你走近信服。虽然美国政党恶斗，经济衰退，但不足以动摇它的根基。这个国家估计会永远强大下去，不管你是否恨它爱它，我们拿它一点办法也没有。

淡水老街的雨

淡水老街的雨，中台禅寺的风。这是在台湾中台禅寺树下小憩时想到的两句话。

中台禅寺的风是禅风，淡水老街的雨是春雨。虽有些湿濡，却也并不寒峭。

在这条老街的雨中，只需一把伞，一分好心情，加上一点点爱意，便行了。街头一棵老榕树，油亮亮的，被雨洗得莹绿。突然想起故乡的某个日子，心头的某个角落被怦然撞击了。一点点的慰藉。似曾相识，前世今生的哪一个时刻来过这里，坐在河边，看自己童年的倒影，看断鸿声里的夕阳。人来车往，熙来攘往，都是可能遽然相撞的熟悉面孔。阿婆铁蛋、阿原肥皂、阿娥切仔面、阿给……阿、阿、阿……

阿原是不是邻家的调皮小子，将那皂末放进小瓶里吹五彩泡泡的那个？阿婆的眼睛不行了，却依然卖着铁一样硬而好吃的蛋；阿娥就是老远嫁到这老街的能干媳妇吧？阿给呢？阿给不是人，是一种食品。是油豆腐的日语发音。呵呵，咱都绕糊涂了。恍兮惚兮，故乡不知何处。红毛城就在旁边，番人们的城堡。还有温州馄饨、新疆烧烤、八仙果、麦芽饴、古早饭、传统布偶、古砚斋、福佑宫、龙山寺、天主教堂……

记得小时跟大人们唱："月亮粑，跟我走，一走走到黄金口……"黄金口也为一小河口，河边千年小镇，本人的家。也有南来北往的人，有美孚洋油、上海肥皂，有寺庙，有香铺……浦江口、汉水口、珠江口、淡水口……有河口的地方就有潮汛，就有帆影，就有舟楫之便，就有"白日千人拱手，入夜万盏明灯"，就有樯桅林立，四面信风，他乡习俗，组成了一个河边城镇，一条水意老街石码头。

满街好吃的，满街好喝的。视野有些暗，能见度有些低，雨雾蒙蒙。但满街的灯火亮了。在各个店铺和他们的广告灯箱里闪烁，在雨中化为橘黄色的光晕，映在街心的雨水中，映在行人的意绪里。

去吃阿给。陪同我们的除夏潮基金会的晓平、雅婷外，还有《联合报》负责北美《世界日报》副刊的吴婉茹，诗人、散文家颜艾琳等。婉茹是方方的朋友；艾琳是在此讲学后，专门等候我们陪我们玩的。艾琳的热情如北方女人，却写着《微美》中那些美丽的"阴思想"。"小小的女孩站在嘉南大圳上，刚过肩的鹅软细发被风梳扯，她看着灰蓝色的天空无限延伸，眼下的农田似乎追着天空跑去，上下两者在极远处交集成一线……"艾琳的笔触就是抚摸嘉南平原的乡愁细雨。这天，既然我们来了，作为台北县顾问的她，焉有不陪同之理？她带领我们去"手工阿给原创店"吃阿给。就是将油豆腐挖空，塞入炒好的冬粉，再以鱼浆封口，蒸熟后再淋上酱汁。这个店是最正宗的，有原味阿给、麻辣阿给、芥菜阿给、蚝油阿给、咖喱、沙嗲、韭菜、素食等各种阿给。我要了一碗原味的，再加一碗鱼丸汤。鱼丸不是丸，是长形的，汤特鲜。阿给不一定合大陆人的口味，也许还是麻辣的来得爽快吧。后来晓平又给我们点了"三两三葱烧包"，天津来的，袁世凯每天必吃的东西；五十年的葱烧包和鱼丸老店，味道就是好。淡水好吃的东西太多，主要是铁蛋、阿给、鱼丸。

老街的老店铺卖老东西，装修设计却很现代，不似大陆的老街，一味地老下去，有老掉牙的感觉。阿原肥皂已经做出百种花样，成为一种时尚品。有鱼腥草的、松木的、桧木的、樟木的、桑菊花的、婴儿用的、男生用的、女人用的，上还有书法哩。就算家里不缺这玩意儿洗涤，但可当装饰品摆放。一路徜徉，一路购买。还有儿时记忆中的老玩具店，那桩桩件件，吹的，拍的，打的，珍藏的，吓人的，恶作剧的，敢情两岸孩子的童趣和游戏曾经是一样的啊。看那石阶，看那通往河边的小巷，看那可坐一个乘凉少年的寺前石鼓，似有蝉声袭入庙宇；还有茶坊，有药局，有消磨时光的冷饮、咖啡，有一种长长的冰激凌塔，就是为了让你快速吃掉才过瘾的。还有服装店，美术店，有生猛海鲜和各种快餐，有出过周杰伦的学校，有许多只为在河边呆坐的人……

到了河边，豁然开朗。一个乘船去"渔人码头"的码头，有钓鱼的人，钓鱼不用鱼饵，只是不停地拉钓线便可钓起来大大的鱼。一只头顶蓑羽的水鸟站在钓客的后头，等待赏赐；另一只水鸟蹲在一个岸边螺旋桨桩上，缩着脖子，懒懒地望着这无尽的雨。雨变得稀疏，云彩很厚，正在向东南飘去，向那座红色的关渡大桥飘去。远处愈来愈宽的河口似乎听到了涨潮的涛声。对岸是八里，更远的地方是一个港口，高高的塔吊参差耸立在雨雾深处。还有云霭渐起的大屯诸峰，如一尊观音卧佛横亘在我们眼际，犹抱琵琶，始终不肯露出她的全部。

　　我们得去坐一坐了，像许多当地的老者和辛苦的旅人。到了有河书店，在面对淡水河的一个二楼。老板是艾琳的朋友，笔名686，一个相貌憨厚的影评人，他的太太，笔名隐匿，诗人。书店多少有些逼仄，即便这样，却很有名。也可以喝茶，看书，聊天，逗猫，观水。猫有二十多只，又懒又幸福，睡在书里，与大作家、大思想家为伴。墙上画的也是猫。猫是一种有家庭感的温暖的动物。这里有咖啡、奶茶、黑麦汁，有金橘、玫瑰、薰衣草等花茶。这是像猫咪们一样悠闲自在的时光，听猫的细碎的呼噜声，翻着书页，坐看流水。突然想起一句老外的诗来："影子没动，是水在流动。"隔着玻璃，与水对视，那些被风和阳光和雨声激动的波纹，也许就是水内心的文字吧。玻璃也是可以写字题诗的。不是反诗，心情很平和，也不要烈酒，没有愁绪仇绪。主人拿来笔，面对逝水如斯，谁来发思古之幽情？大陆著名文学批评家於可训老师接过来就写了"八里非巴黎"，艾琳反应也快的，写下"晓平亦小平"，我也凑上一句："艾琳只爱您"，於老师总结："一共十三人"。于是由我落款。打油诗。涂鸦。大家哈哈一笑，一杯奶茶咖啡，一段雨中往事，一段快乐时光。而露天阳台上被雨淋湿的椅子空无一人，多少来客匆匆来了，匆匆走了。河没动，河水在流动，如人。猫有些忧郁地看着雨河，想着天晴时暖暖的太阳。

　　我们走了。淡水老街的雨，是把什么也没有淋湿的雨。海峡的风在这边吹着，那边也是晴日。就像帕拉亚拉尼的诗所写："你掀起凄风苦雨，又召来晴空丽日，你制造春夏秋冬，只因我的爱牵动了你，我将驶入你的港口，不管你是否乐意。"

府城台南

　　台南称为府城，是南部嘉南平原上最大的城市。但也发现与高雄相连了。高雄与台南一样，县市合并，那个陈菊与杨秋兴竞选大高雄市长的竞选广告竟打到台南郊区来了。

　　我们到台南的第一站是台南县的走马濑农场。这可是新农村的一个典范。当然是非社会主义的。我们于傍晚抵达，住农场兰溪会馆。该农场是台南县农会经营的农业区。接待方是想让我们作家们看看台湾的农村。

　　没想到这么好。好到令人发指。首先，这个会馆不是乡村级的，城市也赶不上。它带有乡村气息，但五星级饭店也没它这么有特点和豪华。豪华不是浮华，是自然气息中的高贵。楼房的设计造型是一流的，主楼用的是大大小小的石柱，里面又主要是木头。大厅里全是蝴蝶兰，香味扑鼻。盛兰的器皿也很艺术，各种各样的。每一个走廊都是这种花。大厅的装饰有些是巨大桧木剖开后的自然形态，像虎啸样的，对开，如二虎。还有一个是巨木未作修饰剖开后的大条案，有十几米长，上面也是放的花，纯粹装饰。许多木椅也是大木，但很精致，除靠背按原木的原始模样外。吊顶也是木条，吊得很别致，灯也是。大厅里有许多农场自产自销的产品，包装很时尚，还有农场的广告衫（本人买了一件）。这里竟然也是常举行婚礼和寿宴的地方，据说很俏。我们到时，正在举行一场婚礼，与大陆不同的是，进门的桌子上摆放着几个大相册，全是新郎新娘的合影，有留言簿，全是祝福的话。即便是乡村的婚礼，也非常雅致。话说回来，台湾哪有城乡之分？没有人打牌抽烟的，没有烟雾腾腾，婚礼现场热闹而文明。也是桌席，也是红包，却没有恶搞的，起哄的。

资料上说，农场在300多年前是西拉雅平埔族部落之一，现在则是玉山国家公园及南横风景线所圈成的观光发展核心，是台南农会重点扶持的南台湾最完善的度假（台湾写成渡假）和会议中心，近年更导入农业旅游、农业体验、产业节庆、观光酒庄等项目。农场占地120公顷，有40公顷为新西兰风情牧场，全台湾最大。原来如此，难怪车多人多的，旅游的人不少，但没有大陆人，这不属于大陆客人的线路。农场空气清新，干净整洁，精心修葺，道路刷黑，建筑精致，有花坛，有人工飞瀑。房间里装修也是一流，豪华不俗。晚在农场草原餐厅，吃到农场肉鸡盘、清蒸海鱼、莲子炖香肚、溪虾海鲜卷、农场野菜盘、四宝炖清汤。我们要了辣椒酱，吃得很舒服。

早起逛了一下农场，牛声哞哞，百鸟叽叽。空气里有植物的芬芳。所谓走马濑，是此地有条曾文溪，溪水暴涨时，如万马奔腾，故为走马濑，濑是水急的意思。农场里有一土地庙，香火很旺，供奉池府王爷、王母娘娘。庙门前有一联曰：马鸣溪谷启开世外桃源，农茂草茵一派毓秀钟灵。我们坐农场观光车绕农场一圈，看到路旁有"周妈妈加工直卖店"，有免费喝茶处，有草场、滑草场、蜂蜜直卖（里面有许多蜂箱，蜜蜂飞舞）。还有推牧草球的、射箭的游乐场地。有一个农业馆，里面有标本馆，主要是蝴蝶。有放牧区、有本土草药馆，有各种动物家禽养殖区，主要是供人观赏的。如台湾山羊、猕猴、鸵鸟、山鸡、土鸡、鸭、奶牛（可动手挤牛奶）。这里也有步道，绿树成荫，已有20多年，与农场同龄。树与花间植，为龙柏和大王仙丹花。往深处走，还有民宿区，就是一般游客所住——在台湾许多景点都有民宿二字，主要是私人住家房改成的小旅店。牧场另一边还有一片草原别墅，欧式风格，巧如梦幻，十分大气。

怎么说这个乡村观光？怎么说这里的农村？我已不想说，咱这边可要加油。咱三农问题还是很严重的问题。新农村建设好像还很遥远。

台南市的台南，是台湾最早开发的地方。明代叫安平，后来倭寇骚扰，明朝派兵驱倭。但倭寇打走后等你退兵他又来了，真是觊觎了咱这块宝地几百年。后被荷兰人占领，汉人从大陆来，成了汉奴，吃不饱肚子，一个叫郭怀仪的带领汉人造反，但牺牲了。荷兰人发现这里有大量资源，每年赚回的钱相当于2万吨黄金。台湾真是块肥肉。清政府不知？还是信息闭塞？日本人要（当然是刀架在脖子上要的），竟说这里是化外荒岛，拱手送给了人家。清朝有许多混蛋；凡一个朝代快灭时，腐败盛行时，就会有软弱无力的混蛋。资料上说，300多年前荷兰人在安平区建造了普罗民遮城（赤嵌城前身）。台南最初是西拉雅平埔族的游猎之地，也因汉人的到来，是全台湾的政治、文化、海防和贸易中心，因此历来叫府城。大陆来的一般都是从这里登岸。清朝时，这里是台湾最大的城市。

我们先去"台湾文学馆"。此馆是关于台湾文学的一个向大众传播介绍的地方，不是为专家学者的。让文学成为大众都知晓和参与的事情，宣传作家，是此馆的特色。它的建筑是1916年建成的日据时代台南州厅。1997年进行修复整建，将文学、文化、建筑与历史具体结合，使之"古迹新用"。此馆记录文学的发展，典藏及展示从早期原住民、荷兰、明郑、清领、日据、战后以来，台湾文学的内涵，让民众对台湾文学有一个明晰的认知。馆内还设有文学图书室、儿童文学书房、文学体验室等空间。文学馆墙外的围墙上，有作家们作品的片断。杨逵有一句话：我天天写诗，现在是用锄头写在大地上。文学馆内读书的人很多，这就不是一般的参观了，是实用的一个公众活动场所。馆内很有创意，比方有个文字河，投影在地上，文字流动，形成一种寓意。再是铅字墙，一边是过去排版的反的铅字，一边是印过后的文字，是钟肇政的文章片断，其中有两句话印象强烈：台湾文学是血泪的文学，挣扎的文学。再就是关于台湾牛的一些诗，牛代表台湾开发，也是台湾人的形象。这些歌颂牛的诗投影组成牛形，电脑制作，很是新颖，让观众亲近。

再一个展室是多元交响，族群共荣。里面是一些母子的木雕。每个雕塑下是一个喇叭，俯下身贴近耳就能听见里面播放的催眠曲。如布农族哄睡歌、邹族哄睡歌，鲁凯族、达悟族、噶玛兰族等的摇篮曲，无伴奏的，原声的。创意真好。

有一个馆是各个时期台湾作家的作品。代表作都展示在墙上。一首诗是郑炯明的，《给独裁者》：你可以把我的舌头割断/让我变成一个哑巴/永远不能批评/你可以把我的眼睛挖出/让我变成一个瞎子/看不到一切腐败的东西/你可以把我的双手碾碎/让它永不能握笔/写不出真挚和爱的诗篇/你可以把我监禁再监禁/甚至把我的脑袋砍下/而你仍不能赢得胜利/在历史严厉的裁判下/你的愤怒只是/寒风中的一个喷嚏而已。

这首诗很响亮。

有一个展厅里，竟看到有许多县的厚厚的文学发展史，这是大陆没有的。有台中县、彰化县、澎湖县的。我们大陆的文学只在县志中占一章，没有专志。

有一个赖和厅。赖和是台湾新文学之父。20世纪初，他在厦门行医，接触了大陆新文学运动，回台后推广新文学。杨逵是他提携，且他为杨逵取了笔名。杨原名为杨贵。

有一个展厅有许多作家手迹，如张爱玲、郁达夫的。

文学馆很大，举办许多文学活动、演讲、研讨会、美术展、书票展等。我还看了一些美术教室。

这个馆让我们大致了解了台湾文学的脉络，但我认为缺少与中国文学联系的资料。好像台湾文学是孤立存在的，不是中国文学的一部分。这大陆人无法接受。台南是绿营的大本营，CSB的家乡。

去孔庙。台南孔庙至今已有300多年，是台湾第一座孔庙，也是郑成功时代到清末时台湾最高学府。有大匾"全台首学"。孔庙不小，一门外有满汉文"文武官员军民人等至此下马"碑。进去，有一棵巨大的榕树，挂有"老树病了"牌，正在进行科学治疗。这里有许多人在打太极拳、舞剑。左右有礼门、义路。大成殿里，有清朝各个皇帝题写的匾额，康熙、雍正、乾隆等都有，一直到蒋中正、蒋经国、严家淦，到李登辉、陈水扁、马英九，匾太多了，重叠放置，特别是清朝皇帝们的——这么多皇帝看来还是管了台湾的，只是没来过，是不是怕死？海上当年毕竟险恶。但这是铁的证据，清朝有两百多年结结实实管理着台湾。中国文化牢牢地在这里扎根，且因没有经历大陆的"文革"，孔庙保存得这么好。每年9月28日孔子诞辰，全台都会举行祭孔大典，而台南孔庙完全循古礼，叫"释奠"，沿袭周朝礼仪，击鼓、开启仪门、迎神、上香、献礼、恭读祝文、送神、关闭仪门等，以雅乐和六佾舞来礼赞先师。典礼过后还有一仪式，拔智慧毛。即在祭祀牛身上拔毛，不合人道，民众抢夺秩序大乱，现改为以饼食取代。

建筑循左学右庙规制，左学以明伦堂为主的建筑群（这在韩国孔庙见到的也一样，也叫明伦堂，连韩币上都有），右以大成殿为主。还有启圣祠、名宦祠、乡贤祠、文昌祠、土地祠、朱文公祠（朱熹）、六德斋、六行斋、献官斋、官厅、孝子祠、节孝祠等，建筑很多，还有各种祭祀礼仪的器物展览，让人大开眼界。

赤嵌楼。这个楼是台湾最著名的古迹与精神的象征。因为郑成功就是在此与荷兰人谈判并受降的，院内有一组郑成功受降雕塑，郑成功气宇轩昂，大义凛然，然后赶走了荷兰人。赤嵌楼当地人称红毛楼和番子楼。福建人把水边的高地叫"嵌"。因为墙为红色，远看像一道水边的嵌，故名。赤嵌楼三层，高12米，楼内有郑成功塑像、画像、海战摧敌图、刘永福治军台湾图。文昌阁内展示的是台湾军事武力图和台湾十大建设模型等。楼下有9座巨大的满汉文御碑，碑文由乾隆皇帝亲撰。还有石马石炮等。赤嵌楼只是象征，不大，意义却大。也是台湾八景之一：赤嵌夕照。在台南，还有安平古堡、亿载金城、延平郡王祠、五妃庙等，我们因时间仓促就无法前往了。这都与郑成功有关，也都为台湾一级文物（全台19处，台南占7处）。

重头戏是吃台南小吃。

台南小吃的完全攻略中，有几百种，还有一种专门为美食家饕餮鬼准备的台南小吃二日游。吃遍台南其实是难的，怕要一年。最有名的有台南蚵卷、台南虾卷、台南担仔面（度小月的为最好），福记肉圆，当然也有什么蚵仔煎、花枝羹的。还有台南肉包，也是很好吃，中餐之前就已尝过。

我们中餐在"周氏虾卷"吃。该店三层楼，装修讲究，一楼有排长队买虾卷包的。楼里人山人海，但也有序，估计大陆人居多。店是50年老店，挂的照片马英九等大多台湾政治人物加上明星林志玲等都来吃过，看来名不虚传。接待我们的夏潮基金会也是想得很周到，一定要让我们吃到台南最好的小吃。这一顿的确大饱口福。

虾卷的肉馅是每公斤100尾的火烧虾，加上等猪肉、鱼浆、芹菜、葱等搅拌混合，外皮以猪腹膜（台称网西）包裹后，再裹上一层特制裹粉下锅油炸。火烧虾体形肥大，肉质鲜脆多汁。广告说，在周氏虾卷，可将台南小吃一网打尽，事实也差不多。吃了虾卷，每人又上了一碗台南担仔面，然后又是虾丸虱目鱼汤，这也是台南小吃中的招牌。再上粽子，是肉粽，口味不一。再来了一碗安平虱目鱼肚粥，那粥也很结实。又上了迷你棺材板、杏仁豆腐，已经撑得不行，最后有一碗奶酪刨冰。

重点说说棺材板，台南小吃中最有意思的一个。它香酥好吃，口感独特。棺材板取升官发财之意。台湾许多工艺品就是干脆小棺材，看起来恐怖，寓意很勾人。这食品棺材板是将炸好的厚吐司面包挖空，放入炒香的面粉、洋葱、蘑菇、玉米、奶酪、鸡肉、墨鱼、豌豆及红萝卜做内馅即成。

吃棺材板要先吃盖子，再吃内馅，最后吃掉外皮，这样才能升官发财。

　　台南的城市感觉果然不同于台北，有古都之风，而且古风浓郁。让人仿佛跟进历史深处，有生命的重逢和回溯感，而且很亲切。它的运河蜿蜒，也是一景。

沿着台湾东海岸

　　台湾东海岸，面朝太平洋。

　　我们从最南的垦丁返台北，一路沿东海岸而去。东海岸包括花东公路和苏花公路。沿途是景观，据称这是世界上最美的景观公路之一，看来不假。下过一场雨，青山绿水，山上白云飘飘。山上也有人家。公路贴着太平洋行走，靠海的一边是各种木亭及景观带，耗资绝对巨大。与太平洋的碧海蓝天相配，行了两天，一路都像行走在公园里。每一段都是按山海环境精心设计的——在这个岛上总感到每一步都行走在设计里。小房子，凳子，树，栏杆，雕塑，观景台。没有野景，都修饰好了，每个地方停下来都可拍照，小憩，台东和花莲两县就置身在公园里了。不仅如此，这里的农村和小镇，每一个地方，每一个村，都建设得有了形。一切都是为了生活得更好更舒服更艺术。有艺术氛围，有情调，有品位。好像每一个角落没有被他们没想到的，疏忽的，连路边挡泥墙也要画上一幅画。政府或者公路管理建设部门做事是认真的，完美的。说点恭维话，人家的官员真的是在做事，不来花架子，不哄自己和百姓，钱花在最有用的地方。美化得实实在在，这就让生活质量提升了。同是中华民族，为什么生活质量和环境的差别这么大咧？咱大陆的地方也花了钱，都搞些花架子，为宣传政绩。他们没想到拿钱把河流清理一下，把垃圾处理一下，把路修好一下，让百姓住得舒服？他们为什么不顾及这些？原因很简单，百姓的生活，百姓的意见对他们没任何监督意义，因为他们不是百姓选的，他们只需把上头对付好就行了。升官不考核这些垃圾、河流、居住环境。

再者，农民的房子虽然也有陈旧的，但只要是新房，就会建造得十分漂亮，小别墅似的，颜色大胆鲜艳。有的窗户装饰一排排木条，有的镶嵌有马赛克，很是美观别致。有的造型超现代，古怪新颖。瓦的颜色五彩纷呈，根据建筑风格来。因此这些房子在青山绿水中和太平洋边，美丽极了，赏心悦目。想到我们现在的新农村建设，强调整齐划一，一样的设计，一样的装修，房子集中，我在乡下采访，常听到村民说因为房子一样，连绵几里地，有的因此开错他人的门，找不到自己的家。因为没有了属于自己家的特殊标志。不知道这种错误的建设观将祸害中国农村多少年。这种千篇一律的房子排成数排，长宽高一样，还会使人联想起很不祥的东西。

在过台东的大麻里之前，近处的海水有些浑浊，过了此地，太平洋就现出了她的特别蓝色，是地道的蔚蓝色。何为蔚蓝色？我在这里才知道、见到。

沿途看到一个怪景象，就是海滩上有一堆堆大量的无皮树木。这些木头大小不一，有巨大的，也有很小的木棒。还有根。但被水泡久了。有一处堆成近一公里长，多少立方难以估算。一问，才知是2009年八八风灾（水灾）从山上冲下海的，又被海浪给冲上岸了。有的人家捞了一堆又一堆，有的就丢弃在海滩上。这些树木难道就没有用吗？台湾木头很多，植被很好。确实没人用，打家具也行啊。有的门面装修，就把它们锯成一段一段的，吊在屋檐下，成为装饰，也别具一格。

中午我们到达知本温泉，在这里吃饭、休息。我们吃饭的正对面，就是台湾去年八八风灾时那个倒楼的经典镜头所在地；一栋八层楼饭店被河水掏空后訇然倒塌于河中。现在现场清理了，只有一堆瓦砾，新楼没建起。这里挺有日本情调，过去这是日本人经营的一个农场，现在成为了台湾人泡汤的好去处。这里有许多民宿、度假山庄、度假村，主要住卑南族、阿美族。这里的农产品也很多，自产自销的，路边有牌：蜂蜜80元台币一斤，新茶1000元5斤。一斤相当于我们40元人民币，这么便宜！可惜因为赶路，都没想到停车多买点回来。

台东是植物王国，当然也是药草王国，主因是黑潮、海沟、东北季风及太平洋暖流等天然气候的优良条件，植物非常繁茂。这里有国家森林公园。台东沿路有许多黑色塑料网大棚，陪同我们的台湾朋友说是栽种的老藤。台湾人爱嚼槟榔，因为槟榔属凉性，吃多后会泻，必须加入老藤和石膏等温性的东西中和。这里种的全是一片片槟榔树，槟榔树高高的，形如椰子树，但细高，叶子向上翻，如一把把倒着的笤帚。

这时海面上隐约出现了一座岛，问后才知是绿岛，关政治犯的，现在也成为了旅游好去处。绿岛离海岸约18海里，岛有16平方公里，不小，住3000人。有大量景观，有灯塔、机场，和一座阿眉山。这次只能远观了。

车行至三仙台，但见海边礁石耸立，形状奇崛。此地是东海岸一大景观，位于台东县成功镇，由离岸小岛和珊瑚礁组成。八仙中的何仙姑、李铁拐、吕洞宾在此留下仙迹。岛上三个小山是他们的化身。就为了这一个礁岛，修了一座红色的高高的长长的八拱桥相连，也算是没破坏景致倒增添了新的情趣，使景观更加紧凑也有了好的色彩。不过因怕台风忽来，影响游客生命安全，桥已关闭。这些大礁石是受黑潮的影响而致珊瑚繁衍，但满眼却是千万年海蚀的残酷景象，这些石头形同鬼魅，面目狰狞，遍布海滩，大孔小窟窿。特别是这些礁石的颜色，深黑色，仿佛遭受了一场万年大火。现在大火熄灭冷却了，大海却依然惊恐万状，愤怒万端，疯狂地扑向这些石头，要把它们掀翻。这就是太平洋与三仙台的景色。

坐在海边，听涛。海像一个巨人心脏的搏动，涛声来时，"轰——"，是一种强掳而来的亢奋，但浪退去是"沙——"的声音，仿佛是一种呢喃的歉疚，且很缠绵。

吹这样的海风，一个人坐着，总有一种百死无憾的感觉。世界有时候就是这么平淡慵懒中的幸福。人活着本来应该如此吧。捡了些石头，珊瑚石。本不能捡的，但是……是花纹特别奇特的几块，太平洋的礼物。

再上路就是"水往上流"奇观和北回归线标志碑。水往上流好像不是眼睛的错觉，是实实在在的。北回归线标志碑建于1908年（清光绪三十四年），高约20米，为一塔形石碑建筑。北回归线大约在北纬23.5度，是热带和亚热带的分界线。所谓北回归线，就是太阳光直射在地球上最北的界线，说白一点也就是每年农历夏至（6月22日左右）这一天太阳垂直照射头顶没有影子的地方。台湾有，大陆也有，这个纬度很漫长。这是乡间，秧苗长得格外青翠。

之后，我们即晚住花莲县花莲市。而花东公路就结束了，即从台东到花莲的这段景观路，主线贯穿整个花莲县与台东县的精华地段。准备次日再走苏花公路。

花莲市城依然没有多少高层建筑，但也依然美观整洁。住中信大饭店，在"三国一"餐厅吃曼波鱼。这可是花莲最有名的餐厅。"三国一"是一个留学日本的年轻人设计并取名。设计不说了，很有特色，曼波鱼的大标本挂在门口。曼波鱼这么好的名字咋没听见过？再一打听，就是翻车鱼，原来如此。翻车鱼不吉利倒是，吃了翻车？改得好。这鱼很怪，好像一条鱼没尾，只有半截似的，遗传如此，世界上就有这么怪的鱼。老板说这鱼过去吃法只吃一条肠子，俗称龙肠，其余部分全丢到大海里了。过去渔民不会煮，这鱼煮出水后肉就会变硬，味同嚼蜡，不好吃。再者鱼本身会出水，过去捕此鱼，要在鱼身上打个三角充水，不然会马上变黑。此鱼没有鱼腥味，是吃水母的鱼，深海鱼，随太平洋到花莲的黑潮流来的，打不到的，出海无用。只在三四月、十一二月最多。此鱼的肝是金黄色的，无油质，大学教授试验过，肝给患肝癌的老鼠吃后，肝会变软，对人肝脏有大好处。不知是否有科学根据，如是，开发出新药来不就造福人类了？此鱼打上来用手摸一下就不会活了，碰一下网也会死，不知是何原因。那么现在呢？老板还说，此鱼大脑很小，体积很大，没有智慧，在水里翻来翻去，肚皮朝上也会游，所以叫翻车鱼，又叫炮弹鱼，含有丰富的胶原蛋白，是最佳的美容圣品。现在人将曼波鱼的吃法发挥得淋漓尽致，没有不能吃的部位，有101道曼波鱼菜，如曼波鱼海陆总汇、佛跳墙定食、曼波鱼生鱼片、火锅、活力曼波果汁、曼波燕窝，还有天下一绝曼波鱼棒冰，说去说来，台湾人聪明，可把任何事情做到极致。其实，我宣传了这鱼大半天，却不喜此味。我的观点是老土的，大陆流行的一鱼三吃我都嫌多了，一条鱼，一锅煮，辣一点，就很好了。吃完了再喝汤，喝完了再丢箸，收拾，打嗝，齿颊留香。饮食这玩意儿，越简单越好，简单就是美。合口味最美，吃畅快吃出汗更美。

　　花莲产麻糬，为小米做的点心，到处是麻糬的广告。

第二天游了太鲁阁，然后再继续沿东海岸走苏花公路。苏花公路与花东公路相连，北起宜兰县苏澳港，南至花莲县花莲市，这段的美为险峻之美，它东依海岸线修筑，西靠中央山脉之北段东斜面，到处是悬崖绝壁，海就在绝壁之下。还多隧道，道路较窄，非常危险。公路沿线最著名的景点是清水断崖，主要界于崇德到和仁之间，绵延有十数公里。此段路惊心动魄，不可思议。"清水断崖"于日据时期曾经由《日日新报》读者票选为台湾十二胜景之一，战后也是台湾八景之一。

沿路一如既往地漂亮，这天的大海格外迷人，太阳很好，风很畅和。我们到达一个叫小澳的地方。澳就是渔港的意思。这里有个开路先锋爷庙，是纪念开通苏花公路时殉难英雄的，供奉的是一块石头，上写"开路先锋爷"。庙旁还竖有一块纪念碑，写着"苏花公路开路英雄世代永生纪念园"，历史有百年了。最惊人之处是庙后的大海，叫乌石鼻岬角，海水更加蔚蓝，让人刻骨铭心。而远处是靛青色，灰蓝色，更远处却是亮晶晶的白色。

风平浪静，礁石边的浪花白得出奇，因蔚蓝色所映衬。太平洋如此广大，却如此安静，在阳光下一个劲地蓝着，有些淘气地蔚蓝着，仿佛一朵花，一朵巨大的蓝花。远处的海上，小船像一只白色的水鸟，拖着长长的尾翎，在水面上飞翔。一些潮印如蜗牛爬过的亮迹。云朵像平静的巨浪。大海如此绝色，是一个只可远观，不可狎玩的女子，只能对她投以遥远的敬慕。

　　苏澳港到了，渔船与货轮，满港停泊。苏花公路结束了，东海岸之旅也就结束了。

　　要想在家领略台湾东海岸之美，我建议大家去看看台湾作家、导演李志蔷导的电影《单车上路》，关于那条路上的美景，电影尽悉收进，电影的结尾就是壮丽的清水断崖。

后 记

这几年，我对散文下了狠手，有时写小说的力量还没这么大。写一篇散文，是要把自己掏空的架势，很有与己为敌的牺牲精神。

所以散文大咖们在海南玩儿时说，把陈应松灭了！

这是笑话。也说明，你几篇小文章也可以让高手们心生"恨意"。

小文章也会很沉手，不讲堆头，质地结实，一句是一句，句句是金子，句句都是有棱有角的石头。好文章就是这样。

也因此，我这几年的散文成了考高中生和初中生的利器，被心怀叵测的老师们所利用，让我的文章成了应试教育的打手，这是我完全没有想到的。听说至少在湖北某些地方，家长们告诉我，他们的孩子不管大考小考，每考必有我的文章。这让我有些小小的得意和高兴，同时，有意无意他们也挑动学生恨我。

前两年，我在回答记者关于《雪夜》的考题时，我说过我的确做不出来，在网上引起了轩然大波，至今未息。那些考题太怪太难，神仙也难答。

　　经常有学生在我的微博上留言和私信，要我回答关于我文章的题目，我只有告饶。如果你认为这文章好，为什么不让学生写一篇读后感，而非要绕些似是而非的题目为难他们呢？而且那些题目竟然有标准答案！品读文章会有标准答案吗？蠢！

　　算了，还是读我的散文，别想那些破题。

陈应松

2016年8月8日于武昌

© 陈应松　2017

图书在版编目（ＣＩＰ）数据

村庄是一蓬草 / 陈应松著 . —— 沈阳：万卷出版公
司，2017.1
ISBN 978-7-5470-4388-2
Ⅰ . ①村… Ⅱ . ①陈… Ⅲ . ①散文集—中国—当代
Ⅳ . ① I267
中国版本图书馆 CIP 数据核字 (2016) 第 303967 号

出 品 人：刘一秀
出版发行：北方联合出版传媒（集团）股份有限公司
　　　　　万卷出版公司
　　　　　（地址：沈阳市和平区十一纬路 25 号　邮编：110003）
印 刷 者：北京汇林印务有限公司
经 销 者：全国新华书店

幅面尺寸：145mm×210mm　　　　装　帧：软精装
印　　张：10.25　　　　　　　　字　数：220 千字
出版时间：2017 年 2 月第 1 版　　印刷时间：2017 年 2 月第 1 次印刷
责任编辑：王亦言　　　　　　　　责任校对：李志宇
封面设计：徐春迎　　　　　　　　版式设计：张　莹
ISBN 978-7-5470-4388-2
定　　价：34.00 元

联系电话：024-23284090　　　邮购热线：024-23284050
传　　真：024-23284521　　　E－mail：book_light@sina.com
腾讯微博：http://t.qq.com/wjcbgs　网　址：http://www.chinavpc.com

常年法律顾问：李福　版权所有　侵权必究　举报电话：024-23284090
如有质量问题，请与印务部联系。联系电话：024-23284452